咖啡的名字

杨树军 / 著

中国书籍出版社

图书在版编目（CIP）数据

咖啡的名字 / 杨树军著 .—北京：中国书籍出版社，2014.3
（中国书籍文学馆·小说林）
ISBN 978-7-5068-3963-1

Ⅰ.①咖… Ⅱ.①杨… Ⅲ.①短篇小说—小说集—中国—当代
②中篇小说—小说集—中国—当代 Ⅳ.①I247.7

中国版本图书馆 CIP 数据核字（2013）第 305237 号

咖啡的名字

杨树军　著

图书策划	武　斌　崔付建
特约编辑	陈　武
责任编辑	卢安然
责任印制	孙马飞　张智勇
出版发行	中国书籍出版社
地　　址	北京市丰台区三路居路 97 号（邮编：100073）
电　　话	（010）52257143（总编室）（010）52257153（发行部）
电子邮箱	chinabp@vip.sina.com
经　　销	全国新华书店
印　　刷	北京富达印务有限公司
开　　本	650 毫米 × 940 毫米　1/16
字　　数	194 千字
印　　张	16
版　　次	2014 年 9 月第 1 版　2014 年 9 月第 1 次印刷
书　　号	ISBN 978-7-5068-3963-1
定　　价	32.00 元

版权所有　翻印必究

序

李敬泽

"中国书籍文学馆",这听上去像一个场所,在我的想象中,这个场所向所有爱书、爱文学的人开放,不管是白天还是夜晚,人们都可以在这里无所顾忌地读书——"文革"时有一论断叫做"读书无用论",说的是,上学读书皆于人生无益,有那工夫不如做工种地闹革命,这当然是坑死人的谬论。但说到读文学书,我也是主张"读书无用"的,读一本小说、一本诗,肯定是无法经世致用,若先存了一个要有用的心思,那不如不读,免得耽误了自己工夫,还把人家好好的小说、诗给读歪了。怀无用之心,方能读出文学之真趣,文学并不应许任何可以落实的利益,它所能予人的,不过是此心的宽敞、丰富。

实则,"中国书籍文学馆"并非一个场所,它是一套中国当代文学、当代小说的大型丛书。按照规划,这套丛书将主要收录当代名家和一批不那么著名,但颇具实力的作家的长篇小说、中短篇小说集和散文集等。"中国书籍文学馆"收入这批名家和实力作家的作品,就好比一座厅堂架起四梁八柱，这套丛书因此有了规模气象。

现在要说的是"中国书籍文学馆"这批实力派作家，这些人我大多熟悉，有的还是多年朋友。从前他们是各不相干的人，现在，"中国书籍文学馆"把他们放在一起，看到这个名单我忽然觉得，放在一起是有道理的，而且这道理中也显出了编者的眼光和见识。

当代文学，特别是纯文学的传播生态，大抵集中在两端：一端是赫赫有名的名家，十几人而已；另一端则是"新锐"青年。评论界和媒体对这两端都有热情，很舍得言辞和篇幅。而两端之间就颇为寂寞，一批作家不青年了，离庞然大物也还有距离，他们写了很多年，还在继续写下去，处在最难将息的文学中年，他们未能充分地进入公众视野。

但此中确有高手。如果一个作家在青年时期未能引起注意，那么原因大抵有这么几条：

一、他确实没有才华。

二、他的才华需要较长时间凝聚成形，他真正重要的作品尚待写出。

三、他的才华还没有被充分领会。

四、他的运气不佳，或者，由于种种原因，他的写作生涯不够专注不够持续，以至于我们未能看见他、记住他。

也许还能列出几条，仅就这几条而言，除了第一条令人无话可说之外，其他三条都使我们有足够的理由对这些作家深怀期待。实际上，中国当代文学的丰富性、可能性和创造契机，相当程度上就沉着地蕴藏在这些作家的笔下。

这里的每一位作者都是值得关注、值得期待的。"中国书籍文学馆"收录展示这样一批作家，正体现了这套丛书的特色——它可能真的构成一个场所，在这个场所中，我们不仅鉴赏当代文学中那些最为引人注目的成果,而且,我们还怀着发现的惊喜,去寻访当代文学中那相对安静的区域,那里或许是曲径幽处,或许是别有洞天,或许是,众里寻他千百度,蓦然回首,那人却在,灯火阑珊处……

目录

咖啡的名字
001 ◀

白　狐
011 ◀

跑　路
021 ◀

暧　昧
027 ◀

眼前飘过一片云
034 ◀

生命中的十首歌
046 ◀

我的玛利亚
056 ◀

目录

一个点
▶ 064

与钱共舞
▶ 073

夏天的味道
▶ 082

破 音
▶ 089

房子 房子
▶ 160

浅 缘
▶ 188

青 湖
▶ 199

后 记
▶ 242

咖啡的名字

范晔在飞机上打盹。助理颜可欣在她旁边翻看着一本杂志。空姐借送饮料的机会想和范晔合影,被颜可欣婉言拒绝了,她知道范晔难得有空小憩一下。在北京怀柔的影视基地拍了三天三夜的片子,就赶着去上海,今晚先要参加一个商业活动,明晚出席一个国际电影节。手中的这本杂志又有范晔的消息和大幅照片,颜可欣看着看着气就不打一处来。明星嘛,娱乐一下大众未尝不可,但是把道听途说的和杜撰的消息也赫然登上杂志。特别是又和谁谁谁传出绯闻啦之类,大概算算一年得有七八个。也分不清哪些人是有意想借位出名的,哪些人是无意中躺着中弹的。每次范晔看到这类图文都一笑了之。颜可欣知道,她表面上无所谓,实际上心里还是不快的。没办法,谁叫她是个影视大明星呢。

这时广播里播出一条消息,因为机器故障原因,飞机将在二十分钟后到连云港机场临时降落检修,请乘客们理解配合。飞机落地时的噪音把范晔惊醒了。

"可欣,到上海了吗?"

"没有，飞机故障，临时迫降。"

"这是哪儿？"

"连云港机场。"

听到"连云港"这三个字，范晔脑海中立马想到花果山、大海、水晶这几个画面。她没到过这个小城市，但已经很多次听说过它的名字，她感觉这一定是个有灵气的地方。范晔透过窗口向外望去，看到了无尽的田野和远处的山峰。现在正是盛夏，眼前那大块大块的绿色还真养眼。不一会儿，广播里又播出一条消息，由于飞机故障暂时无法排除，预计24小时后方可起飞，乘客们可以改签其他航班，也可到机场宾馆住下，明日仍然搭乘本机飞往上海。乘客们一阵骚动。

她俩住进机场安排好的宾馆。范晔是不想走了，正好有了不出席今晚商业活动的借口。颜可欣当然知道范晔的心思，她打电话推掉了上海方面的今晚安排，然后问范晔这24小时怎么过，全用来补觉，狠狠地睡它三百个回合如何？范晔笑了，说，你就放我一天假吧，让我独自到这座小城市随便走走，看看。范晔把自己常用的电话给了颜可欣，自己拿着备用的手机，素颜素装，外加一顶草帽和一副太阳镜，手里拿着一个小包就出门了。她叫辆出租车，便直奔市区。

司机是当地人，很善谈。问她要到的具体地点，范晔说，先兜兜圈子看看市容街道吧。这种客人常见到，司机也没多想，反正是打表计费，还充当起了导游，介绍了一番市情。先是海州古城，然后是新浦老城区新城区，城市太小，没几条路就绕完了，他还想带她到港口去看看，被范晔打住。先吃个午饭吧。她看到了一个"罗马假日咖啡"的招牌，被门前两幅大大的奥黛丽·赫本的黑白剧照所吸引，于是便下了车。

推门而入，首先被眼前的一辆摩托车吸引过去。范晔认出，这是辆古董车，Vespa比亚乔，和《罗马假日》电影中的一模一样。她上前摸摸，看四周没人，就骑上去感觉了一下。通向二楼的白色长梯边是"许愿墙"，密密麻麻贴满了彩色小纸条，仔细看看，好像每一张背后都有一个故事。坐到窗边的位置，正午的太阳照在脸上和桌上，真是别有一番情调，范晔感到很是惬意，最让她开心的是这里没人认出她来。服务员彬彬有礼、慢声细语，让她觉得很舒服。一份简单清亮的意大利肉酱面端到她眼前，望着都有胃口想吃。吃完了，范晔还不想走，她实在不想辜负了这片夏日的阳光。想想自己十几岁时接拍了一个琼瑶剧后，事业上是顺风顺水，可静下心来还是觉得有种失落感。比如说男朋友还没正儿八经谈过一个，现在倒好，有好事者给她统计一下，和她的年龄一样，也有三十好几了，可笑的是名单中还有自己不认识的。她也曾想赶快把自己嫁出去算了，可是，谈何容易？这或许就是当女明星的悲哀吧。

一阵轻柔的钢琴声飘进范晔的耳际，她侧目望去，只见一个中年男子在弹奏《梁祝》。范晔微闭双眼静心聆听，从草桥相会、同窗共读，到抗婚、化蝶，短短的三分钟，她的脑海中浮现出梁山伯与祝英台的画面。范晔把服务员叫过来问，我可不可以花钱点一首让钢琴师弹？服务员说，他是我们老板，不点曲子的。这叫范晔有点吃惊了，她说请你们老板过来说说话好吗？服务员说她试试看。

十分钟后，那中年男子端着两杯咖啡走了过来，递一杯给她。

"你好。"他说。

"你好。不好意思，请你过来。"

"没什么不好意思的。肉酱面的口味还可以吗？"

"口味很好，真的很好。你弹的钢琴也不错。"

"有来无往非礼也，我也得恭维你一句了：你演的电影也很好看。"

"你，认出我了？"

"是的，你一进来我就认出了。"看着范晔的表情，那男子接着说，"不要紧张，我不会要你合影签名，更不会打电话到报社电视台爆料的。"

范晔一下子放松了许多。他说，他叫邹文凯，早年到深圳闯荡商海，功成名就之时突然决定不干了，回老家开了这间咖啡店，当时在朋友圈里少不了责难和不理解。但他就是这样一个人，想好了的事就去做，九头牛都拉不回来。他有句名言，人生短暂，得好好为自己活一回。谈得投机，她也就不设防了。其间，还谈到咖啡。邹文凯说，咖啡有许多种类，常见的有牙买加的蓝山咖啡、意大利的拿铁、印尼的曼特宁，还有卡布奇诺、摩卡、康娜等等。最贵的当属麝香猫咖啡，说出来你也许不信，它是用猫吃下去又排泄出来的咖啡豆制成的，所以又叫猫屎咖啡。但他更喜欢将不同的咖啡豆按不同的比例随意混搭在一起煮一杯纯品咖啡，就像我们现在喝的这种，不加糖也不加奶，喝起来是苦涩的，回味起来却有久久不会退去的余香。同样的一杯咖啡，不同人生阅历的人会有不同的感受。他还喜欢把每杯咖啡取不一样的名字。听邹文凯一讲，还真不知道咖啡文化是如此的博大精深。望着眼前的这位咖啡店老板，范晔觉得他更像个老师、大哥哥，眼神和语言中透着自信和成熟。

"我的这杯咖啡你给起个名字吧？"她说。

"就叫'午后阳光'，你看如何？"他脱口而出。

"好听，我喜欢。你的那杯呢？"

"叫'美丽的邂逅'。"

"我们是同样的咖啡，为什么名字不一样？"

"感觉不同，名字当然要有区别。"

有点意思。时间不早了，范晔说还想出去走走，到街里看看。邹文凯问是否缺个向导，她说就不麻烦你了，邹文凯也没勉强。简单的一声再见，范晔走出了大门。

在陌生的街道上行走，没有前呼后拥的人群，没有闪光灯追随，更没有讨厌又可怜的狗仔队盯梢，范晔体会到一种凡人的幸福和快乐。也没什么要买的，只是看看而已。离开商业街，走到一处叫"苍梧绿园"的地方，范晔感到一股清新的空气扑面而来，就径直走了进去。

哈,还真够大的,在城市中间有这么一大片绿地,简直就是这座城市的肺。一对对情侣手拉手从身边经过,脸上挂满甜蜜的笑容,范晔好生嫉妒。看见不远处有个中年妇女正推着一辆儿童车慢慢前行,范晔快走两步跟上去。

"阿姨,他(她)是男孩还是女孩?"

"是孙女。"

"可以让我来推一推吗?"

"可以的。"

范晔接过小车,学着阿姨的样子慢慢推着小车走在林间小路上。车上的小女孩好像也很配合,还"嘎嘎"地笑着,不停地摇着手里的花棒。范晔突然体会到一种做母亲的幸福感。望着阿姨渐渐走远的身影,范晔坐在树下的长椅上陷入沉思。想到自己这些年的艰辛和不易,想到远方的父母经常劝她早点结婚生子,想到演艺圈里的勾心斗角,她一声长叹。她又想到咖啡店老板说的话,自己是不是也该慢下来,好好为自己活一回?

一阵电话铃声把范晔从思考中惊醒。可欣告诉她,上海那边已经来过好几次电话,问今晚是不是真的赶不过去了,她已经回了。北京那边也来过几个电话,主要是商量下一部电视剧的事,她也回了。最后问,天快黑了,今晚回机场吃饭吗?范晔说,不了,今晚就住市里了。她要彻底给自己放个假。

晚饭的时候,范晔又来到罗马假日咖啡店。刚落座,邹文凯就拿着一本菜单走了过来。

"今晚想吃点什么?"

"你给我安排吧。"

邹文凯望了她一眼,和她目光相对,像是一对老朋友,两人都会心一笑。邹文凯把菜单合起来,招手叫来一个服务员,点了两份澳洲T骨牛排,和两杯红酒。然后对范晔说,这些你一定常吃,今晚主要是让你尝尝我酿的红葡萄酒。

"你也会酿红葡萄酒?"范晔有点惊喜。

"听话音,你也会酿?"

"不,我爸爸会酿。不过,已经十几年没喝他酿的酒了。"

"为什么?"

"忙。哪有时间回趟家啊。"

"也是。"

"你是不是觉得我很可怜?"

"那要怎么看。"

"说来听听。"

邹文凯说,市场上可用来酿酒的葡萄也就几元一斤,但是三斤葡萄要是变成一瓶酒,价格就上涨到一两百元,如果是一瓶拉菲,就值上千元了。当我们怀抱理想走出校园的时候,就像那市场上的葡萄,踏上社会追求自身价值体现,就好像酿造葡萄酒的过程。这过程很重要,说起来都是清理、发酵、倒缸、沉淀,最后是装瓶。每个人的付出决定了酒的最终品质,这就有了品牌和杂牌的区别,价格也就有差别了。其实,这还不是关键,关键是不要在追求品质的过程中迷失自己,忘了初衷。

酒菜上来了,他们边吃边聊。望着手中的葡萄酒,邹文凯接着说,我做任何事情都要常问问自己为什么,目的就是提醒自己别忘了自己的初衷。人生短暂,女人的青春更是短暂,如果不知道自己今天为什么这样做,到将来恐怕后悔就来不及了。等我们老了,坐在夕阳下喝着咖啡,能对自己说,我这一生都很精彩,就完美了,就了无遗憾了。

话题有点沉重。邹文凯喝一口酒说:"不说这个了,还是说说你吧。"

"我?有什么好说的。"

"比如,你今天就像个逃课的学生,既然逃了,那就别浪费了这个机会,否则,也会后悔的。"

"也是。要不，吃完饭我们出去玩玩？"

"你想干什么？"

"去唱卡拉OK，去街头吃夜宵，还有，去海边吹吹风，如何？"

"我怎么感觉，你好像刚刚被从笼子里放出来？"

"你说对了，我就是一只困兽。"

望着眼前的这个大明星，邹文凯一下子想起了"本色"这个词。我们都是凡人，洗净铅华，回归本色，这才是我们想要的生活。

邹文凯开车带她先到了一家叫曼哈顿的迪厅，选个位置坐下。没几分钟范晔就坐不住了，硬拉邹文凯进了舞池，可他实在是不会跳舞，扭几下就站到一边看她尽情摇摆，近乎疯狂。几个舞跳得也很好的男士女士慢慢都围着范晔跳起来，音乐声震耳欲聋。正起劲的时候，邹文凯听到身边有人嘀咕，那人怎么像大明星范晔？邹文凯感觉有点不妙，等一曲终了停下来时，邹文凯告诉她可能有人认出她了，她说还是走吧。邹文凯要到吧台结账，她把他按住，自己到吧台刷了银行卡，收银小姐看到签名时大吃一惊。等他们刚走到门口，就听收银小姐大声喊道"范晔！是范晔！！"音乐声突然停了下来，迪厅里的男男女女都涌到门口想看个究竟。邹文凯拉着范晔上车，迅速逃离。她坐在车里手摸胸口，长嘘一口气。

他们来到海边，漫步沙滩。此时海边没几个人，只有几对情侣在窃窃私语。在海边的烧烤摊上他们坐了下来。老板是本地人，说一口地道的方言，范晔听不懂，邹文凯就在一旁当翻译，她跟着学连云港的方言。"海得了""坑得了嘛""这个骆驼给你坐"，哈哈哈哈，范晔觉得连云港方言还真好玩。海鲜烧烤也不赖，对虾、鱿鱼须、小黄鱼，还有一些叫不上来名字的海鲜，范晔吃得津津有味，鲜啤酒也喝了一杯又一杯，邹文凯感觉范晔是要把自己往醉里喝了，想阻止她。

"坑得了嘛，酒很贵的呟。"邹文凯开玩笑说。

"这么小气啊，请人家喝酒不让喝足，海得了，你海得了。海，海，大海的海……"

范晔是被酒精麻醉了，但头脑还是清醒的，她想发泄心中的压抑，在大海边，在没有人认识她的地方狠狠地发泄一把。她边喝酒，边语无伦次大声说话。我是大明星，是女神，是中国的莫妮卡。你别只看见明星表面的风光无限，实际上她们也是人，也有七情六欲喜怒哀乐，得到的很多，但失去的也多。围城，钱钟书说的围城，对，我就是那个一心想进城里来的人。可是，城里有什么好？房价一天天地疯长，一平方的钱在城外可以盖一间房。假如人生可以重来一次，我宁愿做一个普通的女人，生儿育女，孝敬父母。生儿育女，你有孩子吗？几个？肯定没有我多，看杂志了吗？上网上搜搜，有人说我有七八个私生子了，比那个张大导演的还多。全他妈扯淡，没人敢讨我做老婆的，说我不好养活，哪来的孩子？男朋友，对，男朋友，有人说我平均三月换一个，这是哪跟哪呀，你算一个吗？哈哈，你不要摇头，你不要否认，如果明天网上挂一张我们在一起吃烧烤的照片，你不承认也不行了，而且越解释越像，你，你，你，你中弹了……

邹文凯渐渐能理解眼前这个女人，理解这个大明星身上背负着巨大的压力，看得出，她也难得有这样的机会发泄一下，于是就不再阻止她喝，让她说。如果能为她做点什么，那么，倾听，做一个好听众，就是最佳选择。海风吹拂海水，海水拍打着海岸，海岸的礁石上溅起一朵朵浪花，浪花旋即又变成海水，等待下一个浪潮把它推向礁石，再一次聚成浪花。邹文凯想，或许这就是生命的意义，一次次等待，为了一次次的绽放，范晔无疑是那朵朵浪花中最美的一朵，但终归要融入大海，化为平静。

夜色已深，邹文凯扶着范晔上了汽车，到哪儿呢？范晔在半梦半醒中说了句，随便。好吧，找一家宾馆开了间套房，他先把范晔扶上床，盖上被子，觉得不妥，又将她的鞋子和外衣脱去。邹文凯以为范晔已经进入梦境了，刚要起身就被范晔一把搂住。

她嘴里喃喃地说:"你不要走,不要走。"

邹文凯说:"你喝多了,需要休息,明天还要赶飞机。"

她说:"我不走了,我不想走了,我真的很累,心很累。我好想好想做个普通女人,和你谈恋爱,和你结婚生子,然后慢慢变老,慢慢变老。"

他说:"好,和我慢慢变老,但你现在需要休息,休息。"

她说:"怎么,你不喜欢我?要知道,很多男人想要得到我的,他们挖空心思讨好我,向我献殷勤,可我不稀罕,不稀罕,不稀罕……"

范晔说着说着就倒头睡到他的怀里。望着范晔那美妙的胴体和迷人的脸庞,邹文凯竟然没有一丝欲望,他抬手打了自己一个耳光,感到了疼痛。邹文凯心里说,我怎么可能会不喜欢你呢,好好睡一觉吧,明天醒来,你一定会感觉太阳和以前的不一样。为防止出意外,邹文凯没敢离开,就在外间的沙发上睡了一夜。

早晨,手机声把范晔惊醒,是可欣打来的,电话里头很是着急,范晔说没事没事,昨晚睡得早,电话忘洗手间了。范晔躺在床上回想昨晚的事,已经记不太清楚了,她下意识地摸摸身上的内衣,还好,应该没人动过。可欣说十点飞机起飞,她看看手机时间,八点多了,得赶快洗漱一下去机场。她没叫醒邹文凯,悄悄走出房间,出门打了个出租车直奔机场。当她坐上飞机时朝窗外望去,忽然隐隐看见邹文凯在候机厅的大玻璃后面正望着她,一直到飞机飞远。晚上,邹文凯坐在咖啡店的电脑前看着电视节目,画面里正在直播上海电影节开幕式,一个个大明星从红地毯上走过,最后看到范晔在主持人和观众的尖叫声中走了出来。

一天的活动安排终于结束。回到宾馆,范晔又想起连云港的那个邹文凯。今天曾多次想给他打个电话问候一下并表示谢意,但始终没得空。看看手机上显示的时间,现在已经是午夜时分。躺到浴缸里后,她忍不住又拿起电话,给邹文凯发了短信。

你好!睡了吗?

没有。
这么晚了,在干什么?
喝咖啡。
又是自己混搭的吗?
是。
你给这杯咖啡起了什么名字?
范爷。

白　狐

　　2月14日，本来是个平常的日子，但是自从和西方的情人节联系在一起，就不再平常了。中国的年轻人越来越重视这个节日，选在这一天和情人约会、表达爱意是最好不过的了。如果没人相约，恐怕就是单着了，叶鸿儒就是这样的一个人。

　　今年的情人节和春节恰巧赶在了一起。那个调皮捣蛋的弟弟，这一天也带了个小女友进了家门，还故意在叶鸿儒面前走来走去像是示威，实在让他受不了。午饭后，叶鸿儒觉得自己在家里好像是多余的。他把自己关在房间里写作，可怎么也聚不起精神来。后来，他把电脑一关，也没和母亲打个招呼就出门了。其实也没其他地方可去，他就习惯性地走进新华书店，想找本书看看来打发这漫长的下午。

　　书店的人不多。叶鸿儒低着头来到平时就没几个人的文学类书架下，首先用目光扫描一下有没有新书上架，没有，同样书名换个包装的倒有几个。叶鸿儒心想，现在周围要找几个一年能认真读过两本书的人都很难，潜心写书的人就更少了，这或许是社会的悲哀。商业类书架前倒是有一些人，那是追逐名利之辈，他压根瞧不起，曾发誓绝不与之为伍。宠物花草类书架下平时也会有一些人,那是一帮享受生活的人,在他看来,最起码还有爱心。不过,今天架下没几个人,可能是这一类人大多忙着过情人节了。后来,来了一个穿着白色羽绒服的女子映入他的眼帘,这么年轻漂亮,在今天这个特殊的日子里也闲着?他想说玛丽莲·梦露这一天没人约谁信呢。可能性只有一种,就是和上一个男朋友刚谈崩,下一个还没接上。

天色渐渐暗下来。叶鸿儒抬眼望望那个女子,她还在那里翻看着手中的书,没有要走的意思,其间,还用手机躲躲闪闪地对着书拍了不少照。最后,书店就剩下他们两个人。工作人员过来说春节期间下班早,要买书得赶快,要不明天再来。他们同时抬起头,目光交错了一下,叶鸿儒就迅速闪开,但还是看到她手里拿的书名。叶鸿儒放下手中的《瓦尔登湖》,朝店门走去。这本书他家里有一本,今天翻翻也纯属打发时间。

走出店门,叶鸿儒正不知要朝哪个方向走时,后边跟出的那个女子突然在他肩上拍了一下:"嗨,干吗东张西望的?"叶鸿儒着实被她吓了一跳。

"怎么没约女朋友吃饭?"她问。

"没女朋友。"叶鸿儒老实回答。

"这怎么可能?"

"你不是也闲着吗?"叶鸿儒反问道。

"我跟你不一样。要不你请我?"

没见过这么大胆的女子。叶鸿儒有点不习惯,不过,并不讨厌。叶鸿儒扶了扶眼镜,就鬼使神差地跟着她走了。他们一前一后来到不远处的一家咖啡馆门前,刚推门她又把手缩了回来,说今天肯定人多得排队等座位,价也特贵,不进去了。叶鸿儒摸了摸口袋里的两百块钱,也没了底气。她把他带到旁边巷口的大排档,在小东北涮毛肚的摊前坐了下来。

她主动告诉他，她叫白丁，从小就被妈妈逼着学拉丁舞，后来高考前，因为学习成绩不够好，就把舞蹈当成特长，高考加分才上了省城的艺术学院舞蹈系。毕业后回到G市，找了几份工作都没干多长时间就下来了，现在自己开一家宠物用品店。毛肚上来了，她也不客气，拿起来就涮。她说她考察过，这家店的毛肚最好吃，她一口气能吃一百串。

"你吃啊，干嘛老看着我？"她边吃边问。

"我还是第一次吃毛肚，先看看你是怎么吃的。"

天底下还有这样的男人，真是又可笑又可爱。她问他是干什么的，叶鸿儒说，他在大学学的是汉语言文学，毕业后这几年一直在家写小说。她问，有什么大作吗？他说没有，只是偶尔在报刊杂志上发表点小作品。接着，她就说起宠物来。她特喜欢小动物，上幼儿园的时候就有了各种各样的动物玩具，初中的时候开始自己养宠物，小猫小狗养过不少，什么波斯、挪威森林、贵妃、萨摩耶，还有阿拉斯加牧羊犬等等。这些名字叶鸿儒大多没听说过。她说得眉飞色舞，越说越起劲，当然，这也和他听得认真有关。中途，他试着提了雨果、巴金、莫言等几个作家的名字，她一点共鸣都没有，只插了句话说，网上看过那个叫莫言的，得了诺贝尔，奖金只够在北京买个卫生间的。话不投机，他就打住了。

叶鸿儒问她为什么不把那本《波斯猫》买下，她扑哧一笑，我傻呀，花六十多块钱买它？真要买，我到淘宝网上花三分之一的钱就够了，管它是正版还是盗版，还不一样看。

吃完了，也说完了，她从口袋里掏出自备的餐巾纸擦擦嘴，又递给他一张。他起身去跟老板结账，她也没说句客气话。要各奔东西了，她才说，谢谢你请吃涮毛肚。出于礼貌，她把自己的QQ号告诉了他，然后说声"拜拜"就打个出租车先走了。

摸摸口袋里仅剩的几个钢镚，叶鸿儒不敢叫车，就一路步行回家了。到家后，发现弟弟带着小女友已经走了，此时还不知在哪儿背着甜言蜜语台词呢。说不定今晚就不回来了,弟弟经常是夜不归宿的。叶鸿儒打开电脑,按照白丁给他的 QQ 号,添加了好友,她不在线,但可看见她的网名,叫白狐。

接下来的几天,叶鸿儒照例把自己关在屋里写作。他最近正在写一部叫《爱恨情仇》的长篇小说,常常写着写着就写不下去了。北京的那个陈同学跟他在网上聊天,又邀请他过去,到他开的一家图书发行公司上班。还开导他说,现在写书的不如卖书的挣钱,你得先有面包,然后才能去做自己的文学梦,叶鸿儒不屑一顾。他俩原本都是怀揣文学梦的人,没想到踏入社会没几年,陈同学就被"大染缸"给染了,三句话不离铜臭味。

这天,正写不下去的时候,白丁在网上给他发了个抖动,他们就聊了起来。告诉他,她刚买了一只波斯猫,可爱极了,天天围着它转,给它梳理打扮,还发了张照片过来。问他最近在干什么?他说在写一部长篇。她说,乖乖,这不能把人闷死啊,我看一部长篇都要好几年的。听人家说《简爱》值得一读,我放床头两年了还没看完。最后,她主动邀请他出来一起吃个饭。自从上次吃毛肚之后,他曾想渐渐把她给忘了,觉得他们不是一类人。现在她主动邀请,他也不好意思拒绝,就怀揣三百块钱出来了。

等他骑着自行车来到那家摊点,白丁已经坐在那儿开涮了。见他来了,她又要了两瓶啤酒,一人一瓶。她边吃边讲她的波斯猫,叶鸿儒也附和着插两句话,装着感兴趣的样子。她确实是个很开朗善谈的人,虽然他的话不多,但场面上一点不冷。她也偶尔问一下他的大作写些什么内容,但没等他展开说,她就又把话题扯到猫身上了。

她问,你知道十二生肖当中为什么没有猫吗?他说,还真不知道。她说,因为猫最聪明,所以不会去进这个"排行榜"、那个"俱乐部"的。你想想,十二生肖中龙是最厉害的吧?能上天入海,能呼风唤雨,结果呢?人类害怕它太强,控制不了,于是就把它给灭了。他说,还有这一说，那么下一个被灭的是什么？她说，虎啊！你看，剩下的就数它最厉害了，何况它还有一张让人类眼馋的皮。叶鸿儒听来有点道理，又问，照你的推断，最后一个被灭的是什么？她很肯定地说，应该是狗。因为它和人类走得最近，还能听懂点人话，会千方百计讨好主人。不过，她话锋一转，和猫比起来，它就差远了。为什么？他问。她喝了口酒然后接着说，人类是世间万物的主宰，所以要想生存必须先讨好人类，猫和狗都深谙此道。猫，高明就高明在它人前示弱，低调，不像狗那么张扬，主人指谁咬谁，早晚遭被咬人暗算。这是哪家子理论？把叶鸿儒都听笑了。白丁最后说，你书读太多了，所以理解不了，物竞天择，适者生存，其实说的就是这个道理。

他试探着问她为什么网名叫白狐，她说随便起的，好记，显然不想往下说。两个人的酒很快喝完了，也吃饱了，她照例又掏出自备的餐巾纸，递给他一张。

"今天我来结账吧？"她说，人原地未动。

"没事，还是我结吧。"

她也就没再说什么。等他结完账过来，她已经骑到电瓶车上。她说她还有点事，说了声"谢谢"就走了。望着她远去的背影，叶鸿儒忽然有一种被涮的感觉。

几天后，叶鸿儒按照白丁说的地址，找到她的宠物用品店。这个店开在步行街的附街上，店面不大，就十几个平方，此时店里没客人。叶鸿儒走进去时她吃了一惊，他赶忙说，是路过这里，就顺便进来看看了。她客气地让座，还倒了杯水给他。两人没什么话可说，她虽然人坐在那里，可眼睛一直望着身边的波斯猫。他感到气氛有点尴尬，便起身要走，她也没留。出门时，他说，你的猫还真漂亮。

叶鸿儒平时写作的时候，是不挂QQ的，休息的时候才打开看看。他注意到她的QQ是一直在线上，但是他们都没有主动和对方聊天。那篇小说他计划是奔二十万字去的，现在已经过十万了，他有种成就感。

想着自己的作品已经胜利在望了,他很想找个人分享,可每次想到白丁,他又否定了。她很可爱,人长得漂亮,又活泼开朗,跟他的性格正好互补。他也二十五岁的人了,还没正儿八经谈过一次恋爱。大学时他喜欢过一个女同学,可是四年下来,也没向人家表白。毕业后,陈同学参加了她的婚礼,开玩笑地跟她讲了他暗恋的事。后来叶鸿儒接到过她的一个短信,就三个字:我恨你。

有一天,叶鸿儒糊里糊涂地从市场上买来一只小波斯猫。潜意识告诉他,他想和白丁亲近,得有共同爱好,有共同语言。他给那只猫起名也叫白狐。从此,他每天除了写作,就是喂养那只猫。白狐全身通白,很会讨他的喜欢。在他埋头写作时,它就静静地趴在那里;在他起身歇息的时候,它才跑过来和他玩耍。后来,白丁又约叶鸿儒出去吃涮毛肚时,告诉她,他也养了一只波斯猫。她听到后一脸的诧异,半天没回过神来。最后只问了一句,你那只是公的还是母的?叶鸿儒说不知道。白丁傻傻地笑了一下说,你回去把它的肚皮翻过来看看带不带"把"不就知道了吗?回到家,叶鸿儒把房门关上,按照她的法子,把白狐的肚皮对着台灯照着,研究了半天。

日子一天天过去,小说也慢慢向二十万字推进。还有,QQ 上和白丁每次的聊天记录字数也不断地被刷新,叶鸿儒觉得生活过得很充实。他开始幻想着哪天走进她的生活圈,见见她的朋友和家人。当然也想带她来自己家里,让弟弟对他刮目相看。不要再说他是书呆子、不接地气、OUT 了之类的恶语。到那时,把白丁朝他的小女友身边一放,就是对弟弟最好的反击。

转眼夏天到了,有一天白丁主动约他去海滨玩,他为此专门去买了件带花格的 T 恤。在海滩上,望着身边来回走动的泳装美女,叶鸿儒用眼睛和白丁做比较,无论皮肤还是身段,没有比她强的,看得他很是得意。晚饭后,她又主动邀请他参加一个派对,都是当年和她一起学跳舞的姐妹,以及她们的男朋友。在一家 KTV 大包里他们又唱又跳,很是热闹，白丁显然是她们中的佼佼者。而他，则是静静地坐在角落里，看着她的一举一动。白丁有几次拉他起来，他都拒绝了，他确实不会跳舞和唱歌。她拿出手机，调侃他一下：你不合群，哈哈。看到她的短信，他笑了笑，其实，看她疯也很享受。

曲终人散，白丁让叶鸿儒先别急着走。她又要了两瓶啤酒，两个人并排而坐。叶鸿儒显然不能再喝了，白丁说她可以喝四瓶的。又一瓶酒下肚，白丁说话了。我要跟你说件事，过两天我就要离开G市了。我男朋友在省城读研究生，学MBA的，很快就毕业了，已经在一家上市公司找好了职位。我们说好了，他一毕业我就过去，今年国庆节结婚。我和你交往，开始只是觉得你这个人很有意思，当然更重要的一点是，你很善良，不会伤害我。男友在省城我也孤单，就想找个人能说说话，一起吃吃饭。后来你到我店里来，再后来还买了只猫，我发现你对我有了好感。我不想伤害你，本来我应该立即刹车免得让你越陷越深，但你的善良和不懂人情世故让我下不了决心。冒昧点说，我有点心疼你不放心你。人活着，不仅要在专业领域有所作为，更重要的是还要会生活。你的小说我虽然没读过，我肯定你的文笔很好，但要出成绩恐怕得许多年后。你的恋爱史一片空白，这对一个现代男人是致命的弱点，也许你意识不到。男人，就应该在恋爱中成长，在失恋中成熟。你要是上《非诚勿扰》相亲，肯定会被女嘉宾全灭。你以前问过我，为什么网名叫白狐，我现在告诉你，我就是一只白狐，我要把自己变得像猫一样温顺，又像狐狸一样狡猾。这也是我的生存法则。我希望你不仅会写小说，还要会生活，包括会谈恋爱。我的良苦用心，不知你能不能理解。说得玄一点，我越发觉得我就是你千百年前放生的那只白狐，今天相遇，有缘，但无份。听了白丁的一席话，叶鸿儒陷入沉思。他看到白丁的眼睛包含着泪水，不敢正视她。

她接着说，今晚，你要我做什么都行。叶鸿儒听懂了她这句话的意思，但并没有兴奋的感觉，虽然，他知道自己已经深深地爱上了她。他问，你爱那个 MBA 吗？她说，爱，很爱。他说，那你怎么能做对不起他的事？她说，我并没有对不起他。我觉得我已经够好的了，即使将来他知道我婚前和别的男人有过"一夜情"，他也不会怪罪我的，否则，他也不是真正意义上的成熟男人。

她去结完账，便带着他走出歌厅，上了辆出租车来到一家宾馆。她先洗了个澡，让他也去洗洗。等他从浴室走出来，发现她已经把电视关掉，灯光调暗，躺在床上正含情脉脉地望着他。他鼓起勇气坐到床边，头低着。过了好长时间，她说，怎么，我不漂亮吗？他说，不，你很美。她又说，那你还愣着干什么？他无言以对，但还是一动不动。又过了好长时间没有动静。这段时间对他们两人都是煎熬。白丁实在忍不住了，突然赤身裸体从床上跳起，用手指着叶鸿儒大声嚷嚷，你无能，你白痴，看你这个样，还算男人吗？整天就知道写小说，我看你也写不出什么好作品来，写出来也没人买、没人看。说你是书呆子便宜你了，我看你就是块木头，木头！我怎么可能爱上你，即使爱上你，又怎么可能嫁给你！叶鸿儒傻愣在原地，望着她一件一件把衣服穿上，然后望着她拿起 LV 包走出门去。不一会儿，白丁又转身回来了，慢慢走到他跟前，在他的嘴唇上轻轻吻了一下，又使劲拥抱了他一下，说，每个人都有权选择自己的生活方式，你是个好人，保重吧。

三天后，叶鸿儒丢下即将完稿的小说，和他的波斯猫一起踏上了去北京的高铁。他把它放在一个纸箱里，上车前他对着纸箱说，白狐啊，上高铁是不容许带小动物的，你要乖乖的，千万不要叫，否则被人家发现了，会把你从车窗扔出去的。

早知道中国有高铁了，他还是头一回坐。叶鸿儒想，时代确实在变，按照事物的发展规律，应该是越变越好。可能我们对社会现象还有许多埋怨和不满足，但社会照样按照它的轨迹向前发展，这是人类改变不了的事实。欧洲工业革命，有了蒸汽机，那是具有划时代意义的产物。现在，蒸汽火车早已成为古董，我们出行乘的是高铁。终有一天，还会有更先进的东西来取代高铁。然而，我们的人生观、价值观、道德观呢？是不是也应该有所发展和改变？那天晚上白丁的一席话，深深地刺痛了他的心，刺到他的灵魂深处，不得不让他重新思考骨子里一些既成的根深蒂固的东西。虽然他不确定自己的这些观念要怎么调整，但有一点他可以肯定，那就是必须得做调整了，否则，他真的会成为社会的边缘人，随时都有可能被社会所抛弃。

望着窗外不断变换的风景，叶鸿儒又想到了白丁。他用手机反复播放那首《白狐》，聆听空灵般的旋律抚慰他脆弱的心灵。听着听着他也跟着哼唱起来，眼眶也湿润了。

　　我是一只修行千年的狐
　　千年修行千年孤独
　　夜深人静时
　　可有人听见我在哭
　　灯火阑珊处
　　可有人看见我跳舞
　　……

晚餐的时候，叶鸿儒拿出自备的食品，当然还有白狐的。他趁车上工作人员和乘客不注意的时候，悄悄将食物塞进纸箱里。白狐也很配合，细嚼慢咽的，没发出任何可疑的声音。列车的喇叭里播出下一站就是北京南站了，叶鸿儒迅速掏出笔和纸，写下几行字后从缝隙间塞进了那只纸箱。纸上写着：品种，波斯猫。名字，白狐。性别，母。出生，2013年3月19日。希望领养的人一定善待她！

火车进站了，叶鸿儒提着行李包准备下车。走到出口处好像突然想起了什么,他又跑了回来,掏出钱包,从仅有的一千块钱里抽出五张,塞到行李架上的纸箱里。他小声说,白狐啊白狐,我要走了,如果我们有缘,一千年后再见吧。说完,他快步走出车厢,消失在匆匆的人流中……

跑　路

假如我跑路了，情况会怎么样？

蒋健这些天脑子里一直缠绕着这个严肃的问题。其实事出有因。他和妻子小米经营一家烟酒店已经有七八年了，每年下来算算账也有七八万的盈利，买了房又买了车，孩子上初中，小日子还过的滋润。可是自从做起民间借贷，生活就不平静了。三年前，他把手头积攒的二十万块钱放在一个开理财公司的朋友李苏那儿，每月固定赚六千块钱利息。两年前，他又从亲朋好友那里借来二百万，每月有六万块钱利息打他卡上，其中四万付给亲朋好友，自己净落二万。一年前，他和小米商量说，我为什么不自己直接去放高利贷呢？听说李苏是按月息四分五分向外放的，短借利息更高，才给我三分，看李苏那小子也不比我聪明，当初单位下岗人员名单公布时，李苏是第一批，我可是最后一批，就从这一点上看，我也比他强多了。听说就这短短三年，李苏发了，现在手头有一千多万在周转，一月挣的钱比我们一年挣的还要多。小米说，也是，老公，我支持你干。她也想成为阔太太，开跑车，穿名牌，没事搓个小麻将。这本来是她的梦，平时只是想想开开心而已，现在看来有希望实现了。结果，一年下来仔细算算，有五百万的债务，六百多万的债权，也就是说，理论上他挣了一百多万，而实际上人家欠他的钱要不回来，他欠人家的钱天天盯着要。最近常听说某某人跑路了，某某人被告上法庭了，某某人被公安抓起来了，还有更严重的跳楼自杀了。李苏那小子也不见了，电话停机了。这日子没法过了。假如自杀能一了百了，也是个不错的选择。但，好死不如赖活着。那就跑路吧，要不怎么会说"三十六计，走为上策"呢？蒋健这些天头脑里一直缠绕着这个严肃的问题。

这天，蒋健很晚才回家，到家边楼底先要四处张望一番，看看有没有债主埋伏。敲家门也轻轻地，门开到刚够挤进去一个人大小他就迅速闪进去。不开灯，也不开电视，一屁股坐在沙发上，一个劲地叹气。小米也不敢多问，不问她也看得出来，今天又是白跑了，要么是见不到欠他钱的人，要么见到了也要不到钱。小米更不敢责怪他，当初她是极力鼓动老公放高利贷的，所以对于今天的结果，她也只好默默承受。这天夜里，小夫妻俩都无法入睡，蒋健把缠绕了他好多天的问题抛给了小米。

"假如我死了，情况会怎么样？"

"老公，你怎么会有这个想法？你死了，我怎么办？"

"我是说，假如。"

"假如也不行，那些债主找不到你，就会找我要钱。要是你死了，他们都不来要钱了，那你死还值得。"

"看看，你还是想我死。"

"我不是那个意思。"小米有点急了。

"那也不行，债主不来要钱了，我还要找欠我钱的人要呢。"

"就是嘛。"

"看来，真死不如假死，假死不如——"

"跑路？"他们同时说出这个词。

他们在被窝里商量起"跑路"这个命题。一直商量到天亮，终于达成一致意见。

小米按照正常的上班时间来到烟酒店，刚开门就进来几个债主，照例先是假客气一番，然后问怎么好多天没看见蒋健了。小米说，中秋节快到了，他前几天就去宜宾了，打算托关系进一批五粮液过来卖卖，估计就这三两天就回来了。你们放心吧，欠你们的钱一分都不会少，我们会慢慢全还上的。老赵说，保证还钱的话我们已经听一百遍了，耳朵都听出老茧了。钱丽丽说，他还有钱去进货，怎么没有钱还我呀？孙山说的就更难听了，我就想听他当面给句话，这钱，还是不还，看来不来点硬的还真不行了，真是不见棺材不落泪啊。所有的话，小米一一笑纳，还每人泡一杯茶，让座。干耗了一天，一个个无功而返，说几句风凉话各自离去，等着明天再来。

第二天，他们来时店门紧闭。过了半小时还没见小米人影。其中一个拿出手机，只听电话那头小米哽咽着说，蒋健出车祸了，死了。她是夜里接到宜宾公安局电话的，一大早就坐车朝宜宾赶了。大家一片哗然。

半月后，小米又到烟酒店上班了。她面容憔悴，头发蓬乱，还戴着小白花。

老赵先来了。一进门看见小米那样子心就软了，他自己倒了一杯纯净水，找个位置坐下。他说，小米啊，天灾人祸，不可预料的，往后的日子还得过，你也不要把身子拖垮了，想想你还有个孩子，不要想不开。本来，我那十五万块钱是我们老两口养老用的，现在你们这个样子，我也就不好再要了。也怪我当初贪心想挣点利息。现在吧，我们老两口有退休金，还有医保，日子还过得去。以前我来催债，也是老伴逼的，你不要往心里去。这几天我一直把借条带在身上的，现在就当着你的面撕了，撕了反倒省得烦心。这事别跟你父亲说，我和他是老战友，别让他把我看扁了。小米说，赵叔，我们对不住你，以后我有钱了一定还你，我这辈子还不上，还有我女儿还。老赵说，我哪能活那么大岁数啊。说完，他也没说"再见"就起身走出门去。

钱丽丽进来了。她和小米是小学同学，三十好几的人了还没结婚，不过不结婚的好处在她身上得到充分体现，没有老公管着，没有儿女拖着，一人吃饱全家不饿，再加上人长得漂亮，身边一直不缺有钱男人，日子过得很开心。看到小米今天这个样子，她越发觉得独身的选择是对的。她从包里掏出烟，点上一支。她说，蒋哥是个大好人，他走了，可惜害了我们的小米。这几天我咨询过律师朋友，蒋哥人死了，债还是要还的，用你们夫妻的共有财产还。不过，我不会做那种缺德的事，让你们母女无家可归。以前，蒋哥和我签的《债权转让协议》我已经签上字交给了律师，这一份给你收好。我打算向欠蒋哥钱的人要，要到要不到，听天由命吧。今天来，就是告诉你一声，我们的账清了。还有，以后你生活上，或者孩子上学缺钱只管向我开口。谁让我们是老同学、好姐妹呢。

接近中午，孙山进门了，身后还带来七八个人和两辆面包车。他走到小米跟前把事先写好的一张纸拿出来，逼着小米在上头签字。他说，你一个女人家，我不想动粗，你家蒋老板欠我钱这你知道，现在他人死了，账不可能也跟着他埋进棺材。我估计你这店里的烟酒大概也值三四十万，算我倒霉，就当抵我那三十万债了，签字吧。看小米坐着不动，孙山推了她一把，你他妈怎么啦，得了便宜还想卖乖？我告诉你，你今天签也得签，不签也得签，反正我要把东西拉走。这时，旁边店铺的一些人过来围观，有好心人还打了110。正在他们推推搡搡时，警察进来了。警察要把孙山和小米一起带回警局问话。这时，刚刚放学回来的女儿进来了，上前哭喊着抱住妈妈不让警察带走她。孙山用恶狠狠的眼光瞪着小米，又用同样的眼光望望她的女儿。小米害怕了，怕孙山将来对女儿下手。她说，警察同志，你们搞错了，是我叫他们来拉东西的，我们确实欠他钱，抵债了。警察松开了孙山的胳膊，看看那张纸和孙山掏出的欠条,然后说,你确信是自愿拿店里的东西抵账?小米说,是的。当着警察的面,小米签了字,孙山也将原来的欠条给了小米。警察走了,小米和女儿眼睁睁地看着孙山把店里搬个精光。

下午,女儿上学后。小米独自一人坐在空空的店里发呆,她几次想给蒋健打电话,但还是没打。他们事先约好的,不到万不得已,不通电话,连女儿都瞒着的。他们怕万一露馅结果将不可收拾。又来几个要债的,进门看看就走了,都是些小债主,还有沾亲带故的人,有的说几句气话就走了,有的一句话也没说。

傍晚,女儿放学了,和小米一起回家。刚到楼底,就看见李苏夫妻俩在等她。好久没见李苏了,以为他早跑路了。小米和女儿进屋,李苏他们也跟了进来。李苏说,嫂子,蒋哥的事我听说了,你店里今天发生的事我也听说了,不过我有件事也得让你知道。小米愣着了,什么事?李苏不紧不慢地拿出一张借条,上面是蒋健的字,借李苏一百万。小米听蒋健说过借他钱的事,但已经都还上了,难道蒋健骗了她?看出小米的犹豫,李苏说,本来,蒋哥不让我告诉你的,但现在他死了,我只好来找你,因为这毕竟不是个小数字,何况我现在手头也紧,被债主追的不敢回家。她说,我确实才知道这事,你容我几天时间想想办法。李苏说,我调查过了,你现在就剩这套房子了,大概也就一百万吧,抵给我算了。三天吧,就三天时间,我怕时间长了房子被别的债主拿去。还有,在你把房子抵给我之前,我会让我老婆24小时看着你的,你不要见怪,怕你跑路走了,今晚我老婆就住你家了。小米说,在我们家睡哪儿?李苏的老婆说,我就睡外间的沙发,没关系的。

深夜,看女儿已经睡着了,小米从床上爬起来悄悄到阳台上,用备用的手机给蒋健打电话,告诉他今天发生的一切。当听到李苏的事后,蒋健一下子跳了起来,这个龟孙子,那钱我用没几天就还给他了,当时也忘了拿回借条。小米说,那现在怎么办,你是死人了,怎么找他对证?蒋健说,也只好把房子先给他了。这个恶人,乘人之危,他一定会有报应的。你明天先按我们商量好的,把欠我钱的那些借条交给律师,让他开始起诉。然后,你就带着女儿来大西北找我吧,我在这儿已经租好了房子,你们赶快过来吧。放下电话,小米抬头看见女儿已经站在阳台门口。

女儿小声说:"爸爸没死?"

小米不好再说谎了:"是的。"

女儿生气了,说:"你们骗我,都在骗我。"

小米说:"小声点。"她一把将女儿搂在怀里,"女儿啊,爸爸妈妈都是被高利贷骗的。我们现在欠人家那么多钱,一辈子也还不清的,跑路,也是无奈的选择。高利贷,害人也害己啊!"

七天后,小米带着女儿踏上了去大西北的火车。一路上,小米给女儿讲爸爸妈妈认识的过程,恋爱的经历,还有她降临他们家后,一家三口的开心和喜悦。最后,很严肃地对她说,孩子,人啊,一辈子会遇到很多诱惑,你要把握住,一不小心就会铸成大错。遇事要好好想想,多问几个为什么。天上不会掉馅饼,没有免费的午餐,利益和风险成正比,鸡蛋不要放在同一个篮子里,人为财死鸟为食亡,家和万事兴,平安就是福……这些道理,都是前人总结的经验教训,你要慢慢领悟。你的人生路还很漫长,一定要记住妈妈的话。

暧 昧

在机关工作就是需要熬时间。

郝爱民当审计局办公室主任也有好几年了,有事没事,上班时间必须到,下班时间必须在,左局长一般都喜欢在这两个点上到各个科室转转,一来看看是不是人都在,二来也用行动告诉属下,他是在的。左局长不在的时间就理由多了,什么去上级部门开会啦,去基层检查工作啦,或者是又出差啦,云云。如果有人来找左局长,他刚好不在,郝主任基本上不用考虑,就顺便说个上边的理由就行了。其实,他或许又回家帮老婆洗衣服了,或许和几个牌友在哪个咖啡店打扑克牌掼蛋了,也或许去宾馆约会某个女孩子去了,反正没人查,也没人敢问。

这天,办公室新来一个实习的大学生,叫李燕。她人长得又瘦又小,这个"燕"字用在她身上最合适不过了。她还有个特点,就是嘴特甜,一口一个"郝主任"地叫着,一天要叫超过一百遍。郝主任是个老实人,还戴着副眼镜,四十岁的人了,见到女孩从来不敢正眼看人家,就是李燕喊他,他也不看着她回话。时间长了,李燕喊"郝主任"三个字的腔调也有所转变了,有时还加两个字"我的"。其实并没有错,但郝主任听起来有点像女孩撒娇,"我的郝主任",啊,脸红。办公室其实还有两个人,一个被市里抽调到拆迁办帮忙了,还有一个是市里某领导的家属,只是空挂个名,每月只有领工资的时候来上两天班,其他时间就见不到人了。郝主任也不觉得什么不正常,当然也不敢多问。好在办公室的事不算多,每天就是人必须在,熬时间而已。

不过,这个李燕自从到办公室上班,从来就没有迟到早退过。每天,郝主任踩着点到办公室时,地已经拖过了,热水也打好了,办公桌上整整齐齐,郝主任的那个茶杯,不管前一天被放到什么地方,一大早必定回到原来的位置,就是他那张桌子的右上角。李燕上班时还工作积极,任劳任怨,这在当下90后的女孩子中间,已经不多见了,何况人还长得那么漂亮。她还主动向郝主任要事做,着实让郝主任又高兴又心疼。还有件事郝主任一直放在心上,就是李燕跟他说过,想在毕业后到审计局上班。她听说过,公务员每年要考试的,报考的人很多,所以先要入围,入围后就是用人单位面试。光考试还好说,就是面试要靠关系了。她是农村来的孩子,父母都是农民,市里跟本没有关系,连个熟人都没有。所以,她要趁实习这个机会好好表现,争取让局里的领导满意,为将来面试顺利打个基础。有人说,日久生情,指的是男女恋爱的事,其实,郝主任虽然上了年纪,但对天天在眼前"飞"的小燕子也渐渐喜欢上了,你不要多想,仅仅是喜欢,就是打死他也不敢往男女私情方面去发展。

有一天,郝主任的老婆来局里,说被关在家门外了,找郝主任来拿钥匙。李燕是第一次看到他老婆,又高又胖又……刚想到"丑"字,李燕立马打住,怎么能说人家这话呢?情人眼里出西施,也许郝主任觉得漂亮。隔代人,审美观点当然有差别。老婆走后,郝主任感到浑身不自在,一会儿坐坐,一会儿站站,最后嘴里咕噜一句"她就是这样人,丢三落四的",然后,拿个文件夹走出了办公室。李燕对他刚才的那句话有点莫名其妙。

其实，李燕也有烦心事。就是那个左局长，从第一天来报到时，眼睛就一直盯着她看，从上到下，好像用 X 光把她的身体全部透视了一遍，弄得她浑身不自在。后来，他每天到办公室来视察时，都要没话找话和她说两句，什么工作还习惯吗？上班路远吗？天凉了，多穿点。等等。后来有几次，他还点名要她一起参加宴会，还要她坐在身边，有意无意地摸摸她的手，碰碰她的腿。有的客人爱开玩笑，"小秘小秘"地喊她，她很不好意思。好在郝主任也在场，散席后郝主任还把她送学校宿舍。她看出来了，郝主任是不动声色地在保护她。

眼看着冬天到了，路上有了积冰，风吹在脸上也特冷。李燕就干脆连自行车也不骑了，每天就步行来上班。虽然学校宿舍离办公室只有三四里路，可公交车老是不正点，于是她索性计算好时间步行，还能锻炼身体。

局里的考勤机坏了，郝主任向左局长回报。左局长说，干脆换个新的吧。郝主任说，我看能修好的，修不好再说。左局长说，那就赶快修吧，不过，考勤机坏了这事不要说出去，让局里人照样上下班按指纹。郝主任口头答应了。可是，他还是想第一时间把这事告诉李燕，好让她心里有数，不要天天一大早为了赶上班时间路上走得太急，还常常顾不上吃早饭。可不知道怎么说，如何能既让李燕知道，又不让她和别人知道是自己故意说出去的呢？郝主任着实动了一番脑筋。

这天一大早，看到李燕进了办公室，脱去外套，小脸被冻得通红，郝主任主动搭话说："外边冷吗？"

"天真冷。冻死我了。"

"今天交给你一个任务，局里的考勤机坏了，你把机芯带回去，让你们学校的同学给修修。"

"他们是学生，可能修不了考勤机的。"

"试试看吧。反正局里也没人知道坏了，你也不要告诉别人。"

"好的，郝主任。"

就这样，李燕把考勤机机芯用报纸包着装进包里带回了学校。郝主任心想，李燕知道考勤机坏了，也就不赶时间了，她最起码可以早上多睡一会了。她那么瘦，需要多睡觉才能胖。这是他从自己老婆身上悟出来的经验。一连几天，郝主任看到李燕还是按时上下班，还不动声色地到考勤机那儿按手印。郝主任有点着急了，可是又不好挑明了说。他又动了一番脑筋。

上班时，郝主任问李燕："那玩意儿修得怎么样了？"

李燕说："郝主任，我把它交给我们学校计算机专业的同学那儿了，他们很感兴趣，自发成立了攻关小组，还硬把我拉进去，天天陪他们熬夜。"

郝主任心想，坏了，本来想让她趁机多休息休息，现在还加上班了。

郝主任说："天这么冷，办公室事也不多，你就不要按时按点来上班了，"他觉得话说的有点不妥，忙接着说，"我的意思是，你白天可以和他们一起修那玩意，晚上也不要加班熬夜。"

"没事，郝主任，没事的。"

完了。郝主任摇摇头，心里说，你这个傻瓜！然后，拿着个文件夹就出去了。

每年年终的工作总结都是郝主任写的，今年又到该写的时候了。左局长把郝主任叫到办公室跟他说，今年的全局工作总结，就让那个大学生写吧，也好让她锻炼锻炼，你让她到我这来一趟，我当面交代交代她，她写的过程中你再帮帮她，给她改改。郝主任只好遵命。回办公室后，就让李燕去一趟局长那儿。李燕把手头正在看的一本书往桌子上一摔，小脸一沉，气鼓鼓地就拿着笔记本和笔出去了。郝主任看在眼里，没有言语。

一个多小时过去了，李燕还没回来。又半个小时过去了，天也黑下来了，李燕还没回来。要下班了，郝主任拿着一个文件夹走出办公室，轻轻敲响了左局长办公室大门。没有动静，郝主任把耳朵贴近门缝，好像隐隐约约听到左局长在说，只要你听话，我一定让你成为公务员。郝主任急了，使劲又敲几下。

"谁呀？什么事？"左局长的声音传过来。

"是我，郝爱民，我有事请示。"

开门的是李燕，头发有点乱，眼里包着泪水，低着头，望都没望郝主任一眼，从他旁边挤了过去。郝主任推开门，看到左局长那肥大的身躯正端坐在沙发上，大腿翘着二腿望着他。郝主任走到跟前。

"左局长，这是今年各科室报来的先进个人名单。"

"都下班了，明天送来也行嘛。"

"我明天上午要去参加市里的一个会，所以就送过来了。"

"放我桌上吧。"左局长很不耐烦地说。

郝主任放下文件夹，然后离开。回到自己的办公室，发现李燕已经走了。

一连几天，李燕总是闷闷不乐的样子。天天埋头写那份总结，有时左局长打电话过来叫她去一趟。她每次去时都是很不情愿的样子，朝郝主任望一眼，然后才出门。郝主任从她的眼神里读懂了她的意思，于是，每隔半小时，他就会拿着份文件到左局长那儿回报工作。等李燕回来后，郝主任对她说，工作总结每年都差不多，你也不需要太认真的，我把前几年的总结都找出来了，你看看，也就知道怎么写了。李燕说，谢谢你，郝主任。

左局长要到省里开会，他把郝主任叫到办公室说，明天你让李燕和我一起去南京，也让她锻炼锻炼，见见大场面，工作能力要全面培养嘛，你去安排一下吧。郝主任回到办公室，把局长的意思跟李燕说了一遍，想看看她的反应。郝主任其实心里很矛盾，要想进局里当这个公务员，和左局长搞好关系很重要，但是，对于一个女孩子来说，可能意味着付出代价。听完郝主任的话后，李燕没吭声。

按预计，他们要出差三天。三天时间，郝主任都是一个人坐在办公室里发呆。头脑里幻想着一个又一个画面，都是左局长和李燕的。他们住在同一个宾馆，一同出席会议，宴会，晚上挎着膀子在夫子庙逛夜市，吃鸭血粉丝，有说有笑回到宾馆。后来，郝主任想通了，这个社会不就是这样吗？有得必有失，天天都在发生的故事，今天在自己的身边出现一回，太正常不过了，他跟着瞎操什么心，关你郝爱民个屁事。

三天后，左局长到省里开会回来，一大早就到局里了，要郝主任到他办公室来一趟。郝主任不知发生了什么事。见到郝主任，左局长就大声嚷嚷起来，你不是跟李燕说好了和我去开会吗？我告诉你，她根本没去！什么大学生？什么素质？领导布置的任务都不听？她这样的人还想当公务员？听到左局长大发脾气，郝主任只是低着头听，心里暗自高兴。

李燕到九点钟还没来上班。十点钟，李燕还没到办公室，郝主任有点纳闷了。她出什么事了吗？能出什么事？会不会和左局长有关？或者，她病了？犹豫了再三，郝主任才打她手机。对方关机。整个上午，郝主任都没有离开办公室，没有办一件事。

接近下班的时候，李燕推门进来了。

"郝主任，这是我写好的《工作总结》，你看看吧，不行就请你改改了；这是考勤机，已经修好了。"

"噢，知道啦，你都放这里吧。"

"郝主任，还有件事。"

"什么事？现在都到下班时间了，你早点回去，有事明天再说吧。"

"郝主任，明天我就不来了。学校通知说，提前结束实习，放寒假前还有一次考试，我得回校准备准备。"

说话时，李燕一直是头低着，站在郝主任面前。

"也好。"郝主任说，"天太冷，再说，办公室也没多少事，你回学校好好学习，准备明年的公务员考试吧。你的《实习鉴定书》我会好好写的，到时，公务员考试时可能会派上用场。局长还在我面前说过，明年给我们办公室加个编制,到时你来报考吧。"

"我不打算考了,郝主任。"

"为什么?"

"我想好了,我还是回我们农村比较好。我们镇里缺我这样的大学生,我还可以应聘村官,大学生村官。"

郝主任停顿了一下,说:"也好,也好。"

收拾好自己的东西,李燕要出门时走到门前停下脚步,她说:"郝主任,我知道你对我很好。谢谢你。"

望着李燕瘦小的背影慢慢远去,郝主任突然感到一种失落感。

眼前飘过一片云

2008年11月的一天，陈铭休息在家，正看中央电视台的新闻联播。一条消息让他兴奋地突然从沙发上跳了起来，还大喊大叫。妻子从卧室跑出来问，出什么事啦，大惊小怪的？陈铭上前一把抱起她说，机会，机会来了！中国政府9日宣布将实施大规模的经济刺激措施，在2010年底以前投入总额4万亿人民币。妻子不以为然地说，神经病，我还以为和小日本打起来了呢。说完，从陈铭怀抱中挣脱，又回卧室上网了。

妻子不以为然，可陈铭坐不住了。想想自己从省财经大学毕业已经十个年头了，才混个G市商业银行的信贷科小科长干干，现在还住在父母的房改房，老式的两室一厅。儿子已经七岁，整天闹着要和他们分床睡。再想想，一起毕业的同学们个个都混得不错，不是经商发财，就是高官厚禄。最可气的是那个杨家贵，和自己是财大的同班同学，在学校时并不起眼，可现在是他的行长，顶头上司。还有杨的老婆李月茹，高中时的班花。他们三人都是从一个村了走出来的，一直到高中毕业都在一个班，陈铭追了好多年没追到手，结果现在成了杨夫人，他感到人生的失败。不行，这辈子不能就这么算了，他一直在等待时机。今年初，行里组织去浙江考察时，陈铭发现那边的民间资本很活跃，民间借贷也合法了，特别是私营担保公司的出现，更让他看到了希望。今天看到这个消息，职业的敏感告诉他，银行将对贷款放松放大。机会终于等来了，这让他如何不激动。

第二天一上班，照例是中层干部会。各部门回报一周工作，然后是杨行长讲话。没有实质性内容的讲话，他可以足足讲上两个小时。终于等到散会了，陈铭跟着杨行长进了他的办公室，把一份《辞职报告》放到桌上。杨行长望望报告，又望望他。

"有点突然。你想好了吗？"

"是的，迟早的事。"

杨行长早就知道眼前这个老同学心不稳，本来想着明年人事调整时举荐他做副行长，分管信贷。他和李月茹在家闲聊时分析过，陈铭人很聪明，业务熟练，就是心太野，就是当上副行长，他也不会满足的。李月茹可能是心存歉意，也经常给老公吹耳边风，让他多帮帮陈铭。可他也不能把行长的位置让给陈铭吧。

他给陈铭倒杯茶，问他下一步有何打算。陈铭想，将来业务上也需要商行支持，就如实相告，开一家投资担保公司。杨行长又望陈铭一眼说，担保公司是个潮流，你是可以大显身手的，可是，担保业务风险后置，一般人很难把握得住。这样吧，你再想想，过几天我们再谈一次，到时你还要走，我也不好拦你。陈铭心想，你就是拦也是拦不住的，大不了算个自动离职。

接下来的这几天，陈铭不去上班了，人也没闲着。他分别约见了G市做煤炭生意的孙老板和做港口铁矿砂生意的钱老板。他们一拍即合，陈铭成立担保公司的注册资金要2000万，两位老板答应各借1000万给他，以后，担保公司为孙和钱从银行贷款提供方便并免担保费。朋友多好办事，陈铭深有体会。接着，陈铭在双子楼租了整层当公司办公室，又聘请了几个业务人员并许以高薪,都是原银行职员。

赶在09年春节前,中天投资担保公司挂牌营业。宴会之后,送走了前来祝贺的各界名流,陈铭坐在宽大豪华的董事长办公室,把两只脚放到办公桌上,很是得意。想想刚才杨家贵的神态,他暗自好笑,几个国字号大行的行长都到了,场面上根本没有他说话的份。还有一些G市的大老板,都带着厚厚的礼金悉数到场,那场面真是气派。电视台也赶来凑热闹,因为毕竟是G市的第一家民营担保公司,很有新闻价值。那个漂亮的女记者丁楠,还现场对他进行了采访。中午吃饭的时候,她就坐在陈铭身边,惹来一片嫉妒的目光。陈铭抽出一支软中华放到嘴里,又从嘴里拿出来,对着烟端详了一下,心想,现在终于可以不用偷偷摸摸地抽好烟了。想到这,陈铭的嘴角挂上一丝微笑。

一个女秘书敲门进来,送来一份今天到场的嘉宾名单和贺礼清单。陈铭朝她瞟了一眼,她是市金融办汪主任介绍来的大学生。陈铭想,关系就是生产力,有这些关系在自己身边,何愁不左右逢源呢。

很快,中天担保公司就和商行签约了。第一笔业务也是在商业银行做的,陈铭先是买来一家空壳公司,这家公司股东和法定代表人都是陈铭的农村亲戚,他当然知道面上不能和中天是关联企业。接着就从银行贷出500万,无需抵押物,中天盖章担保就放款了。贷款理由是编的,商行信贷员都是陈铭的老部下,考察这一关就免了。用这笔款,陈铭首先买了一辆宝马740豪华款。开上宝马第一天,就请杨行长吃饭,在本市的一家五星级酒店。陈铭坐主人席,杨行长坐他右手,陈铭夫人和杨行长夫人也在座,另外还有几个同学好友。席间,陈铭是酒兴大发,高谈阔论,平生第一次在众人面前抢了杨行长的风头,当然也有在李月茹面前炫耀一下的意思。李月茹看着陈铭借着酒兴有点夸张的表演,和自己丈夫的极不自然的表情,她心里感到有些说不出的滋味。实在看不下去了,她起身上了洗手间。

望着面前镜子中的自己,李月茹有些感叹。她都三十好几的人了,可心里仍然觉得是夹在这两个男人中间生存着。上学时，他俩就都喜欢她，并在学习上一直暗暗较劲，为的是博得她的好感。她对他俩也是难以取舍，觉得都很优秀。高考结束后，他们班几个男女同学一起吃饭，目的是想放松放松，那天酒都喝大了，她也喝了点酒。快结束时，杨家贵把她拉出来说话，在酒馆门外的一堆稻草边强行吻了她，进而强行和她发生了性关系。完事后，她酒才醒，后悔也来不及了，穿好衣服哭着跑回了家。杨家贵回到酒桌，陈铭再三问他，李月茹哪去了。杨家贵推说她家里有事，就先回去了。陈铭预感到可能发生了什么，但又不敢往下想。后来，陈铭问过李月茹好几次，那晚到底发生了什么，她每次都回答说，确实因为家里有点事，先回了。虽然，杨家贵无数次保证会对她负责一辈子，他也确实做到了，可是，她内心仍然觉得对不起陈铭。

酒席结束后，陈铭命令司机将杨行长夫妇送回家。杨行长的公车是奥迪A6，省行分给他们行的旧车，平时为了避嫌，他和商场上的大老板没有私下接触，所以还是第一次坐这么豪华的车。回到家里杨家贵说，同意陈铭辞职，我也不知这是在帮他还是在害他。李月茹也若有所思，没多言语。

陈铭真不是等闲之辈，不到半年工夫担保额度就突破了一个亿，什么概念？就是按3%的担保费算，光这一项就进账300多万。后来，民营担保公司纷纷进入市场，中天一直稳坐老大。其实，业内人士都知道，担保公司收担保费只是次要的，用买来的空壳公司从银行套贷款用，那才是主要的。套出来的钱干嘛？放高利贷啊。民间高利贷点数一涨再涨，月息从最初的二分三分，涨到四分五分，一路攀升，有应急的人，出一毛都敢拿。这就肥了金主，真是赚了个锅满钵满。一时间，陈铭数钱都数不过来了。

又过去半年，公司里的人见陈董一面都难了。他直接在五星级酒店长包了个大套间，在那里办公了。担保额度也是一高再高，两个亿，三个亿，四个亿，看看送来的报表，还在涨。其中自己套用的款有多少，陈铭说不准，财务部长也说不准，估计大概差不多有一个亿吧。陈铭的大脑膨胀了，只做高利贷已经不能满足他的欲望，他又想进军房地产业。这在当下的中国，可是只赚不赔的行业。但买地盖楼周期太长，他找来几个缺钱的房地产老板商谈。陈铭的财大气粗在G市已经是很有名气了，和他打交道也非常痛快。一处正在打桩的小区28座楼很快签下了买断合同。钱不够好办，有了这个项目，从银行贷款更方便了。陈铭的生意和他的名字，就像他公司的字号一样，如日中天。

　　还有件事也传开了，就是开业时见到的那个美女记者丁楠，现在和陈铭是如影随形，公开身份是办公室主任，实际上是情人，大家心照不宣而已。

　　转眼到了2010年夏天，陈铭正在巴厘岛和丁楠度假。突然接到公司电话，说搞铁矿砂的钱老板"跑路"了。挂了电话，陈铭气不打一处来，这个龟孙子，十天前他们还见过面，告诉他要挺住。国际经济萧条影响国内，扛一下就过去了。因为国际不敢说，国内到处都在搞建设，对钢铁的需求量从长远看，只会增不会减，还当即答应帮他再搞三千万的贷款。可他贷款一拿到手就跑了。陈铭没太当回事，骂了这个钱老板几句就和丁楠坐游艇出海了。又过了一天，公司又打来电话，说房地产的建筑商要求付工程进度款，否则停工，要1000多万。陈铭说，从银行贷不就得啦。公司人说，商行回话没有规模了，要我们另想办法，别的行也说同样的理由。陈铭气呼呼地给建筑商老板打电话，想好好骂他一通，可对方关机。后来，公司人传话来，那老板说，工程款欠到500万的时候一直拖到现在，不能再拖了，眼看着要到中秋节了，工人们拿不到钱就不干了，请陈董理解。陈铭骂道，理解个屁！认钱不认人的家伙，当初想接我工程的时候点头哈腰的像个孙子，现在却说没办法。工地不能停，陈铭吩咐先从民间借高利贷顶上，等过了这一关再找他算账。

　　陈铭这次带着丁楠出来本来想多玩几天，可是接连几个电话，让他坐立不安。晚上，陈铭让酒店商务中心给他们订明天的机票飞回去，丁楠是一脸的不高兴。哄了半天，外加答应回去就给她买那辆保时捷跑车，她才对他笑了一下。

回到G市，陈铭在酒店的套间里接连召见公司的几个高管一个一个向他汇报工作，矛盾集中到一点上，就是银行在压缩信贷规模，下半年基本不追加贷款总量，老贷款原则上是只收不贷。知道了，问题出在银行。担保公司是靠银行吃饭的，这样就等于断了粮。怎么办？还得从银行突破。

晚上，陈铭约杨行长两人单独吃饭。杨行长也是好久没见这个G市的名人了，特别是还有一些话要和他说，所以如约而至。两杯酒下肚，陈铭刚要切入主题，杨行长先开口了。陈铭啊，你这段时间光顾你的生意了，不知道国家金融政策已经做了大调整，从中央到地方都在高喊打压房价，银行内部也有规定，暂停向房地产公司提供贷款，我们商行也得照办啊。还有，好多担保公司屡屡出现违约现象，几天前我看了一下报表，你们中天担保的贷款加上房地产项目贷款逾期的已经过三个亿了，是我硬压着没和你们摊牌。

陈铭问："怎么摊牌？"

杨行长不以为然地说："先还后贷呀，这银行老规矩你都忘了？"

陈铭说："杨行长再宽容我几天，我想想办法。看在老同学老部下的分上，你也为我想想办法。"

到今天为止，中天担保了多少钱，房地产项目投了多少钱，还有担保到期未还的有多少，陈铭是说不清楚的。但陈铭清楚要是银行不给贷款，麻烦就大了。开发的楼盘还没封顶，老百姓持币观望，刚性需求越来越少，所以预售款寥寥无几。一边是收不到钱，另一边是要不断地投钱。商行也不是杨一个人说了算的，他得听省行的，还有本行的审贷会。还有，民间借来的高利贷天天有人来要债，放出去的民间借贷却收不回来，见债主一面都难。陈铭开公司以来第一次感到了压力。

他通过小秘书，就是那个大学生，约见了金融办的汪主任。小秘书和丁楠也在座。找汪主任的目的，是想请他出面，让几家国有银行给他放款。陈铭注意到，汪主任的眼睛大部分时间不是望他身边的小秘书，而是落在丁楠身上，还借敬酒的时候摸了丁楠的手。把小秘书气的去了好几次洗手间，一脸的不高兴。她不高兴倒没什么，就气气罢了，关键是他对丁楠感兴趣了，陈铭估计还得有下文。果然，第二天给汪主任打电话，问他5000万贷款的事，他推三阻四，就是不入主题。最后才说，晚上请丁楠一起喝酒，点名不要带那个小秘书。陈铭不好不答应，回头和丁楠商量，丁楠不高兴了，说，看他色迷迷的样子，还想吃天鹅肉。陈铭又是哄又是骗，才和他赴约。她人是去了，可是躲汪主任远远的，不理不睬的样子。这个汪主任也真下贱，不仅不生气，反倒越发迷恋上她来。陈铭假装什么也没看见。唱完卡拉OK已经是凌晨了，陈铭派司机半推半拽送他回了家。回过头来到宾馆，他又安慰丁楠，让她暂时忍耐忍耐。

好几天过去了，陈铭是一笔贷款没办下来。天天都有坏消息传来，某人跑路了，某人被绑了，某人被法院查封了财产，工地又停工了，等等等等。陈铭听的头都炸了。还有，丁楠又一直念叨她的保时捷何时买。陈铭跟丁楠说，还得请汪主任出马和银行打招呼，让丁楠牺牲一下，事成之后，立马帮她买车。丁楠考虑了半天才答应下来。晚上，就在陈铭包的套间里，汪主任如愿以偿。第二天早上一出门，汪主任就给陈铭打电话，让他现在就去找工行的行长先办1000万，其他的4000万贷款，过两天给他话。其实，陈铭就在隔壁房间，汪主任在走廊上给他打电话，他隔着房门都能听见。5000万得分几次办，看来，还要不断地用丁楠供着他，狡猾啊。心里直骂汪不是个东西，嘴里还连声说"谢谢"。

但工行婉言拒绝用中天的名义办借款，看来中天是资信危机了。没办法，陈铭立即把做煤炭生意的孙老板找来商谈，要用他公司的名义从从银行贷款这1000万。孙老板也正缺钱，要求贷下来给他500万用用，否则免谈。开始陈铭不答应，后来想，先答应下来再说，反正钱在自己账上，于是他强压着怒火，笑眯眯地说，有钱大家用，都是好兄弟。

果然，工行的款几天就下来了。陈铭想，这下可以解燃眉之急了。一高兴，撕了一张盖上章的空白支票给丁楠，让她自己去把车买了，也算是奖励，更是鼓励。然后，他把公司几个高管找来开会，看什么地方用钱急。可是，商量了两天也没定下来，原因是到处都急用钱，根本不够分。最后，陈铭只好武断地决定，付房地产工程款，先让工地开工。等下一笔贷款到了，再解决其他问题。

散会后，陈铭感觉轻松了许多，想好好泡个热水澡。已经是好多天没这么舒舒服服地躺在大浴缸里了。他拿起电话给丁楠打去，对方没接，这是从来没有过的事。算了，可能是刚买了新车，还不知在哪里兜风呢，也没多想。刚放下电话，手机又响了，他拿起就说，你跑哪去了，电话也不接。他还以为是丁楠呢，不曾想是财务部部长。对方说，不好了，陈董，银行的钱三天前就被人转走了。陈铭说，不可能，应该还有大约900万的。对方说，千真万确，银行的钱被转走了，空了。陈铭的头脑"翁"的一声。

经查，钱是被丁楠全转走了，她人已经到了加拿大，还用当地手机给陈铭发了个短信，告知一声就关机了，再也联系不上。陈铭立即召开紧急会议，要大家保密，更不能报案。晚上，陈铭关掉手机，在酒店的套房里徘徊。丁楠拿走1000万是小事，可她这一走，汪主任答应的另外4000万就不会再有下文了。下一步该怎么走？想了一夜也没想出什么办法。天快亮了，他才和衣倒床上睡去。等他醒来已是中午，打开手机，看到有十几个电话来过，其中就有杨行长的。他拨通电话，谎称昨天晚上酒喝多了，刚睡醒。杨行长要他下午一上班就过去一趟，陈铭答应一定准时到。

在杨行长办公室，他们对面而坐，面前放着两杯上好的西湖龙井茶。

杨行长说:"找你来是想跟你说个事,过两天省行一个检查组要来,要是被他们知道中天逾期那么多贷款未还,我这乌纱帽要丢,你也别想再从我这贷一分钱了。"

陈铭说:"那怎么办?你知道,我现在也没有钱的。正想请你帮忙贷点款呢。"

杨行长说:"你和我是老同学,我当然会帮你的。上次你让我帮想个办法,我想了一个你看如何?"

陈铭急切地问:"什么办法?"

杨行长说:"我联系了一家在G市的中国十强房地产商,他们有钱借给你暂时用一下,等检查组走了,我再贷款给你把人家钱还上。"停顿了一下,杨行长接着说,"不过,他们对你对我都不放心,要求你用正在开发的楼盘作抵押。我知道,你的楼盘不止这点钱,但很快就可以把钱贷下来还人家,楼盘就又是你的了。"

陈铭想,也只好这样了。

晚上回到家,杨行长主动和李月茹说了此事。李月茹问,你真打算再贷款给陈铭公司?杨行长说,当然不会再贷。陈铭现在已经是举步维艰了,法院的朋友告诉我,好几家银行都在准备材料要告中天,要封他公司的财产,我要不先下手,恐怕就来不及了。我现在唯一能做的是,让他的楼盘按他实际投入的成本价成交。

李月茹说:"那他的房地产算是白忙活了。"

杨行长说:"这已经是最好的结果了。"

李月茹急了:"你这不是骗还吗?"

杨家贵也急了:"我能有什么办法,难道要我和他一起死?!"

李月茹听后半天没说出话来。见李月茹真的生气了,杨家贵又过来安慰她说,我还是会想办法帮他的,帮他,首先我得坐稳行长的位置啊。以后,你抽空常去和他老婆说说话,看他家里有什么困难。

此后，陈铭是不敢去公司了，酒店也被人发现，家已经好久没回去过了，现在这个时候就更不敢回家了，他要躲着向他要债的人。他接连给杨行长打了几次电话，杨行长要么正在开会，要么就是出差了。最后，杨行长被逼急了才跟他挑明说，现在没有信贷规模，等以后有了再说吧。完了，陈铭以前在银行工作时也和不良客户说过同样的话，潜台词是不贷款给你了，不和你玩了。大骗子，陈铭咬牙切齿地说，可是现在说这些又有什么用？

欠银行的钱还好说，大不了就是上法院，打官司，经济纠纷，谁怕谁。可是，欠民间的钱就没那么容易对付了。在火车站边上的一个小旅馆里，一个债主带一帮人逮到了陈铭，把他困在墙角，24小时换人轮流和他谈话，不让他睡觉，要他必须还钱，否则，就要卸陈铭一条膀子。还说前几天因为10万块就剁了某某人一个手指头。本金50万，现在连本带利快100万了。陈铭去哪里弄钱，就那辆宝马还能值点钱。最后，债主也算是宽宏大量，押着陈铭就去了车管所，办理了过户手续，算两清了。那辆宝马他是花了近150万买来的，开了一年多就没了。后来听说，公司的办公家具都被债主们搬走了，公司关门了。反过来，欠陈铭钱的人现在一个都找不到，他安排几队人马分头去要钱，都是两手空空回来，不仅没要到钱，还伸手向陈铭要工资。这是什么世道？陈铭，伤心啊。

躲在郊区的一个小镇上，陈铭是度日如年。反思自己这一年多来走过的路，意识到自己诸多的失误，他甚至想到过自杀。不行，老婆孩子怎么办？他用新号码给李月茹打电话，问问自己家里情况。李月茹这段时间天天和他妻子通电话，还三天两头买些礼品送他家。她告诉陈铭，不要想不开再做出什么傻事，老同学，没有过不去的坎，躲，总不是个办法。李月茹的话虽然解决不了根本问题，但还是能宽慰他的心。

小镇边上有个小庙。一天下傍晚的时候，陈铭走进庙堂，跪在观音菩萨面前恭恭敬敬地进了一炷香，许了三个愿。一是希望父母健康长寿，二是希望妻儿平安幸福，三是希望有贵人相助。出了庙门看见一个老和尚正和两个小孩在大树下下象棋，他便走过去。两个棋盘，一对二同时进行的，接连下了好几盘，那两个十岁大小的男孩根本不是老和尚的对手。最后，老和尚将棋盘收起说，天不早了，你们都回家去吧。小一点的男孩还不愿走，被大一点的男孩硬拉着走了。陈铭上前和老和尚搭话。

"老先生棋艺高超，他俩加起来也不是你的对手。"

"今天的输赢对他们来讲并不重要，但能看到将来。"

"将来，你以为哪个小孩更有出息？"

"你注意到没有，那个大一点的男孩，每次输棋都是一脸的沮丧，不停地埋怨，早就要撂棋不下了，这叫屡战屡败；那个小一点的男孩，则是不停地思考，再三要下，这叫屡败屡战。想想其中的区别，便知道将来的结果了。"

"老先生是话中有话啊？"陈铭好像听出了老和尚的话外之音，紧跟一句。

"其实，我刚才已经注意到你了。像你这样的年轻人，很少有独自进庙门静静心的。你面容憔悴，目光无神，遇到麻烦了吧？"

"请先生赐教。"

"有所求必有所困。没什么大不了的，本来，人世间的一切都是过眼烟云。"然后，望着陈铭意味深长地说，"天不早了，快回家去吧，回家去吧。"

下山的路上，陈铭反复琢磨老和尚刚才说的话。这天夜里，陈铭做了个梦，那位老和尚在他耳边不断地重复一句话：回家去吧，回家去吧。陈铭顿悟。当天夜里，他敲响了家门。妻子以为又是来要债的人，披着睡衣在门里说，谁呀？陈铭不在家，你行行好走吧，孩子睡了，明天还要上学呢。陈铭的眼泪一下子涌了出来。他带着沙哑的声音说，是我。听到是陈铭的声音，妻子没说话，把门打开，此时小儿子已经站在妈妈身边，手里还拿着一个鸡毛掸子。陈铭心头一酸。他伸手想摸摸儿子的头，儿子迅速躲闪到妈妈身后。儿子对他已经生疏了，不让他碰。妻子望了他一眼，拉着儿子掉头就回卧室去了。陈铭心里感叹，大概有一年没进这个家门了，还是那个破旧的两室一厅，还是那个熟悉的旧沙发。家，永远是世界上最温暖的地方，其他的，都他妈的是过眼烟云。

陈铭一屁股坐在那张旧沙发上。

生命中的十首歌

不同年龄段的人对人生会有不同的感悟,所谓三十而立,四十不惑,五十知天命。快六十岁的人想什么呢?金建岳自己都没想到,他会跑到南京艺术学院当个旁听生,学起作曲来了。一天的课程下来,他要用整个晚上的时间温习一下,要不然记不住,然后还要把明天的课备一下。人是辛苦了点,但很开心。哪来的这股动力?其实是为了圆梦,当作曲家的梦。还有一个原因是,她住在南京。

她叫杨敏,苏州人,那年他们都十八岁,在苏北财经学院的会计专业学习,金建岳和她在同一个班。那个年代流行暗恋,流行柏拉图式的爱情,不像现在的年轻人那么直白,那么快速,这是不同的时代背景下产生的恋爱方式,没有好与坏、对与错之分。一晃快四十年了,金建岳心里还放着这份感情。其实也不是刚想起来,而是这份感情一直陪伴着他一路走来,他从没忘却。只是在他人生当中的每个阶段,目的性在不断地改变、不断地升华。到南京的第一个学期快结束了,他还没和杨敏见面,偶尔发发短信通通电话什么的是有的,但杨敏根本不知道他人在南京。

教授今天布置每个学生创作一首歌，作为期末考试的一部分，其中最优秀的一首将代表他们班参加校庆会演。还说，每一首经典的歌曲背后，都会有一个感人的故事支撑。要想感动别人首先要感动自己，要勇敢地把自己的伤口扒开来给别人看，否则别想得高分。金建岳感觉教授真够狠的，这个命题好像就是冲着他来的。没办法，挑灯夜战时，他又把和杨敏的感情经历回忆了一遍。他睡不着觉了。先是一口气写了三份歌词，都觉得不满意。撕了重来，忽然又觉得无从下笔，绞尽脑汁也没写出几行字来。实在写不下去了，他给杨敏打了个电话，想找找灵感。

"杨敏吗？你好，我是老金啊。"

"一听声音就知道是你，这么晚了，有事吗？"

"晚吗？"

"都快夜里十二点了。怎么还没睡？"

"噢，我忘了时间。对不起，打搅你了。"

"你在哪里？"

"我在南京。"

刚说完，金建岳就觉得说漏嘴了，但已经收不回来了。索性就把打电话的目的说了。杨敏认真听完，然后她说，明天晚上一起吃个饭吧，我们好像又有三年没见面了。金建岳说，好的，我的歌词有希望了。

第二天晚上，金建岳早早来到南艺门前的"西墅咖啡馆"里，找了个靠窗的位置坐下。杨敏从一辆捷豹车里出来了。见到金建岳轻轻拥抱一下，然后说，我这车怎样？金建岳说，小众、小资，车如其人。他们简单客气一番，然后双双落座。金建岳有点迫不及待，开口就谈歌曲创作的事。他说，这是我生命当中的第十首歌，我想打造成一个精品，算是对和你之间故事的一个总结，所以必须认真对待。很严肃的话题，金建岳总是以一种轻松的口气说出来，杨敏已经习惯了。

"为什么是第十首歌,另外九首是什么?"她问。

"这是我的个人秘密,从来不示人的,想听吗?"

"想说吗?"杨敏调侃他一下。

"超级想说给你听。"

"那还等什么?"

人活过知天命的岁数,对人世间的一切都能泰然处之,这就是岁月的魔力。他说,我们刚到财院的时候是上世纪七十年代末,第一眼看到你时,我就喜欢上你了,因为你身上集中了我印象中所有江南女子的美好形象,娇小,精致,温柔,聪慧。那时学校的广播里天天播放《在那遥远的地方》,歌中唱到"我愿做一只小羊,跟在她身旁,我愿她拿着细细的皮鞭,不断轻轻打在我身上。"我眼前立马出现辽阔的大草原画面。第二首歌,是在财院的联欢会上,你跳舞的伴奏歌曲《橄榄树》,哀怨、憧憬,通过你的身体语言充分表现出来,太美了,叫我怎能不爱上你。那时,你曾问过我,为什么算盘打得那么好,我现在告诉你实话,是想引起你的注意。毕业离校的前一天,我鼓起勇气给你递了张纸条,想约你见面表达爱意,但你拒绝了。在那条河边我一直吟唱我生命中的第三首歌《月亮代表我的心》,"你问我爱你有多深,我爱你有几分,你去想一想,你去看一看,月亮代表我的心。"我是一直唱到月亮升起。

"你是不是觉得我特可笑?"金建岳问。

"有点儿,接着说。"

第四首歌是在毕业后,我们各奔东西,你回到了自己的家乡,我天天唱着《在水一方》,无数次幻想着有朝一日有位佳人依偎在身旁。在书信来往中,我含蓄地表达了对你的眷恋之情。记得那是毕业后的第三个春节,大年初一,我独自乘长途汽车去看你。那天你在单位值班。你说我是一只傻鸟,你说我们居住在两个城市,不会有将来的,你还说，你已经有了男朋友，他很优秀。我默默地离开了，心中唱起第五首歌《我的未来不是梦》，"我不在乎别人怎么说，我从来没有忘记我，对自己的承诺对爱的执着，我知道我的未来不是梦。"我发誓等自己变得足够强大了再来找你。你能想象我奋斗的艰辛吗？我屡战屡败、屡败屡战，是你，在精神上一直支持者着我。

说到这里，金建岳眼眶有点湿润。他停下话语，喝了一口茶，然后接着说。

若干年以后，从一个同学口中得知你早就离婚了，而我也早已为人父。我借口出差路过苏州，其实是专门去看你。事先并没和你联系，也没有你的电话号码，只知道你工作之外开了间小茶馆。我找到后就进去坐下来，像个客人。那是晚上八点二十分，你进来了，一眼就看到了我，径直走了过来。那时，你已在一家报社工作，写专栏。那天晚上，你把我送到宾馆就走了，走得那么坚决。"爱太深容易看见伤痕，情太真所以难舍难分，"这第六首歌《千纸鹤》陪了我一夜。

第七首歌是《特别的爱给特别的你》，那年满大街的人好像都在唱。我在南京上成人大学，你已在南京工作。好不容易和你联系上。你来看我了，我们一起在宾馆大堂吧里喝咖啡，然后还到一家舞厅唱歌跳舞去了，像一对老朋友、兄妹，几次要向你表白，但你总是回避我。第八首歌是《死了都要爱》，那时我们都已经不再年轻，但我的心还不老，心中的爱还在沸腾还在燃烧。这么多年过去了，我好像突然发现我依然爱着你，依然那么的强烈。

第九首歌是《传奇》，是2010年春节晚会上唱红的一首歌，"宁愿用这着一生等你发现，我一直在你身旁从未走远"，完完全全道出了我的心声，只不过爱的方式发生了转变。我选择了远远地注视你，不忍心去打破你平静的生活。现在，婚姻对我们来说已失去了存在的意义，我只求相知，不求相伴了。

金建岳收回思绪，目光落在杨敏的脸上。他说，我心中的"你"和这九首歌这么多年来一直陪伴着我,激励着我。如果我的人生还算成功,那么我应该对你真诚地说一声,谢谢你。现在,我想创作一首歌,算是我生命中的第十首歌,是给这份爱一个总结。说的人起劲,听的人认真,两个人的脑海中不断地变换着画面。

"歌词写好了吗?"听完后,杨敏极力以一种平和的口气说。

"写了几个,但都不满意。"

"这个周末,我那养子从英国回来看我,你过来和我们一起吃个饭吧。"

"好的,我也想再见见他。"

早就知道杨敏搞了个叫"蓝波湾"的会所,在清凉山边上的一汪水塘边,还真没去过。来南京这些天也曾偷偷去看过一次,只是远远地望望,没进去。现在正好有这个机会。一大早,金建岳就出南艺校园了,他想先到附近的花店买束花吧,但把花拿手上又觉得不妥,心里有种怪怪的感觉。那就买点水果吧,还是觉得不妥,会所能缺这个?等到他两手空空来到清凉山时已经是十点钟了。金建岳车停好后下来,先是近距离把蓝波湾的建筑和外围打量一番。和自己想象的差不多,或者说和杨敏的风格差不多,特别是那一池湖水,真可以让人暂时忘却尘世间的烦扰。站在水边他给杨敏打了电话。不一会儿,杨敏从蓝波湾走了出来,带着他走进了会所。中式风格,软装为主,大量地使用了木料和布,还有一些精致的摆件,置身其间,让人有一下子就能把心静下来的感觉。这时会所里的客人并不多,只有七八个人。有两个人起身走过来,杨敏微笑着和他们点点头,叫领班带着他们到处看看。然后和金建岳说,都是些熟人,朋友。受大环境影响,到会所消费的客人少了许多。现在,我们实行了会员制,不对外开放的。来到她的办公室,金建岳坐在布艺沙发上,屁股好像一下子陷了进去,很是舒服。杨敏递上一杯清茶,和他相对而坐。

"这是我几天前去黄山旅游时带回来的猴魁,我觉得不错,你尝尝。"她说。

"我对茶没有研究，不过我喜欢淡茶，这个猴魁很淡的，我喜欢。"

"你的歌词写好了吗？"

"还在构思，没敢下笔。"

"写出来后，一定是个好作品。"

"必须的。"

上次见面光顾着谈十首歌的事了，时间关系也没谈各自现状。现在，他们一边喝着茶，一边把自己目前的情况向对方简单说了说。金建岳说，我早就把会计师事务所交给自己的儿子管了。现在没事就写写小说，弹弹钢琴，还有就是现在学习作曲。我不想当什么作家，当什么音乐家，不是因名利所为，只是喜欢而已，圆自己多年以来的梦。我有一个观点，艺术是为生活服务的，如果把艺术当成谋生的工具，就是对艺术的践踏。杨敏说，我还是单身，现在把大部分的积蓄都投到这家会所里了，对物质早已无所求，只想在自己的这个小天地里过自己悠闲的日子。每年都出去旅游几次，我是属于那种"盲游"，这是我自己起的名字，就是说走到哪儿是哪儿，没有固定的目的地，也没有时间上的约束，一切全凭兴致。这次去黄山旅游，在宏村一住就是七天。我还买了一套画具，和到那里的学生们一样坐在湖边写生。金建岳调侃她说，你这样一个人转悠，不怕被人绑架了？杨敏笑说，都成老太婆了，没财没色的，谁稀罕啊。金建岳说，那是他们不识货，才让你侥幸逃脱。

优美的钢琴声传来，杨敏说，是我那养子回来了，他每次回来都要先弹一曲《献给爱丽丝》后才找我。说这话时，她的脸上露出幸福的微笑。她接着说，我儿子有一点像你，对什么都感兴趣，而且还都能来两下，弹钢琴就是你当年要求他学的。我？金建岳有点糊涂了。杨敏说，就是那次你来看我，你在人家咖啡馆的钢琴上弹了这个曲子，还让他以后学的。想起来了，金建岳说，我和他还有合影照片呢，一直保存着。

杨敏说，都有十年了，你还真是个有心人。

"妈，我回来了。"儿子上楼了。进门看见金建岳，他一下子愣住了。

"这是你金叔，你们见过，想起来了吗？"杨敏说。

"亮亮！都长怎么大了，成帅小伙了。"金建岳说。

"金叔，我不是没认出来，我是觉得你一点都没变老，不像我妈，白头发都有了。"

"不会说话，这么多年书都白念了，看把你妈气的。"

杨敏只在一旁笑，看着他们两人斗嘴。

吃饭的时候，他们气氛融洽，像是一家人。席间，杨敏问亮亮给金叔的礼品呢？亮亮只说有礼品给金叔，但就是不拿出来。杨敏说，你看看，孩子大了，不听妈的话了。金建岳开玩笑说，一定得让你妈过目啊，别把传家宝给外人了。亮亮说，妈，这是我们爷们的事，你就不要管了，是吧，金叔？说完，还向金建岳挤挤眼。

三天后晚上，金建岳正在宿舍写歌词，明天就是交作业的最后期限了，他连歌词还没写好，他打算熬夜了。这时，接到亮亮的电话，他们就在宿舍楼下见了面。亮亮交给他一个信封，说，我回来的那天晚上看到我妈写了这份歌词，我想这一定和你有关，就偷偷抄了一份。那天你去的时候想给你的，怕我妈不同意，所以今天特意来送给你。金叔，还有件事我要告诉你，我妈患有先天性不孕症。所以，这一辈子她爱的人不敢爱，爱她的人也离她而去，好像只有你一直和她有联系。很小的时候开始，我就常听我妈说关于你俩的故事。其实，她很在乎你，她觉得生命中有你出现，是老天给她的补偿。亮亮最后说，我这次回来，就是要说服妈妈和我一起去英国定居的。

回到宿舍，金建岳打开那只信封，杨敏那娟秀的字体映入眼帘。

当我想起你的时候

就有那么一首歌在我的脑海中响起

依稀看到你还站在桥下望着天上的月亮

久久不肯离去

一阵风从耳边轻轻吹过

你唱的这首歌也随风飘去

当我想起你的时候

就有那么一首歌在我的脑海中响起

仿佛看到你在茫茫人海中挣扎

为了托起明天的梦想

夜深人静时

你轻轻哼唱着这一首歌

当我想起你的时候

就有那么一首歌在我的脑海中响起

你走在树林中望着落叶慢慢飘下

俯身拾起一片仔细端详

仰望蓝天

这首歌在无尽的天空回荡

我已经很多年没有流过泪

你生命中那些歌也给了我安慰

假如一切可以重来

假如可以再回到从前

我一定和你一起

合唱属于我们生命中的那十首歌

一部伟大的作品往往是一挥而就，就像以前的《梁祝》、最近的《天路》，还有很多很多音乐作品。但是，一时的灵感和岁月的积累是有必然联系的，这不像摸彩票中大奖，人人概率一样机会均等。一个晚上的时间，金建岳就把曲子谱出来了，优美的旋律，像是从他的血液中流淌出来。第二天一上课就交给了教授。教授望望他说，昨天你的作品还没有一点影子，今天一大早就交作业了，你到底是老才子还是老疯子？等我看看再说。

又过了一天，金建岳以一种惴惴不安的心情坐在教室里。教授踩着铃声进来了。他先扫视一下大家，最后把目光停在金建岳的身上。他说，这次的作业我都看了，总的来说都不错，特别是有几个精品让我欣喜，同学们都很努力，努力成为优秀的音乐人。音乐可以记录人生也可以改变人生的，请你们相信，音乐无所不能。下面我宣布，代表我们班参加校庆会演的歌曲，是金建岳同学的《生命中的十首歌》。现在我就把复印件发给大家，今天这堂课，我们就来谈谈这首歌。掌声在耳边响起，金建岳的脑子里又浮现杨敏的身影。他想，一放学就去见杨敏，把这件好消息当面告诉她。

他穿上西装打上领带，还带了一大把"勿忘我"来到蓝波湾。不对，大门紧闭，门上还挂了个牌子，"暂停营业"，怎么回事？这时，过来一个老头，像是看门人。

"没看见牌子吗？"

"我找杨敏，就是会所的老板。"

"你是谁？"

"我叫金建岳，是她的一个老同学。"

"金建岳？你等等。"

不一会，那个老头又从里边出来了，隔着大门递过来一个陈旧的小木盒，说："杨老板让我把这个交给你。这个会所已经卖给别人了，你以后就不要来找她了。"

"她人呢？"

"去英国了，不回来了。"

打开那个小木盒，里面是十几封信，都是他以前写给她的，大部分已经发黄。盒子里还有一束勿忘我，已经干枯发脆，但看起来依然美丽。

我的玛利亚

我和江丹丹是一个大院长大的孩子,我比她大三岁,父母都在县机关工作,所以小时候经常在一起玩。我上高中时她读初中,从那时起我们就"男女有别"了,五六年没有说过话。等我大学毕业开始工作后,她还在大学念书。记得有一年在她放暑假回家时,我们在大院又碰面了。我们都不知说什么好。是我主动向她要了QQ号,然后才开始在网上经常联系。到这时,我们的爱情故事没有什么一波三折感天动地的经历,好像我俩从小就说好似的,等长大了就自然而然地走到了一起。没有什么表白,也没有什么信物,甚至都不知道我们的恋爱是从哪一天开始计算的。

她念的是师范,当老师好像是她与生俱来的梦想。我从和她恋爱后才知道她是多么喜欢这个职业,才知道"老师"这个称谓是多么的神圣。和她聊天记录中,谈得最多的就是关于老师和学生的内容。她幻想过将来生七个孩子,像外国电影《音乐之声》里的那个玛利亚一样,自己带他们,教他们,让他们统统上师范。我说,你怎么不让他们学律师啊?她很不情愿地说,那就留一个给你吧,将来像你一样当个只讲法律不讲人情的大律师。我的诉求,就得到这点支持。我假装生气地说,也只好这样了,我的玛利亚。

看来,人的一生注定不会顺风顺水,老天爷会故意弄出点事来烦你。丹丹大学毕业后回到县里,被一所中学录用。上班之前,她到医院检查一下身体。一年前她因腰椎间盘突出做过一次手术,最近又感到腰疼得厉害。她检查后得知,是迟发性神经损害,已经很严重了,需要住院一段时间进行复合治疗,治好后,也不能再长时间站着当老师了。经过再三考虑,她决定对病情保密。她一定要当一回人民老师,哪怕只有一年。我能理解,虽然我不同意她的决定。当然,本来打算她毕业后就结婚的计划也就搁置了。

她进了我们县的一所普通中学,是高三(1)班的班主任兼语文老师。这是她跟校长要求的,她要带这个班一直到高考结束。开学的第一天,她让我开车送她到学校,她说有点紧张。我不以为然地说,都是些小毛孩子,至于吗。我还说了些让她放松的话。记得那天她穿了身很职业的套装,以前没见她穿过,我估计是刚买的。晚上下班时,我主动去接她,在学校门口等她。看见她出校门了,这时,有几个学生从她身边经过,还主动和她打招呼"江老师再见",她微笑着向学生们挥挥手,外人听起来很普通的一句问候语,她感觉是那么的动听。但坐到我车上后,她脸上的笑容一下子收敛起来。

"江老师,梦想成真了怎么不开心?"我说。

"去去去,你不懂。"

"我怎么不懂?今天开始有人喊你'江老师'了,你开心才是啊。"

"我说的不是这个。"

她告诉我说,学校今天布置下来,开学的前两周搞军训,结束时还要搞个比赛。可分配到我们班的那个教官有事,他要三天后才来,学校让我先带着练练。我说,那你就先带着他们走走正步,立正稍息呗。去去去,她说,这是我当老师接到的第一个任务,比别的班少练三天,比赛时还不垫底啊。她是真的着急了,我只好安慰她。我说,要不我去当教官吧,反正我也参加过军训,知道一点。她说,你去肯定比我强,但是只知道一点还不够。那天晚上,我吃完饭就趴在电脑跟前,查了好多军训方面的资料,一直研究到深夜。

第二天,我穿上绿军装精神抖擞地来到操场上。说实话,心里还真有点发虚,但是看到丹丹带着班里的学生们走过来时,我一下子来了精神。我先向丹丹敬了个军礼,然后转身面对着五十四名学生。

"立正!"我大声喊道。看同学们好像还没反应过来,我又喊道,"稍息,立正!"同学们还是没打起精神来。有个男同学还笑出了声,嘀咕了一句"傻大兵"。声音不大,但在同学们中间还是引起不小的骚动。我指着他(后来知道他的名字叫秦凯,还是市业余体校足球队的主力后卫)大声说,"这位同学,请出列。"只见他晃悠悠地从人群中走了出来。我上前一步给他行了个军礼,说,开始训练前,我先讲讲为什么要军训,我讲完后请你用几句话概括我讲的内容。然后,我转向大家说,首先,我先向同学们说明军训的内容,包括稍息,立正,跨立,停止间转换,三大步伐的行进与立定,步伐变换,坐下,蹲下,起立,敬礼,报数,最后是分列式训练。军训的目的,是培养同学们具备良好的军人姿态和雷厉风行、刚毅果断的军人气质,培养令行禁止、勇敢顽强的作风和严格的组织纪律观念。还有就是锻炼你们的毅力,强化你们的身体素质。我一口气讲了要有十分钟时间,一点都不打结,全是前一天晚上恶补来的。其间,我用眼睛的余光望了丹丹一眼,她也很认真地在听我讲话,对我有一种肃然起敬的感觉。

"这位同学,请你现在回答我的问题:军训的目的是什么?"

"锻炼身体,磨炼意志,有集体意识,有纪律。"他说。

"回答得很好,大声点让同学们都听到。"

"是!"他又大声重复了一遍。

"入列!"我命令道。

"是!"他说完,还给我行了个不怎么标准的军礼。引来同学们哄堂大笑。

我说,大家不要笑,等训练结束了,我可以保证,你们每一位都会行一个标准的军礼。还有,学校方面有打算,这次军训结束时要搞一次阅兵式比赛。我当年上高中的时候也参加过军训,而且,我们班还得了全校第一名。现在,我是我们部队的业务标兵,当了连长,每年都要训练新兵。我有信心训练大家成为我们全校第一,我问一下我们(1)班的同学们,对拿第一名有没有信心?

"有。"

"声音不够洪亮。有没有信心?"

"有!"

大家的积极性都被我调动起来了。接下来,我带同学们训练起来。说实话,三天下来真把我累得够呛,别看简单的立正行走、收腹挺胸,在养成习惯之前还真是累人。晚上回家,我还要先学习第二天的训练内容,光对着镜子练习敬礼,就把膀子都累肿了。丹丹每天晚上来我家陪我练习,还给我用毛巾热敷。第四天,我一天都躺在床上休息,同时等丹丹晚上来给我汇报。她一进门就给我一个大大的拥抱,然后告诉我说,那个教官来了,对前三天的训练成果给予肯定,还在同学们面前一口一个"我们连长,我们连长"地称呼你。那个教官对我说,以前他也接到过任务给学生军训,只是流于形式,教官和学生都是无所谓的态度。这次他感到了压力,因为你已经宣布要拿第一,学生们也个个憋着一股劲,他不认真对待也不行了。看教官那个倒霉样子,丹丹说她开心死了。

比赛那天,我戴着墨镜躲在人群中看着同学们齐刷刷地从主席台前走过。秦凯走在前头高喊着口号,同学们个个精神抖擞,整齐划一,现场的表现让我都感到吃惊。我没亲眼看过天安门前的国庆阅兵式,但看到同学们的表现,足以用"震撼"这个词来形容。结果不出预料,丹丹他们班拿了第一名，她上台从校长的手里接过了奖状。

有了好的开头，丹丹对教学就更有了信心。但是，期中考试的成绩下来，学生们考的并不理想，好像一盆凉水从她头上一直浇到脚后跟。丹丹愁的都哭鼻子了。我说，不要太认真嘛，你们就是普通中学，到你们学校上学的学生，要么是学习不好的，要么是不想学的，这不怪你。这本来是安慰她的话，可是她听后更生气了，还用小拳头打了我。我抱着头大喊"老师打人了，老师打人了"。闹归闹，等她消气了还得和她一起想办法。我和她分析原因，想到"因材施教"这个典故。于是，就从这入手，对每个学生进行摸底、谈心、家访，然后有针对性地制定教学计划。

同学们也很争气，很快就形成了良好的学习氛围。现在的学生没有笨的，关键看他（她）用不用心去学。老师的作用除了教授知识，更重要的是教学生正确的学习方法和培养良好的学习兴趣。丹丹在实践中领悟到许多大学里学不到的知识，写了大量的教学心得，并向有关杂志投稿发表，还有两篇论文得了奖。其实，我更关心她的身体。她太爱教学，太爱她的学生了，全身心地投入见到了成效，但她的身体情况越来越不好。我几次催她到医院看看，她总说没时间，甚至给她联系好了一个来我们县巡诊的上海专家，也因为她要去家访而耽误了。我感觉，她就是在拼命。我能理解她，她是将这个毕业班看得太重，她要把更多的学生送进大学。同时，她也要证明自己，给自己有限的老师生涯画个圆满的句号。

学生的成绩上来了，可是她的腰疼却越来越厉害，站一会儿就得用拳头捶几下。她每天都计算着离高考还有多少天，埋怨时间过得太快，而我则期盼着高考那天早日到来。我天天晚上陪着她，帮她批改学生作业，帮她分析每个学生存在的问题以及解决办法，每天还要给她做四十分钟的按摩。有时我们也讨论将来，我问她，将来如果不能当老师了，你打算做什么？她说，做家教也不错。看看，还是当老师教学生。从她身上，我看到了老师的伟大，我对以前教过我的老师们更加崇敬了。

高考前一周，全市统一进行模拟考试，她们班的总成绩在全校六个毕业班中是第一名。可以松口气吧，但这时校长找她谈话，给予她表扬和肯定，让她再加把劲冲刺一下，关键时刻不能掉链子。我还能说什么呢？只好和她咬牙再坚持几天。高考前两天，按学校规定发放准考证，然后是放学生一天假。那天，丹丹又穿上第一天去学校时的那身套装。她打起精神，还化了淡妆。我怕她出什么意外（我指的是她的病），不放心，一路跟着她到了学校。她先告诉同学们几点高考注意事项，正要发放准考证时，我进去了。她和同学们都大吃一惊。我先和她一起将准考证——发给大家，然后，我走到讲台前。

我说，同学们好！今天，我是以江老师的男朋友身份站在这里，想和大家说几句心里话。首先要说的是，我以前对大家说了谎，我不是军训教官，更不是什么连长，我是看到我女朋友着急，冒出来顶替了三天教官。因为，你们江老师不想让她这班的学生比别的班差。少训练三天，可能就没有了那个第一，没有了那个第一，可能就没有了现在同学们的这种自信满满。我还要告诉大家，今天可能是你们的江老师最后一次站在讲台上，因为她病了。简单点说，就是她不能长时间地站立，不能在讲台上讲课了。其实，在接你们班之前她就知道自己的病，但她对学校、对你们都隐瞒了这个事实，因为，她太爱教师这个职业，太爱你们了。与人为师，帮人解惑是她的梦想。现在她圆梦了，她是幸福的。你们有过这样的好老师，所以你们也是幸福的。

同学们静静地听着我的讲话，一个个眼睛里都挂满了泪水，有几个同学还哽咽出声来。我的眼眶也湿润了。

班长首先站起来说："江老师，我们一定好好考，不辜负您的希望。"

另一个同学说："老师，您要多保重身体，将来，不管我们走到哪里，都会来看您。您是我们永远的老师。"

秦凯也站起来说："江老师，我这两年没少惹您生气，请您一定原谅我。"

最后，丹丹说话了："同学们，老师爱你们，永远爱你们。我的病没什么大不了的，你们别放心上，明天好好休息一下，准备迎接你们人生的这次重要考试吧。"

当天晚上，丹丹就病倒了。我和她的家人一起把她送进了医院。她再三叮咛我们，不要让学生们知道她住院的事，免得他们考试时分心。三天后，医生的诊断结果出来了，病情太重要再动一次刀，即使成功，也不能腰部受力，连长时间站着都不行。按医生的要求，先静养一下身体，二十天后手术。我没有把医生的话告诉丹丹，但她心里有数，也不主动问我，跟没事人似的，嘴里一直念叨着学生们的考试也不知怎么样了。而我，则一直担心另一种可能的发生，就是手术如果失败，她可能就永远站不起来了。为了不留遗憾，在我再三请求下，她终于答应在她手术前和我举行婚礼。婚纱是按照她挑选的样子订做的。经过和医院领导协商，勉强同意我们在病房里举行一场简单的婚礼。

这是一个晴朗的日子，阳光明媚，和风徐徐。没有对外宣扬，就我们双方的父母家人在场。丹丹也在我的搀扶下站了起来，穿上了漂亮的婚纱。在《音乐之声》主题曲那欢快的旋律声中，我给丹丹戴上戒指，还给了她深情的一吻。这时，只见（1）班的学生们每人手拿一支康乃馨依次走进病房。原来，丹丹班里有一个学生的母亲在医院当护工，她回家后把他们老师要举行婚礼的事讲给孩子听了，结果，同学们很快就都知道了。大家在这个时间同时来到医院，来参加他们老师的婚礼。看到学生们进来，丹丹流泪了。班长告诉她，他们班的高考分数下来了，有七个一本，十六个二本，和县重点中学的单班总成绩差不多。正说着，秦凯进来了，给丹丹和我分别敬了个标准的军礼，然后握着丹丹的手说，老师，我已经达到省体育学院的录取分数线。本来，我早就放弃了考大学的念头，觉得是不可能的事，我的父母也早就为我找好了打工的单位。自从军训课后,我开始有了自信,下决心好好学习。谢谢您,江老师。说着,眼泪就流了下来。我在他的胸前打了一拳,说,爷们,好样的,男儿有泪不轻弹。他抬手一把抹去眼泪,笑了。我也笑了。丹丹也笑了。

学生们都走了,留下一大束康乃馨。丹丹让我把花放到她的枕边,她用手抚摸着,然后将她的脸贴到鲜花上,嗅着花的芳香。

"你真幸福,一下子有了五十四个孩子,你比那个玛利亚强多了。"我说。

"是的。每个学生我都爱。"

"明天就要手术了,你有信心吗?"

"有。"

"回答不够响亮,你的学生们,不对,是你的孩子们都在看着你呢。再回答一遍,有没有信心?"

她大声说:"有!有!有!"

一个点

　　马秀香出生在农村，小学文化，二十年前嫁到城里，一直在小商品市场租摊位卖布鞋，因为她为人豪爽仗义，说话做事大大咧咧，于是得了个外号叫"马大姐"。老公名叫庞达海，因为人长得又瘦又小，于是被人戏称"胖大海"。他原来是一个工人，十年前就下岗了，属于眼高手低的那种人。胖大海刚下岗时，马大姐让他和自己一起卖布鞋，他觉得那点小生意别说挣钱少，让人知道都觉得丢人。他在社会上摸爬滚打了好多年，也没混出个名堂，反过来还得向老婆要钱花。一年两年还行，日子长了夫妻俩难免发生口角，何况还有两个孩子要养活。马大姐觉得自己命苦，本来以为嫁到城里是来享清福的，对老公的自身条件当初也没做什么要求。现在，后悔是来不及了，没办法，这就是命吧。

　　马大姐除了文化低，其他方面好像都很优秀，能吃苦耐劳，人际关系也不错。虽然是四十好几的人了，可还能看出年轻时的漂亮影子。本来，卖布鞋的生意也赚不到几个钱，可她硬是靠这点收入支撑起一家四口的开销。马大姐经常忙得没时间吃饭,她就到市场门口买个烤山芋吃吃。那个卖山芋的大妈都快七十的人了,还在卖烤山芋,当初挣钱供儿子上学,现在孙子都有了还在卖山芋纯属打发时间,她常说,人啊,平安就是福。

　　转眼到了2009年,社会上兴起民间借贷之风。在小商品市场,马大姐很早就经常为市场上的商户互相调款以应一时之急。开始时自己纯属做好事,并不从中赚一分钱,那些有求于她的商户也就是请她吃顿饭或买个礼物给她,她还觉得不好意思。她的名声越来越好,手头有点闲钱的人都愿意把钱放她手里,既放心,又能挣点利息,比存银行拿那点利息要强多了。慢慢的,她成了全市场的闲散资金调剂中心。后来,市场对面商业银行的梁行长主动找到了她,和她商谈如何将她手中的钱发挥功能。往大里说,叫资本运作,她听不懂的,简单点说,就是如何让钱生钱,她一点就破。

　　刚开始时,她只给银行拉存款,就是每到月底,银行内部有个时点存款数考核,只要月底最后一天钱存在银行,银行就给她报酬。三个点,也就是一百万存款给她三千元利息,季度末还能给多给一个点。后来她才知道,这利息钱不是银行给的,是有求于银行的客户给的。时间长了,她就将利息留一个点装进自己腰包,别人也没意见。再后来,有要"过桥"的生意银行也找他做。她不了解客户,但相信银行,相信行长,也就做了。过桥,就是有贷款到期的客户,要续贷得先将原贷款还清,然后等款贷下来了再还她,这一还一贷全有银行操作。她做了几次,也没觉得有什么风险,利息是按天计算的,每天都有三个点,每次都会要三四天,钱来的真容易。接着,银行介绍她给客户打承兑汇票保证金,又介绍她做汇票贴现生意,里外都赚。有要注册公司的人也找到她,借钱用一下然后还她,一般就一天两天时间。她跟客户跑了几次审批中心,也学会了如何代客户办营业执照。人聪明,学得自然快。于是，大把大把的钱赚到手。她每次都实话实说，自己要留一个点的好处费，其他的都给出资人，收取客户的点数则随行就市，皆大欢喜。于是，"一个点"也成了马大姐的昵称，大家慢慢喜欢上了这个神通广大生财有道的"一个点"了。三个月下来，马大姐一算账，乖乖，不得了，一个点自己就赚了五万，比她一年卖布鞋赚的还多。

钱生钱的生意就这样做开了，一发不可收。

半年后，马大姐手头的可调动资金达到一千万。她把卖布鞋的摊位转给了别人，自己成立了一家理财公司，就在市场门口的楼上办公。业务也越做越大，公司人员不断增加，很快超过了二十人，大专以上学历的就有六个。胖大海也尝到了甜头，积极加入进来，只是他挣的钱全装自己腰包，马大姐也不跟他计较。马大姐成了总经理，整天周旋于大老板中间，也像模像样，游刃有余，没有人相信她一年前还是小商品市场卖布鞋的。一千万的资金在她的手上运作到了极致，根本没有闲下来的时候，甚至一天周转两次。业务人员也被她分成三个部门，代帐组专管代理记账，注册组负责外跑帮客户注册成立公司，借贷组专做民间借贷。马大姐坐镇办公室，担起总指挥角色。一上班就是不停地打接电话，说话多，嗓门又大，嗓子整天都是哑哑的。在她手上调动的资金加上自己挣到的钱也很快达到了五千万。她根本没有时间算过自己到底挣了多少钱，估计每天大概挣两三万吧，不会少于这个数字的。

一天，银行的梁行长介绍一位大老板和她见面，在一家高档会所吃的饭。那老板姓林，浙江人，经商多年，产业很大。据他讲在上海有两家公司，一个是做汽车配件进出口业务，还有个和日本人合资的轮胎厂，在南京还有个房地产公司。这次到Y市是受市长招商引资邀请来的，正在开发区建一个占地300亩的工厂，叫恒康医药科技。总投资预计三个多亿，建成后将是本省第三中国前十的制药企业。席间，梁行长小声对马大姐说，此人来头不小，背景也很了得，今天把你请来，主要是让你们认识认识，看你整天忙得焦头烂额的，不如只和他一个人做业务，不那么忙人，钱也不少赚。马大姐连连称是。吃完饭，马大姐特地注意一下林老板结账账单，乖乖，二万四。

此后，马大姐开始和林老板业务上有合作了，承兑汇票打保证金，过桥，短借等越来越多，关键是还本付息也很痛快。两人还经常出入高档消费场所，马大姐也开始注重起举止打扮了，算起来林总比马大姐还小三岁，可他却硬是说马大姐一点都不显老，还在朋友面前称她一口一个"小妹"。开始时她还觉得有点别扭，时间长了也就习惯了。反观自己的丈夫，那么没修养，没能耐，不懂得欣赏她。胖大海对她经常晚归表示过气愤，她根本不当回事，他要是提出离婚，那她还求之不得呢。

转眼一年过去了。有一天，林总找到马大姐和她商量，恒康医药科技开始进设备准备投产，在国外的订单早就下了，眼看着就到提货日期，可是银行那边贷款还要等十几天，问马大姐能不能先调3000万救个急，月息给六分，马大姐爽快答应。两周后，林总又说，银行那边还差个手续，说好的贷款还得等几天，让马大姐再调2000万，马大姐还是一口答应。以往借款都是十天结一次利息的，这次林总没给，马大姐也不好张口要，都是老朋友了，何况人家正是用钱的时候。但是，一个月过去了，还没见银行放下贷款来，马大姐有点坐不住了，她主动约林总和梁行长吃饭，想了解了解情况。梁行长说，银行现在对贷款控制的严了，不过，林总的贷款一定想办法尽快解决的。

那边银行答应尽快放出贷款，这边马大姐要不停地向金主付利息，5000万中有自己大约2000万，其他的是她吸纳的民间资金。不过马大姐并不担心，因为林总有个大厂在那里，银行也正准备贷款给他，只是时间问题。不过，其他业务只好暂时停了，因为5000万的盘子已经够大了，马大姐不敢再去拆借更多的资金。

又一个月过去了，马大姐还是看不到林总还钱，这段时间林总也没约她出去见面或吃饭。她实在是坐不住了，第一次开口向林总要利息。林总答应，就这两天解决，实在是不好意思。两天过后，林总给马大姐打来电话，在一家咖啡馆小包间见了面。

林总先是一通道歉，然后说："我知道，欠你的利息已经有六七百万了，这点小钱我还是有的，不过，我还得留点给财务当零星开支用，你也不会在乎这点钱的。关键是那本金，对吧？"

马大姐说："是的。可是我答应人家还本的时间早过了，不能再拖了。"

林总说："我能理解。我今天约你见面，就是要谈这个事的。银行答应给我开一个亿的承兑汇票，要我先打50%的敞口保证金进去，我想，你再帮我个忙，等拿到票，贴现都还你，我另外再把利息给你清账。你看如何？"

马大姐说："保证金要5000万，你让我一时半会也调不到啊？"

林总说："别谦虚了，以你马大姐的能耐，我想应该能办到的。我知道，现在市场上调资金点数又涨了，没问题，你那一个点照加，不会让你白忙的。我已经两个多亿投厂里去了，南京的房地产下个月才能拿到预售许可证。"

马大姐心想，再等一个月，还不知又有什么情况出现了呢。不能再等了，自己的一个点也不加了。于是答应自己想办法去凑这5000万，但要求林总一定将这一个亿的承兑汇票给她。林总说，没问题。然后，他们闲聊了其他话题。面对眼前的这个人，马大姐开始觉得生疏起来，就连对他的讲话声调也开始有厌恶的感觉，看到他的笑容，怎么想起"笑里藏刀"这个成语了？

回到家，胖大海还没回来，可能又在外喝酒了。他是三天两头喝醉酒很晚才回家的，她难得理他。这时两个孩子和保姆都已经睡着。马大姐一边洗澡一边想着林总这个人，想着想着林总的那张脸变成了魔鬼的脸，这让她不禁打了个寒战。她告诫自己，这单业务做完，就和他断绝一切来往。

三天时间，马大姐千方百计动用一切关系，从十几个人手中凑齐了5000万，连她妈妈预备看病的两万块钱也被她拿来。看到银行卡上短信提示存款余额达到5000万时，她才松了口气。马大姐静了下心，觉得有些不妥，先给梁行长打个电话吧，想核实一下再把钱打到恒康医药科技的账上。对方没接，接着回个短信，说正在省行开会，要有几天才回去。她不好等的，于是给林总去电话，林总安排他的会计和她在银行见了面，她把钱转了进去，并约好，第二天一早来银行开承兑汇票。马大姐问那会计林总的借条呢？对方回答，林总说，反正明天就还钱了，手续就算了吧。马大姐想，也只好这样了。

这一夜，马大姐根本没有睡着觉，她是睁着眼睛等到天亮的。八点钟，她出现在银行大厅，见那个会计没来，她给那个会计打电话，对方关机。再等等，又打，还是关机。眼看着到了九点，还是关机。她又打林总电话，也是关机。这是从来没有过的。她去找梁行长，秘书回话说，行长出差还没回来。又到信贷科问恒康药业开承兑汇票的事，信贷科长说，今天没有票要开。她感到大势不妙了，就立即开车去了开发区。

恒康医药科技的门卫很礼貌地拒绝她进去，理由是林总一早就去南京了，而且现在的老板已经不是林总了，他把厂子卖了，昨天刚卖。马大姐一听，全身的血好像一下子涌到大脑上，她，昏了过去。

第二天上午，等马大姐醒来时，发现自己躺在医院的病床上。她给林总打电话想问个明白，还是关机。她给梁行长打电话，对方说从南京刚回来,他马上来医院看她。梁行长坐在马大姐的床边,仔细听完她的叙说,一点没有吃惊的样子。最后他说,马大姐啊,林总的资金链早就断了,我以为你早就知道了,据估计,他那个厂已投入的钱不足一个亿,但在我们市各家银行的贷款大概要有两个亿,民间借款有多少就不知道了,大部分钱都被他转南京那个房地产楼盘上了。以前我派人秘密调查过,南京的那个楼盘确实存在,但他用的是他儿子的名字办的照。前一段时间,我们不对他放贷款了,因为他在我们行的5000万贷款都逾期了,好在我们有那块地做抵押。他为了拿到那个土地证,让你打了5000万给他公司账上,我们行就当逾期贷款强行扣下了。我听说,昨天你刚打上款,他就拿走了抵押在我们行的土地证,晚上就和事先谈好的买家签订了《转让协议》。你被骗了。

马大姐说:"那你为什么不早提醒我?"

梁行长说:"你没主动问我,我怎么好说?再说,你和他走的那么近,我说了你也不会相信。"

马大姐说:"那我现在该怎么办?"

梁行长说:"你先养好身子再说吧。朋友一场,我能帮的一定帮忙。"

官腔,场面上常听到的外交语言。等梁行长走后,马大姐忽然觉得他是一只黄鼠狼,那个林总就是一只白眼狼,这是两只狼设计好的局。

三天后,她出院了。回到家她照照镜子,发现头发白了一半。两个孩子看见她都吓得躲远远的,她很惆怅,很难过。问保姆,胖大海这几天怎么没见到?保姆支支吾吾的说,好几天没回来了,有人看到他整天和一个小女人在一起。马大姐想,管不了那么多了,她痛定思痛,不能就这么倒下。她认真地梳洗打扮一番,又到家边的理发店把头发染了一下,第二天一大早就到公司上班了。刚到办公室坐下来,约好的律师也敲响了她的门。

律师认真听完马大姐的叙说,然后分析说,你的案子比较复杂,牵涉到高利贷违规操作和诸多的法律关系界定问题,一会儿我给你个清单,你准备材料。在他们谈话期间,秘书几次进来说,外面有好几个债主来要钱,要和你见面。

马大姐问律师:"你看,我能赢吗?"

律师说:"马大姐,我们不是一天两天的关系了,你的境况我很同情。不过,我也不想骗你,要赢这场官司很难,因为你做的生意有违规的,有不受法律保护的;还有,即使赢了官司,你也很难拿到钱,有些手脚对方早就做好了。我想,你是被人设计了。"

马大姐说:"那我该怎么办?"

律师说:"朝前走着看吧,你也不要过于悲观。法网恢恢,疏而不漏。相信法律的公正性。"

马大姐说:"这就全靠你了,谢谢你。"

送走了律师,马大姐刚回到办公室还没坐下来,外边等候多时的债主一下子都冲进来,个个都带着气,大喊大叫,拍桌子瞪眼睛的,有个胆大的还上前揪住马大姐的衣领。公司里几个人要上前劝阻理论,被马大姐喝住。她说,我有错在先,我对不起大家,我能理解大家现在的心情,打我骂我都不过分。但是,能解决问题吗?请大家给我时间,我一定会给大家一个交代,至少,我不会跑路,不会自杀,从今天起,我会24小时开机。

债主们被震住了。纷纷说软话,问那钱还能要回来吗?马大姐说,你们手上都有我的借条,我知道,你们的钱来的也不容易,有给孩子上学的,有准备买房子的,还有救命钱。我一定想办法把钱还上。

送走了一批又一批债主,天快黑了,马大姐才消停下来。秘书给她倒杯水放她桌上,小声对她说,马总,你喝点水吧。我下个月也要结婚了，这是我的《辞职报告》。望着小秘书，马大姐无话可说，她是今天第三个辞职的人。马大姐突然想起了这一天都没吃东西了。

她说："等等，你到楼下给我再买一次烤山芋好吗？"

小秘书怯怯地说："好的，马总。"

马大姐手里拿着滚烫的山芋，闻到山芋的香味，耳边又想起烤山芋大妈常说的一句话，平安就是福，平安就是福啊。马大姐一个人独自坐在办公室里，灯也没开。她怎么也没想到，为了小小的一个点的利，现在变成了一个亿的债，两行泪水从她的双眼流了出来。

与钱共舞

赵虎、钱江、孙同达、李思思,他们这四个同学原是住一个小区里的,从小就在一起玩。高中毕业便各奔东西了。八年后,当兵的赵虎复员了,刚回来便邀请这几个老同学聚聚,一起吃个饭。

孙同达大学毕业后在一家银行工作,做事认真稳重,现在刚当上支行副行长;李思思也考上了大学,现在在税务局工作,是个公务员,他们中唯一的女性;钱江先是在一家国企工作,后来改制下岗了,现在闲着,偶尔打打零工;赵虎在中学时是最活跃的一个,现在混了个副连,也算是衣锦还乡,几两酒下肚后,便高谈阔论起来。

赵虎说:"咱们这几个人,关系不一般,得往醉里喝,往死里喝。"

李思思说:"不包括我,好不好?"

赵虎说:"不行不行,包括你,但你是女生有特权,可以找别人代酒。比如同达,我告诉你,他一直暗恋你的。他要不代我帮你代,只要你亲一下我的手就行了。"

钱江插话说:"那我的酒找谁代?"

赵虎说:"你怎么还那么女人?难怪你混得不怎么样。"

孙同达打岔道:"酒逢知己千杯少,能喝多少喝多少。"

赵虎说:"酒是粮食做,不喝是罪过。再说了,我刚从部队下来,到地方工作了,你们得代表全市人民欢迎欢迎呀。态度,态度,注意你们的态度好不好?为了表示我的态度,我先敬你们一杯。"

李思思说:"海边长大的人,不许撒大网。"

赵虎说:"好,好,一个一个敬。"

可想而知,这顿酒肯定喝得不少,两瓶白酒,加一箱啤酒。最先倒下的是钱江,吐了酒后就趴到桌上睡着了。孙同达的酒量平时也不错,但按今天的喝法也该醉了,是李思思给他打掩护往酒杯里到了水才免于一醉。赵虎虽然喝了不少,但是话也最多,酒精好像都跑到空气里了,到最后还在大谈特谈要大展宏图。李思思坚决不沾白酒,只喝了一大杯啤酒,头脑最清醒。最后是她结的账,还打出租车把他们送回了各自的家。

接下来的几天,赵虎头脑中一直回想那场酒,和席间每个人说过的话。孙同达的一句话在他头脑中反复出现。孙同达说,现在民间资本很活跃,国家政策也在慢慢放开。说者无意听者有心,现在复员国家是不包分配的,得自己找工作。还没复员时他就考虑过将来干什么。当警察?得要关系才能进公安,他没有。当老板?得先有本钱,他也没有。当白领?他没有学历。当保安?那猴年马月才能出人头地啊。他要走捷径,不能做人下人,现在的社会,你如果买不起车买不起房,连个老婆都讨不到的。做民间借贷,或许是个办法,以他的智慧,应该能有一番作为。想到这,他头脑中开始盘算起来。

赵虎的大脑开始搜索,一张张人脸在眼前像过电影一样。突然,他想到了一个人,周诚,老乡,战友,老首长。在部队时就听说他如今是个房地产大老板,很有钱。

周诚确实是个大老板,在市里有个房地产楼盘,楼盘其实并不大,但经过两年多的打拼,现在已经封顶,预售房天天有款进账,他开始偷着乐了。想想自己两年前拿这块地时，口袋只有借来的二百多万，靠运作，靠关系，当然主要靠自己的聪明才智，现在终于见到回报。预售三个月，投进去的本金就都收了回来，现在剩下的房源都是净赚了，估计有一个亿吧。马上就要进入亿万富翁俱乐部了，这如何叫他不开心呢。

这天，又是睡到自然醒，周诚起床看看手机，已经是九点了。他起床伸伸腰，走到宽大的阳台上活动几下胳膊，然后洗漱。孩子早就去上学了，夫人这会儿可能已经坐到麻将桌上了，早饭在锅里盖着的，这他知道。吃完饭，他开着大奔去公司看看，其实去了也没事，只是觉得去看看心里头踏实些。

刚进办公室，女秘书就敲门进来说，周总，有个姓孙的先生一早就来了，要见你。周总说，哪个姓孙的？秘书说，我以前好像没见过，他说是你的战友，你是他的首长。让他进来吧，周总说。

人还没进门，就听到洪亮的声音："周总，老首长，我是虎子啊，你的新兵蛋子，赵虎啊。"

"让我想想——赵，赵虎？"

"对，报告首长，新兵赵虎前来报到。"一个立正，接着是一个标准的军礼。

"虎子，快坐，坐。"

原来，这个赵虎八年前当兵到祁连山，就在周诚的连队，那时周诚是连长。从新兵分配的名单资料上，周诚就注意到他是自己的小老乡。这个赵虎人很聪明，连队里样样技术考核都能拿前三，可就是有城市兵惯有的毛病，纪律性差，不能吃苦，还瞧不起农村兵。要知道，在部队基层是农村兵的天下，人多势众的，你要入党提干，群众评议这一关要过。要么你是军校毕业生，一来就是个连指导员什么的。赵虎就吃了这个亏。周诚倒是喜欢这个小子，可惜一年后他就复员了，没帮上赵虎什么忙，至今还觉得对这个小老乡有点愧疚。

问赵虎打算干什么，赵虎说，打算从事民间借贷这一行。周诚听说过一些关于民间借贷的事,回报率很高,做的人也不少。赵虎见老首长感兴趣,就敞开来谈了要有一个小时。最后,他才把来的目的说出来。

"你是说让我也做民间借贷?"周诚问。

"你这么大老板就不需要出面了,名声不好听,黄世仁放高利贷逼死了杨白劳,大家都知道。放点钱在理财公司那儿,我帮你跑腿拿利息就行了。"

"利息怎么算?"

"现在的行情是,长期的,即放一个月以上的,按月息五分算,就是说,放100万一个月五万块利息,按月付息,随时还本;短借利息就高了,一般按天计算,每天千分之三到千分之五不等,根据具体单子而定。"

"可以先试试长期的。先给你100万如何?"

"多少无所谓,反正按点数拿利息。"

望着眼前的这个小战友,他心想,手头还真有一千多万闲钱,索性先拿100万试试,出现万一也不伤筋骨。于是,周城让赵虎明天过来一趟。

一个月刚到,赵虎还真拿着五万现金放到周诚面前。周诚暗喜,倒不是这五万块钱,而是拓展了一个轻松的生财之道。他拿出一万扔给赵虎作为奖励。赵虎满脸堆笑连声说谢谢,谢谢首长。没过几天,周诚想起那本金来,于是给赵虎打个电话,谎称要急用一下,让他打过来。结果,没过十分钟,周诚就收到短信提示,网银转入100万到他卡上了。不一会儿,赵虎跑来把这几天的利息也送来了。周诚放心了。于是,将五百万打了过去,一月后收到25万利息,周诚给了赵虎两万好处费。

几个月后,赵虎来送利息的时候对周诚讲,让他把那五百万从理财公司抽出来。周诚不解。赵虎说,首长,存长期的不合算,利息太低。那个理财公司老板拿你的钱放短借,每个月挣的比你还多呢。于是赵虎又仔细算了一笔账给周诚听。原来不仅可以放长线，还可以直接给急用钱的人在银行垫还到期贷款、打承兑汇票保证金、帮别人出资注册公司什么的，利息随便要，可以高到每天千分之五。于是，他们一拍即合，由周诚出资金，赵虎负责联系客户具体操作，赵虎从每笔业务收入中提成10%作为报酬。

半年后，周诚投入的资金达到2000万了，收入也过了500百万，周诚对赵虎的表现很是满意。赵虎也经常出入周诚的办公室，三天两头和周诚在一起吃饭。赵虎也够意思，常请那几个同学吃饭唱歌，还借钱给钱江买了辆出租车，听说李思思儿子要出国留学，也主动拿出30万借给她打保证金。有一次聚会时，孙同达说，你得留点钱买个房找个对象结婚，都老大不小了。赵虎说，不急，有你们这些老同学我还怕什么？

一天，赵虎跑到周诚的办公室，见面就说有个好消息。有一家叫鼎大的公司要投标高速公路三个标段，需要交保证金。周诚问，需要多少钱？赵虎说，一个标1000万，用七天时间，开标后钱就可以拿回来了。周诚说，那就是3000万了。赵虎说，不对，每个标他们还要自己找两个陪标的，一共需要9000万。这么多？周诚有点吃惊。赵虎说，我打听过了，这家公司做了好多年路桥工程，很有实力，现在还在建一座大桥，资金一时转不过来。他们给的点数也可观，每天千分之五，这单业务能挣315万。乖乖，这么多。谁不喜欢钱？周诚动心了。但他手头上没有这么多现金。赵虎说，实在做不了，可以做一部分。周诚说，等等，让我想想办法。

赵虎走后，周诚打电话开始筹款。他用没卖的房子做抵押，并许以每天三个点的利息，很快从民间将6000万的缺口筹齐。为保险起见，他还让武律师做了份措辞严谨的《借款合同》让赵虎拿去。这七天，赵虎天天打探开标的事向周诚回报，早晚各一次。终于等来了结果，那家公司中标了。第八天一早，周诚就给赵虎打电话，让他立即去拿钱。然而,等到中午也没见赵虎影子。下午,他又打电话给赵虎,问情况怎么样?赵虎说,他们还想留用一段时间,利息照付。周诚说,不行,夜长梦多,还是先拿回来再说。晚上,赵虎来到周诚办公室,耷拉着脑袋。

"什么情况?"周诚急切地问。

"他们郑总出差了,说等他回来再谈。"

"这不成心违约吗?"

"郑总说,违约金照付。"

"我不信。虽然'金桥银路'很赚钱,但也付不起这么高的利息。"说完,他给武律师打电话,把他找来一起商量。武律师说,打官司可以,但超出国家法定利息四倍以上的部分不受法律保护的。周诚说,那就再等几天,等他家老总回来立即要钱,并要求赵虎天天到他们公司坐等。

又过了十天,那个郑总回来了。若无其事地跟赵虎说,你也太瞧不起我们公司的实力了,这点钱根本不算个什么。你那笔钱让工程队先用了,我这几天是去跑贷款的,再说,甲方的两个亿首付款也就这几天到账,到时本息一次给你。赵虎回来把话背给周诚听了,周诚想,现在也只好再等等了。但是,一周后,赵虎仍然头低着来到周诚面前。周诚坐不住了,他让赵虎约见那个郑总。晚上,在一家大酒店,郑总如约而至,身后还跟着一大帮人。酒桌上,只听郑总夸夸其谈,和这个领导什么关系,那个领导什么关系,北京还有人,等等等等。还说他每年挣的钱都不会低于十个亿,现在就是一时手头紧点而已,根本没把这几千万放眼里,语气里其实也没把周诚放眼里。周诚问,什么时间能还款?他说,银行那边已经说好了,给我一个亿的项目贷款,但只给承兑汇票,50%敞口,这几天我筹到一个亿保证金就可以开两个亿的票拿钱了。

散席后,周诚让武律师暗中打听鼎大公司和郑总个人的情况,又让赵虎去郑总说的那家银行打听开票的事是否属实。巧了，那家银行就是孙同达的单位。当天，赵虎就来报告周诚，郑总的话属实，还是省行直接下的贷款额度。三天后武律师也来了，说情况不妙，鼎大公司架子挺大，但已经空了。以前的老板已经移民加拿大，现在留给郑总的只是个空架子。他没有实力，资金缺口很大，那几条路刚开工就停下来了。是BRT模式操作的项目，就是说，先要全垫资，工程完工后分三年按433比例回款，所以，根本没有预付款一说。情况危险了，有债主已经上门要钱了，周诚一筹莫展。武律师说，就已经掌握的情况来看，等鼎大主动还款已经是不可能了，只有主动出击。周诚问，你有什么好办法？武律师说，你要是同意，我有个办法可以试一试。这天，周诚和武律师一直商量到深夜。

第二天，周诚把赵虎找来，告诉他这几天就跑银行，等鼎大公司的承兑汇票。好在银行有个老同学，每天他去都有好烟好茶招待。终于有一天，郑总电话里对赵虎说，已经筹差不多了。赵虎赶忙把这消息告诉周诚，周诚对赵虎说，你去找郑总问问具体情况。赵虎去了鼎大公司，郑总说，差不多了，等我筹齐了就去开票，要不你帮我凑凑？利息照付。周诚听后暗喜。他让赵虎给郑总想办法筹集缺少的2000万，到时候钱一下来大家都有了，那10%的跑腿费也有了。赵虎算算，自己能得不少呢，于是，他开始筹款。

四位老同学又聚会了，赵虎说出来自己的恳求。对赵虎的为人他们都信，于是，三个老同学动用一切关系，开始帮赵虎筹款。孙同达一个人就筹到1800万，他是从三个客户手里调了1700万，回家和老婆小王商量后，把家里的积蓄100万全拿来了，听说还有高利息，小王当然积极。李思思那点钱都给儿子出国用了，自己没有积蓄，但老同学有求，她还是要尽力的，何况人家还帮过自己。她厚着脸皮在局里借钱，从七八个同事手里借到150万。钱江也没闲着，他把自己的住房和出租车都抵给了一家理财公司，拿到50万送到赵虎手中，赵虎要打借条给他，他摆手说，见外了，打借条就见外了。终于筹齐了那2000万。郑总听后很高兴，立马叫会计去银行，和赵虎一起把钱打到鼎大公司账户上。赵虎先给周诚打个电话通报一声，然后就在银行坐等开票了。他还叫来贴票的人，有人专门拿现金收承兑汇票。

约半小时功夫，武律师进了银行，见到赵虎也没打招呼，直接来到柜台。身后还带着两个穿法院制服的人。只见穿制服的人拿出一张纸递给营业部主任，然后说，我们是市中级人民法院的，依法来冻结鼎大公司账户，请你配合。赵虎傻了，会计也傻了，孙同达接到电话急忙来到柜台前，问明情况后也傻了。

账户被法院封后，赵虎给周诚打电话，怎么也打不通。几个老同学听到消息后也把赵虎的电话都打爆了，赵虎实在招架不住，干脆关机了。怎么办？赵虎跑到周诚的公司，秘书不让进，说周总出差了。赵虎欲哭无泪，老首长，你把我也给耍了。

一个月后，赵虎实在受不了躲债的压力，在一次自杀未遂后，跑路了。孙同达因涉嫌参与民间借贷活动，违反了银行规定，被免职下放到郊区的一个营业网点当柜员。钱江把出租车卖了还债，房子过户给理财公司后自己租了个小房子住着，继续靠打短工维持生活。李思思被欠钱的同事们告到了局长那儿，她没脸见人，请了个长期病假回家呆着，不敢出门。在家也不顺心，丈夫跟她"冷战"了一个月，她实在是受不了压力，在一个深夜，服下大量的安眠药，自杀了。周诚先把房子以成本价抵给了债主，同时办理了移民手续，就等官司判后，拿钱走人。郑总还在修他的那条不知要修到哪一天的路。打官司他不外行，还从省里请来了大律师帮打官司。他天天照样大吃大喝，出入高档场所。

三个月后，法院下了判决书。大体意思是，鼎大公司和郑总个人属于不同的民事主体，按照我国公司法的基本原则，公司以其财产只对公司自身债务承担责任。按照《民法》第154条和第227条之规定，驳回周诚的诉讼请求，周诚可以重新起诉郑总个人，但对冻结的鼎大公司账户给予解封。周诚急了,问武律师,怎么会是这样?武律师说,我当时没注意到一个原则性问题,当初人家是以个人名义签的《借款合同》,现在封的是公司账户,封错了。

夏天的味道

谁都有过童年，童年的回忆是相伴一生的。我的童年时代，是在上个世纪七十年代初，距今有四十多年了。那些难忘的夏天，难忘的人和事，时常想起。不如记录下来，便于回味。

讲　古

讲古，就是讲故事。那个年代没有电视机，也没有电脑，加上读的书也不多，所以，听大人们讲故事，成了夏天晚上主要的娱乐方式。每到夏天，在房间里热得不行了，我们就到路边或广场上纳凉、睡觉。睡觉一般在十二点以后，那么，之前这大把的时间就是听大人们讲故事。我们家旁边有个叫张大龙的人，一个大约三十岁的大男人，长得人高马大的样子，在外闯荡过几年，见过的世面读过的书显然比别人都多一些。他只要朝我们这些小伙伴跟前一站，立马有人端上板凳，倒好茶水，还有专门负责扇芭蕉扇的人。

讲古开始前，他先要热热场，吆喝几句，都到齐了吗？昨天讲到哪里啦？那个短胡子的人叫什么名字啊？每当这时，大家会异口同声地喊道"短胡子是曹操"，这句话在后来成了我们的口头语。然后，他才开讲。当时也不知道他讲的故事是《三国演义》，就知道好听，听了还想听。桃园三结义、望梅止渴、割须弃袍、单刀赴会等等这些段子，到现在我还记得。

后来，听过袁阔成在广播里讲三国，那是全国有名的大师了，但是，我还是觉得不如张大哥讲得好听，那么生动，栩栩如生。张大哥讲古时还结合身体语言，打打杀杀，就像发生在眼前。该让我们笑时，我们是满堂大笑，该让我们紧张时，我们是个个浑身发抖，刘备、关羽、张飞、曹操、周瑜等等人物形象，都是那个时候在脑海中扎根的。我们那个时候，上学可以迟到，可以不去，但，张大哥讲故事是万万不能迟到的。现在想想，我们不光是听了好听的故事，在不知不觉中，也影响了我们的人生。我们梦想着有刘备一样的雄心成就一番大业，梦想着有关公一样的本领千里走单骑，像周瑜一样文武双全，好像只有这样，才能把美丽的小乔取回家中。

记得有一回，有个外号叫二肉蛋的小伙伴，人特胖，学习成绩不好，考试不及格，老师告诉了他的爸爸，他爸爸狠狠地打了他一顿。他三天没敢回家，都是我们从家里偷偷拿东西给他吃的，晚上再和我们睡在一起。他家里人都找疯了，也没找到他。但是，每天晚上，他会悄悄躲在我们中间听张大哥讲故事。后来，张大哥知道了这事，他不动声色地给我们临时插讲了一段《杨家将》中四郎探母的故事。说杨四郎在宋、辽金沙滩一战中，被辽掳去，并与铁镜公主结婚，因祸得福，过上了荣华富贵的生活。但是，他日夜思恋母亲，整天闷闷不乐。十五年后，四郎听说六郎挂帅来攻打辽，老母佘太君也押粮草随营同来，不觉动了思亲之情。但战情紧张，无计过关见母，愁闷非常。公主问明隐情，也被他的孝心感动了，盗取令箭，四郎趁夜混过关去，冒死来到大宋军中，见到母亲等家人，大家悲喜交集，抱头痛哭。古人说，百善孝为先。一个人，如果连自己的父母都不放在心上，那不仅干不成大事，还要被天下人耻笑。

故事讲完了，张大哥才转入正题，对二肉蛋说，你小子不得了啊，敢逃跑不归家，家是什么？家是你的根。父母是什么？父母就是天。你还想不想当英雄好汉？哪个好汉会忘了生他养他的爹和娘？赶快回家吧。

二肉蛋当晚就回家了。我们偷偷跟在他后边，趴他家窗户听动静，只听到他妈妈说，饭在锅里了；他爸爸说，洗洗脚再上床。后来就没有动静了。我们以为二肉蛋还会有皮肉之苦等着他的，可是，并没有发生。

游　泳

在我们家往西大约三里路，就是蔷薇河，每到夏天，那里就是我们的天堂。特别是放暑假的时候，更是天天去的地方。钓鱼、叉青蛙我们都已经厌倦了，于是开始学游泳。游泳可不是好学的，被水呛几下，或是喝几口水都没什么，弄不好还有生命危险。胆小的就只有在河边浅水处打滂滂。也因此，会游泳的人就成了人人羡慕的大明星了。

每次出门，妈妈都要交代一句，不要到大河去，年年都要淹死一个，今年这个名额还没定谁呢。吓唬人。我满口答应，但还是忍不住小伙伴的诱惑，偷偷跑过去。为了不让家里人知道，我们只好光着屁股下水，怕裤头湿了回去被发现。就这样，天天在水里泡，慢慢也就了解了水性，还可以在水里把身体浮出水面。会游泳，那是迟早的事了。那时，不知道什么叫蛙泳，什么叫仰泳，什么叫自由泳，我们统统都叫自由泳，自由嘛，就是想怎么游就怎么游。

河对面大堤上有一排桑树，树上的桑枣成了我们学游泳的动力。那些会游泳的大哥哥们告诉我们，那里的桑枣是又大又甜，还很多。我们早就蠢蠢欲动了。终于有一天，我们几个刚刚会游泳的人商量，一起游过去，万一谁游不动了，我们拉钩发誓，一定搭救。为此，我们还准备了一根长长的绳子。听大人们说，人要淹死的时候，逮着谁都会往水下拖的，那么，就用绳子拉好了。

出发。现在想想，当时真够庄严的。我为了这次行动，专门在家把中午饭吃得饱饱的，怕的是游到河中间没劲了。就这样，我们开始向对岸游去。其实，河并不宽，大概也只有一百米，但由于我们的游姿太不规范，消耗体力过大，有两个没游到中间就回头了，我和剩下的三个人继续向前游。我越游越觉得有劲，大概是中午饭吃得饱的原因吧，很相信自己的体力。终于到了对岸。本来体力都耗尽了，但是，一看到传说中的又大又甜的桑枣，立马来了精神。剩下的就是爬树了，这对我们来说简直是小菜一碟。骑在树丫上，一个个都吃饱了，才想起来忘带口袋装些回去。怎么办？本来裤头也是可以充当口袋用的，我们常常这样干来着，装鱼装虾装偷来的西红柿，但我们今天都没穿裤头。看到不远处有一片荷塘，有个小伙伴突然惊喜地大叫起来。对，用荷叶包也是可以的。于是，我们每人包一包，然后用绳子系在腰上，下水开始往回游。

有了来时的经验，游回去还是比较轻松的。我想，主要有两个原因，一是必须要游回去，因为那边有我们的家，我想，背水一战的故事说的就是这个道理。二是要把"战利品"带回去，这是我们向所有人炫耀我们会游泳的最好证据。

回到家里，我还是被妈妈一眼就发现了，因为，我的嘴唇上被桑枣染得血紫，不对，应该是嘴边一大块都成了紫色。妈妈假装打我两下，然后把我拉到身边说，孩子，我告诉你，那些被淹死的人都是会游泳的人，你以后可不要逞能啊。

小纸条

说小纸条，可能一般人不一定明白，如果说"递小纸条"，大概人人都会懂，而且很多人都干过这事。背后还都有个故事。

在我上三年级的时候，也就大概十岁吧，我们心里已经开始男女有别了，谁要是总是喜欢和女孩在一起玩，一定会有个外号，叫"假女人"什么的，被其他伙伴瞧不起。有一天，我们班里来了个女同学，她是成都人，她的父母来到我们这座城市工作，她也就跟着来了，被安排到我们班。这个小女孩个头不高，清瘦，但皮肤很白，最大的特点是她讲普通话。我们那个年代教学本来就不正规，上课也不强行要求讲普通话，说得当然也不标准。谁要是讲普通话，还会遭别的同学笑话。但是，她讲普通话大家都能接受，一是她讲她的家乡话我们听不懂，二是，她的普通话讲得很标准，也很好听。

她叫金灵，这个名字用在她身上最合适不过了。她就像个天使，像个精灵，突然就降临到我们中间。那时我还是个班长，当班长当然学习成绩要好。老师怕她刚来跟不上我们进度，就特意安排她和我坐一个位子，目的是让我帮帮她。结果不出老师所料，她确实跟不上我们的进度，我看出她很着急，就主动帮她，给她看我以前的作业本，还有我以前的考试卷。每到自习课，或是下课时间，她就问我这问我那的，我也很耐心地告诉她。慢慢地，她的学习成绩上来了，有时考试成绩居然还超过了我。我还是有自知之明的，从此也就不敢再"教"她了。结果，她以为我是故意疏远她，不想理她了。在一次放学的路上，她看我身边没有别人，就走过来大声喊我的名字。

"杨爱军，你站住！"

"干吗？"我一下子懵了。

"你为什么突然不理我了？"

"我？没有啊？"

"你说谎。你是成心疏远我，怕我拖你后腿，不想理我是吧？"

一个弱不禁风的小女孩，没想到有这么大的声音。我当时肯定很傻地站在那里，被她责问得很难看。我不知道说什么是好，于是我撒腿就跑了。

第二天上学，我努力装着什么事也没有的样子走进教室。抬头一看，坐在我位子上的人不是她了。那个同学告诉我，老师刚才来过了，临时调了座位。我没说什么，心里想，一定是金灵到老师那儿打我"小报告"了。其实，我并没有做错什么事，我感到一肚子的委屈。

这个学期很快就要结束了。我们都在准备期末考试。一天，在课间休息的时候，金灵路过我的桌前，在别人毫无察觉的情况下偷偷往我的桌子抽屉里塞进了一张小纸条，然后就迅速走开了。我把那张小纸条夹在书里，带回家后才打开来看，上边是用铅笔写着：

对不起，我没有到老师那边告你状，我还以为是你跟老师要求把我调走的呢，所以一直在生你的气。后来，是你现在的同桌告诉我，是她妈妈找老师要求的，说和你同桌，学习成绩就会提高。我错怪你了，对不起。

另外，我要走了，考试一结束，我就要和爸爸妈妈回成都了。

我看完那张纸条，眼泪都快下来了。我很认真地把那张纸条折叠好。后来的几天，我们都在认真复习功课，都希望考个好成绩给对方看看。考试成绩公布的那一天，老师说，同学们，这次的期末考试，我们班平均分九十以上的有三十六个同学，其中有两个同学还考了双一百，他们是，杨爱军同学和金灵同学。特别是金灵同学，来我们班之前有好长时间没有正常上课了，但是，她到我们班以后，通过自己的努力，加上同学们的帮助，取得了优秀的成绩。从她身上我们可以看出，只有努力，成绩就会上去……后来，老师讲什么我都听不清了，我想的是，她要走了，我还能做点什么吗？

我把手放在桌子下面写好了一张纸条。我知道，下课后我们就放假了，她也就走了，可能是永远都见不到了。如果今天不把这张纸条交到她手中，以后就没机会了。但是，老师走出教室后，班里五十几个同学都欢呼雀跃起来，像是炸开了锅。我坐在那里，用目光注意她的一举一动。她也静坐在那里，好像同学们都不知道她就要远离我们了。我鼓起勇气，走到她跟前，当着大家的面，把那张纸条放她桌上就掉头跑出了教室。

后来的若干年里，同学们每每回忆起当年的那个场景，都问我那纸条上到底写的是什么？大部分人都猜那是所谓的情书，可我总是笑而不答。四十年后，有热心同学组织同学会，她也被邀请来了，同学们又问她，那张纸条上到底写的是什么内容，她也是笑而不答。我们好像有一种默契。我们为她送行的时候，她把我单独拉到旁边，从口袋里掏出了那张纸条。她说，这张纸条，一直陪伴着我，激励着我。现在，我把它还给你吧。

天啊，她竟然还保留着那张纸条！

破　音

　　破音，就是把嗓子喊破的声音。有人说，它是沙哑的噪音。笔者认为它是声嘶力竭的呐喊，有种超越极限的痛快，所谓情到深处不自禁，是醒魂之音，空澈清灵。

——题记

01

2010年2月13日，大年三十。

　　李小军在G市的父母家。晚上，他和妻子裴春妹一边陪母亲包饺子，一边说着话。此时小儿子亮亮在陪着爷爷看电视。中央电视台的春节联欢晚会已经开始，裴春妹包着饺子显然心不在焉。

　　"亮亮，王菲出来了赶快喊我呦。"裴春妹隔着房门喊。

　　"知道了，你都说一百遍了。"口气有点不耐烦。

　　G市在国际国内名气不小，可是这些年发展得并不够快，在全国三线城市中各项指标排名靠后。不过，李小军喜欢这座小城市，不仅仅是因为在这里土生土长。他喜欢这里有山有水、四季分明，物价水平也不高，既没有大城市的喧嚣和拥挤，也不像新兴城市那样大兴土木、一片狼藉。在外打拼十多年，挣的钱不算少了，衣食无忧，够了。另外一个原因是，他半年前发现肝上有个肿瘤，做过一次切除手术，酒是不能再喝了。腰疼也有好几年了，是腰肌劳损，人过四十大多会有这个毛病。李小军心想，其实这些都不算什么病，多运动，不喝酒，常做做按摩就可以了。也到该慢下来享受生活的时候了，所以和妻子商量着，这次回来就不走了。

"妈——快来呀，王菲出来了！"亮亮大声喊。

"等等我。"裴春妹早有准备，把包了一半的饺子朝李小军手里一塞。

"粉丝，绝对的粉丝。"李小军接过饺子说。

电视机里飘出来一段空灵优美的女声。

"唱得太好了，到底是天后级。"王菲唱完，裴春妹好像意犹未尽。一回头，发现李小军不知什么时候站到了自己的身后。

"歌词也很美。"他平静地说了一句，就又回去包饺子了。这天晚上，李小军陪母亲包了很多饺子，母亲说，够一大家子吃七天的。

夜深了，春节联欢晚会结束了，窗外的鞭炮声也渐渐停止。李小军看到妻儿相拥而睡，便悄悄起床打开电脑，搜到王菲的那首《传奇》，看着歌词，戴上耳机。

> 只是因为在人群中多看了你一眼
> 再也没能忘掉你容颜
> 梦想着偶然能有一天再相见
> 从此我开始孤单思念
> ……

有人总结说，男人一辈子要有三个女人才够完美。一个是天天见到的贤妻良母，一个是永远见不到的梦中情人，还有一个是能够偶尔相见的红颜知己。李小军不敢苟同，但是听到这首歌，还是想起了可能算是他生命中的第三个女人。

李小军点上一支小苏烟，站到阳台上，十二年前的一幕在脑海中浮现出来。

02

十二年前，也就是1998年，李小军正经历人生的最低谷，没了工作，又和谈了多年的女友分手。事情是这样的，他原本在一家国营的大企业工作，没几年他就当上了科长还入了党，接着就有了女朋友，本来他可以结婚生子，过上常人眼里很滋润的小日子。然而，三十岁可能是男人生命中的一个节点，李小军的骨子里开始浮躁起来，价值观也随着改革开放的深入发生着改变，他开始重新思考人生。他觉得目前这种活法就像被别人设定好程序的一台机器，按部就班，太平淡没意思。好像看到自己五年后当上公司副经理，十年后是正经理，最理想的结果不过如此，然后就是退二线，等退休。退休后什么也不是，什么也没有，就拿着那份可怜的退休工资，在街头和一班老头下象棋。这样的人生，不是李小军想要的。

很快有了个机会，有家私营企业年薪十万聘总经理，这在当时可是个不小的数字。够刺激的，他决定挑战一下，结果还真被聘上了。可是三年下来，业绩不错，年薪却始终不见踪影。李小军忍不住了找老板理论，老板说，这钱只能算股份不给现金的，这分明就是不想给嘛。谈崩了，他辞职了，失业了，原单位也回不去了。可祸不单行，女友本来就是个爱唠叨的人，婚期又一拖再拖，现在更有了唠叨的理由。终于有一天突破了李小军的极限，分手。女友也一气之下去了深圳，他的生活好像一下子又回到了原点。

这年夏天特别的热。李小军每天晚上看电视看到深夜,第二天睡到自然醒。下午不能在家呆了,因为不能再看母亲又疼又气的表情。或是一个人到玉带河钓野生鱼,或是到街头看老头们下象棋,有时自己也上去杀两盘。反正不想上街,不想见到熟人,日子就这么一天天的过去了。

九月上旬的一天,李小军到家边的小理发店剃头。这儿五块钱一人,经济实惠,非常适合老头老太和他这样的无业游民。这家店名叫"青苹果发屋",开有好几年了,是G市边上农村来的一对小夫妻开的。李小军和老板老板娘都熟悉,但都叫不上来对方的姓名。这天,李小军进门照例随手拿了份《扬子晚报》,找个板凳坐下来排队等候。

"过来洗头了。"有个稚嫩的女声在叫他,一份报纸也快看完了。

抬头看见一个扎着马尾巴辫的小女孩已经站在了洗头池前,正望着他。李小军心里不由得"咯噔"一下,小美人胚子一个,跟那个奥黛丽·赫本似的。

还真是个新手,手指捞不到发根,洗完了,感觉两鬓还有肥皂沫。不过小手在头上捞来捞去的很是舒服,李小军心里掠过一丝不明的快感。后来,李小军一直在用眼睛的余光观察着给他洗头的那个小女孩。她,十五六岁的样子,身体发育得比其他几个学徒要快一些,个头也比其他女孩要高许多。只见她眼睛一直盯着老板娘的手用心揣摩,自始至终也没说过一个字,这叫李小军觉得这个女孩有点特别。

一连几天,李小军有事没事就到理发店门口转悠,透过玻璃门朝店里望望那个女孩。他还希望能和她在路上有个美丽的"邂逅",可终未能如愿。这天下午,天空突然乌云密布,要下雨了,李小军急匆匆往家赶。刚走到"青苹果"门前准备拐弯,一眼看到那个女孩正急急忙忙地收拾晾在门外架子上的毛巾,他立即上前去帮忙,然后把毛巾放到她的手上。

"你叫什么名字？"李小军大胆地问了一句。

"杨安娜。"

"杨安娜，我等你长大。"李小军说这话时声音有点抖。

"干吗？"女孩瞪大眼睛，诧异地望着他。

老板娘早已注意到门外的举动。这几个女孩，不仅是跟她学手艺，她还肩负着一种保护的责任，万一出什么差错，乡里乡亲的不好交代，何况这个叫安娜的女孩还是她姐姐的女儿。她决定等那个男人下次来理发的时候告诉他，她还小，别吓着她。

李小军到家后，回想着刚才的那一幕。太可爱了，他确定这个女孩就是他想要的。漂亮、清纯，还带有几分羞涩……她就像是一只青苹果，青涩诱人！

没过几天，一个朋友从南京打来电话，介绍他去一家台湾人开的海鲜大酒楼打工，他也没多考虑就去了。那家理发店就再也没有去过，不过"杨安娜"这个名字却一直埋在他心里。

这一去就是十二年。

03

这个春节过得还真快，转眼到了大年初八。一早起来，李小军想，得考虑一下自己下一步的计划了，不忙，先理个发吧，头发长了。

他走到路口的那家理发店，看到门上贴了个告示：

本店春节后搬到向东200米的新店

欢迎新老顾客光临。祝大家新年快乐！

红苹果发廊（原青苹果发屋）

搬家了，名字也改了，看来生意做大了。李小军顺着路向东走去，果然看到"红苹果发廊"几个鲜红的大字，是比原来大多了，还楼上楼下呢。楼上住人楼下理发，七八个理发师一字排开，有点规模。老板给李小军递上一支烟，很是得意。这时，老板娘也下楼来，笑脸相迎。

理发开始。还是那么简单的发型，还是那么一丝不苟地给他理发。李小军是有心思而来的，试探着问起老板娘话来。

"店大了，让店里的这几个伙计忙呗，你还亲自上手？"

"是该歇歇了，有个徒弟正在上海打工，下个月回来，到时这个店我就交给她管了。"

"嗯，这还差不多。"

"不过，老顾客来了我还是要上手的。"

"真会做生意。"

半小时搞定，价格也涨到20块钱。收钱时老板娘说涨价了，有点不好意思。李小军说早该涨了，"红苹果"本来就比"青苹果"卖得贵。

没见到想见的人，也不好多问。难怪，这世界天天在变，十二年过去了，日本首相都换了一大把，何况一个小女孩。她现在还不知变成什么样子呢，也许早为人妻，也许还做了母亲，和你李小军没有一点瓜葛了，其实本来就没有一点关系，但他还是想看一眼那个女孩，看她现在到底长成什么样子了。

这些天，李小军先去买了辆奥迪Q5，然后开车去了几家楼盘看看，选了一处靠山靠水的小区挑了一栋连排别墅。还有一件事情同时进行的，就是李小军和妻子商量好开一家咖啡馆。决定了，就开始行动，他们很快买下东区的一处房产，一楼二楼加起来接近1000平方米的现房。住房和咖啡馆同时装修。当年六月，搬进了新家。七月，咖啡馆也开张了，店名叫"罗马假日咖啡"。李小军之所以起这个名字，还是因为曾经看过的那部黑白电影《罗马假日》。因为这部电影，奥黛丽·赫本和格里高利·派克这两个人成为几代人的偶像。从此，赫本也成了李小军的梦中情人。十二年来，李小军经常想起那个"青苹果发屋"的小理发师，她就是李小军心中的赫本。决定用这个店名，李小军没有听取别人的意见，当然也没有将其中原因说给任何人听。有了这个电影主题，装修时李小军要求设计师加入了许多这部电影的元素。开业后，他越发想要见到当年那个小理发师了。

几个月来，李小军忙得也没去"红苹果"理发，每次头发长了就近解决。这天下午，他没什么事，就又开车来到了"红苹果"。刚推开店门，李小军惊住了——杨安娜！她就是老板娘说的从上海来的那个徒弟？

李小军找了个偏远的位置坐下，拿过一份《扬子晚报》，一边心不在焉地看着，一边观察着杨安娜。她，清瘦、高爽、干练，发型仍然是那个熟悉的马尾辫，对，就是这个马尾辫，太熟悉了。眼前的她，像是一朵怒放的玫瑰，看起来更像奥黛丽·赫本了。她，简直就像一只红苹果，成熟迷人！

李小军有点坐立不安，坐立不安不应该是他这种年龄人的表象。他努力控制自己的情绪，假装看着报纸。

"过来洗头。"杨安娜对他说，然后朝水池边走去。

李小军也跟着她走了过去，坐下，低头。她熟练地在他肩上搭一条干毛巾，然后给他的头发淋水，摸洗发液，揉头皮，然后又是淋水，用干毛巾擦头发，操作过程驾轻就熟。

李小军是闭着眼睛坐在那里让她理完了发，没敢从镜子里看她一眼。

04

那一夜，李小军半夜从床上爬起来，在客厅的沙发上，一连抽了有半包烟。

一个老男人爱上一个花季女孩，只是名人们和想出名的人们爱玩的游戏。打开电脑、报纸,天天都能看到,不稀奇。更不稀奇的是,过不了多久,又会传出这一对男女分别和另外的女男传出绯闻一片。这是在娱乐圈里混的人提高知名度的必杀计,同时娱乐一下大众,见多了,不怪。但要在他和这个女孩身上上演一个真实版,李小军不敢想。他有一个美满的家庭,有属于自己的生活,他享受现在的生活不想打破,而且,他更不会狠心地去打破那女孩的平静生活。

日子就这样一天天过去,虽然李小军的脑海里时常浮现杨安娜的身影,但还是努力克制自己不去多想。当然,到了该理发的时候还是要去的。

快一个月了,李小军又走进这家理发店。没见到杨安娜,他就问老板娘。

"你怎么又忙上啦,那个管事的小徒弟呢?"

"旅游去了。"从口气中听出有点情绪。

"什么意思?"

"离婚了,说出去散散心,我看她婚离了反倒是开心了,现在的女孩子啊……"说到这,她把话打住了。

一连好几天,李小军有事没事就开着车从这家理发店的门前"路过",还故意放慢车速降下半边车窗,望望杨安娜回来了没有。又一个星期过去了,终于在一天晚上八点多钟,他看到了杨安娜的身影出现在店里。他想进去,可头发还没长长,怎么办?心想,这点小问题还能难得了我李小军吗?他急忙找了个地点放好车。

"帮我刮刮胡子。"李小军进门就说。

"来啦,从来没见你来刮胡子的。"老板娘接话说。

"家里剃须刀不知怎么坏了,网购了,还得等几天。"李小军有点心虚。

"安娜,你帮这位大哥刮刮吧。"

杨安娜很娴熟地给李小军刮胡子,李小军透过前面的镜子,眼睛一眨不眨地望着她。美丽的脸庞好像带着几分哀怨,感觉她一下子从"怒放的玫瑰"变成了"等爱的玫瑰",让人心疼。他心跳加速,而杨安娜并没有发觉李小军的异常,只是很认真地完成了刮胡子的操作全过程。

"多少钱?"胡子很快刮完了,李小军主动搭话。

"五块。"她回答得很干脆。

杨安娜说这话时,第一次朝他正眼望了一下,冲他莞尔一笑。李小军也还了她一个笑脸,只是笑的含义不同,可以用"诡秘一笑"来形容。中国的文字真妙,能把"笑"的面部表情细分成几十种,而且用不同的汉字准确地表达出来,单就这一点来说,中国的作家不得诺贝尔奖才怪呢!

此后每天晚上的同一个时间,李小军就到这里来找她刮胡子。每次刮胡子的时候,李小军就和她说几句话,看似随便聊天,天南地北不着边际,可是每次回家,李小军都会细细回味一番,她的一字一句,她的一颦一笑,她的一举一动。不能老这样下去呀,李小军好像觉察到老板娘怀疑的眼神。杨安娜倒是并不讨厌这个天天来刮胡子的男人,何况人家还付钱的,即使有什么恶意,在店里,他又能怎么样?

有一天,老板娘话中有话地问道:"安娜,他怎么老是找你刮胡子啊?"

"来就来呗,他也不是老虎,能把我吃啦!"

"死丫头。"

"啊哦,"杨安娜似乎明白了一点老板娘的话外之音,"今天他说剃须刀买到了,以后不来了。"

"我的好小姨,我看他不像个坏人。"上楼的时候杨安娜又撂了一句。

05

咖啡馆的生意逐渐正常化,有一个能干的店长天天盯着店里,李小军每天只是去看看,然后就在办公室上上网打打电话。裴春妹在家带孩子，也就是偶尔去吃个饭。李小军每天又是睡到自然醒，然后陪父母说说话，聊聊家常。

李小军每天上下班都要从"红苹果"门前经过，远远地望望她，看到她，心里就有一种满足感。这天，李小军腹部有点疼痛，鼻子还出了点血，感觉有点不妙，就到医院去了一下。B超检查结果出来后，医生一脸严肃地望一望李小军。

"一个人来的？"医生说。

"是的，也不是什么大病。"李小军无所谓的样子。

医生说，明天我再给你好好检查一下，让家里人来一个，方便些。回家后，李小军和妻子说了此事，裴春妹答应明天陪他一起去医院。

第二天，还是找到那个医生，在他躺在床上的时候，医生把裴春妹叫到一边说，我初步诊断你的丈夫患有肝癌，建议他先在医院住下，给他做个肝脏肿块穿刺后才能确诊。不会吧，这怎么可能？裴春妹不敢相信，说等她和丈夫商量商量再说。晚上，还没等妻子开口，李小军说话了。

"春妹，跟你说件事。"

"什么事？"

"南京的一个朋友，你认识的，就是大贺，他在夫子庙又开了个新店，打电话给我，说如果没事过去给他参谋参谋。"

"那你要快点回来，医生说你还得检查检查。"

"两三天就回来，有事打电话吧。"

背着李小军，裴春妹给南京的大贺打了个电话。大贺说，是的，请嫂子放人，还开了一通玩笑，她确信了。第二天，李小军简装出发，开车直奔南京。他昨天在医院看出了一些问题，不便多说多问，他要到南京再检查一下，看看自己的身体到底出了什么状况。

南京，李小军呆了十二年的地方，太熟悉了。在鼓楼肿瘤医院附近的"海派食府"见到了大贺。吃饭的时候，大贺说已经给他约好了叶医生，他下午在门诊。

"这事瞒着春妹的吧？幸亏你先打电话过来，否则要露馅了。"

"善意的谎言，善意的谎言。"两个人都一脸的坏笑。

下午大贺陪李小军去医院，见到上次给他主刀的叶医生。叶医生先让李小军躺下，把他的腹部仔细摸了一遍，最后把手停在他的右腹上部，又问了一下最近的病情。

"这样，明天一早，你先做个PET—CT吧。"叶医生最后说。

"问题严重吗？"

"等结果出来再说。"

出了医院，大贺说，今晚约几个哥们好好聚聚。这个大贺也是G市人，和李小军一起长大的好兄弟，当兵在南京，复员就没离开，开始是在豆菜桥卖海鲜。当初也就是他介绍李小军来南京的。2003年全国闹"非典"，没了生意，那个老板回台湾时把这家饭店无条件地送给了李小军。那也是李小军最困难的时期，大贺每天只管送货，不提结账，帮了李小军大忙。两年后，李小军挣到了钱，就在鼓楼附近买房子开了"海派食府"。几个月前，李小军决定回G市时，又把饭店转让给了大贺。

裴春妹是苏州人，当年在南京大学读书，那时流行勤工俭学，她也和几个同学一起到海派食府打工。没想到，她大学毕业后又来找李小军，要求在海派食府工作。李小军一头雾水，你一个学文秘的大学生，书都白念了，我这儿没你可干的活。可她就是不走。最后，还是大贺给他点破迷津，春妹爱上你了。这怎么可能？李小军到现在都没想明白。

06

晚上，他们开怀畅饮。在南京的朋友圈子里，李小军是个头儿，因为他的仁义，不管年龄比他大还是比他小的，都叫他军哥。李小军的酒量也是小有名气，只有大贺知道他是来看病的，主动为他挡了不少酒，李小军心里有数。喝完了，他们又去卡萨布兰卡KTV飙歌，一直闹到凌晨两点。

第二天一早，他们又去了医院。接近中午的时候，叶医生把大贺叫到办公室，过了好长时间，大贺低着头站到李小军身前。

"军哥，情况有点不妙。"

"咱们都是经过大风大浪的人，有话直说！"

"我跟叶医生说好了，还是由他告诉你吧。"

李小军坐在叶医生的办公室，眼睛一眨不眨地望着叶医生，目光坚定。叶医生说："检查结果出来了，结论是原发性肝癌，未见其他器官占位。"

"严重吗？"李小军问。

"不，是很严重。"

"还能治好吗？"李小军紧锁眉头。

"治好的可能性几乎为零。"

"那怎么办？"

"住院治疗大概能活一年，需要不断地化疗和用药。如果做肝癌切除手术给你换肝，能活更长久，但是相匹配的肝源很难找到。"

"我见过化疗的人，活受罪不说，把人也弄得不成样子，虽然可以延长点生命，但活得没意义，我不住院。"

"不住院只能用药物控制。"

"能活多久？"

"最多半年。"

"谢谢你，叶医生。我考虑考虑再说，耽误你下班了，不好意思。"

"没什么，这是我的名片，你可以随时给我打电话。"

他们离开医院，来到"常青藤咖啡"吃午饭。李小军和大贺对坐在咖啡馆的窗口，太阳照在他们的脸上。五台山体育馆边上的这家咖啡馆以前他们常来，毫无忌讳地谈天谈地谈女人，都是男人的话题，只是这次心情不一样了，两人相对无语。

看着窗外一对对情侣相拥着走过，李小军若有所思。现在情况已经明了，虽然来得有点突然，但李小军不得不面对现实。他的日子已经不多了，他该好好计划一下余下的日子了，看有没有遗憾，有没有要做的事情还没来得及做。此时，他又想到了杨安娜，这个在他生命中很在意的女人。过去，只是"杨安娜"这个名字存在他的心里，他也没想到，这么多年过去了还是难以忘怀。或许是老天眷顾他，安排她再次出现在他的面前。他不想也不能再放过这个机会，虽然和她没有过去，也不可能有天长地久，但可以拥有现在。现在，注定是短暂的，但是短暂也可以永恒。

"现在是什么季节？"李小军突然问。

"夏天啊，你没事吧？"

"夏天，热恋的季节。"

"军哥，住院花钱不是问题，你要是不够跟我说一声。"

"不，我不想住院，虽然可以延长生命，但活得没什么意思。"

"那你想干什么？"

"我想再谈一次恋爱。"

"什么？"大贺怀疑自己是不是听错了。

"我想再谈一次恋爱！"李小军眼睛仍然望着窗外，很认真地又大声说了一遍。

07

夜深了，高速公路上车辆很少，李小军驾车一路狂奔，大脑也在高速运转。

爱情的定义是什么？恐怕从古至今没人能给出准确答案。谢霆锋和张柏芝，你能说他们不曾相爱？还是爱得不够深？都不是，虽然现在离了，但他们肯定有过真爱。这个故事告诉我们，真爱，不一定就是天长地久。杨振宁和翁帆，他们结婚了，这可是年龄相差五十四岁的一对呀，一个82岁，一个28岁，你能说他们不是因爱而结合的吗？他们的爱，只是旁人不能理解罢了。这个故事告诉我们，真爱，和年龄无关。有两个打排球的运动员，汤淼和周苏红，他们相爱了，可是当汤淼知道自己瘫痪在床永远站不起来的时候，他主动提出分手。这个故事告诉我们，放手也是一种爱。电影《罗马假日》中的男女主人公，现实生活中的派克和赫本，他们没有走进婚姻的殿堂，甚至没有向对方表白过爱意。但当赫本过世后派克说，像赫本这样的女人，我不可能不爱上她的。这个故事告诉我们，爱，可以永远不向对方表白。还有电影《廊桥遗梦》，一位有夫之妇，偶遇一位摄影记者，两情相悦，短暂的爱情，记忆的永恒。当她去世后，家人才从她的日记中知道了一切，家人没有责怪她的出轨行为，有的只是感动和祝福。这个故事告诉我们，真爱来临时，道德也会为它让路……

李小军认为，爱，是人类内心迸发出来的一种最原始、最本能的情感，在真爱面前，不要试图用道德、法律、世俗的标准去评判它的对与错。爱，是一件说不清楚的东西，不是它有多深奥，而是它简单到不能再简单了，因为太简单，所以无需再去给它解释、归类、下定义。真爱无罪！

想到这里，李小军突然一个急刹车，将汽车停在了高速公路的匝道上，打开双闪灯下了车，一屁股坐在路边。望着夜幕下无尽的旷野，任凭身后大小汽车呼啸而过，他慢慢地掏出烟来，给自己点上一支。李小军想，不能再像以前那样只是远远地注视杨安娜了，他要和她更进一步，至于进到哪一步，他也不去设定，可能他也决定不了，但他知道留给自己的时间不多了，他要争取一下，不能带着遗憾离去。

回到家时天都快亮了。李小军悄悄地脱掉衣服，把小儿子朝床中间挪了挪。躺在床上，感觉一身轻松，很快就睡着了。

08

接近中午，李小军才起床、刷洗，然后到客厅吃饭。

"怎么样？"裴春妹问他。

"什么怎么样？"

"你的身体。"

"没什么。"然后话题一转，"哦，大贺这小子生意做大了去了，夫子庙、鼓楼两家店了，够他忙的。"

下午，李小军挠了挠头发说，头发长了，出去理个发，便开车出去了。来到红苹果发廊，李小军推开门向里望望。人真多。杨安娜抬头看见他，打了个招呼。

"还有七八个，没事就等等呗？"

"不，我晚上再来。"

李小军这次来是想和杨安娜多说说话的，看这么多人，恐怕她想说也没工夫，还是晚上再来看看吧，或许有机会。晚上八点半钟，李小军又推开了那扇玻璃门。

"不好意思，让你又跑一趟。"杨安娜说道。此时手头没活，她和小姨正在看电视。

杨安娜熟练地帮李小军洗了头，然后坐下，理发，一切正常。李小军心里打鼓，好像不知道说什么好。杨安娜也没说话，只是一如既往很认真地干活。理完了，再去洗一次头。

"还是不要吹干？"杨安娜说。

"对，吹了不舒服。"

李小军掏出钱包，递过去二十块钱和准备好的一张纸条。

"谢谢。"她轻轻地说了一句。

杨安娜不慌不忙地把地上的头发屑扫了扫。店里没客人,也到该下班时间了,跟小姨打个招呼就上楼去了。进了她的房间后急忙掏出那张纸条看:

想请你喝杯咖啡
TEL:139×××competitive×0513

铅笔写的,字体漂亮,看来读过不少书。杨安娜心想,什么意思呀?有电话号码,出于礼貌,就试探一下发个短信吧。她先有礼貌地表示谢意,然后告诉他,今天不行,太晚了,改日吧。李小军心想,虽然没把她约出来,但她也没明确拒绝,应该还有后戏。

等洗完脚躺到床上,杨安娜又拿出那张小纸条。并不是今天的这个男人如何让她心动,而是"递小纸条"这件事勾起了她许多的记忆。

这些年来,在感情方面她一直处于被动。她清楚自己长着一张明星脸,上小学时就有小男孩给她递过纸条,初中更是经常收到小纸条。初中刚毕业,县里有个副局长的儿子就整天围着她转,要死要活的,逼着他的母亲到她家要把这层关系定下来。还隔三差五地往她家送东西,搞得全村人都以为他俩谈对象了。喜欢她的男孩和她喜欢的男孩都离她远远的,根本原因是不敢得罪那个神通广大的副局长。她曾经对一个男孩动过心,但那人被副局长的儿子"谈"过一次话,就吓得不知跑哪儿去了。

三年前,她和那个男孩结了婚。在村里人眼里,她也算是嫁入豪门,多让人羡慕呀。可是结婚后,她对那男孩仍然没感觉,或者说,她对和他一般大的男孩都没有好印象,觉得他们幼稚、毛糙。这种年龄的男孩都狂妄地认为世界就是他们的,而实际上,他们连养活自己的能力都没有。

蜜月过后,还得生活,她在县城的一家店里做美发师。男孩没事,整天泡在店里玩，和她一同上班下班。刚开始还可以忍受，时间长了怎么行？她劝他找份工作，可他嫌打工赚钱太少，浪费时间，一心想当老板。他父母真的给了他一笔钱让他到电脑城开了个公司卖电脑。结果，由于整天和那些与他一般大的狐朋狗友玩，三个月下来，赔个精光。更让她生气的是，他的父母并没有责怪他什么，还心疼他受苦受累了。

每次回娘家就向母亲诉苦，可诉苦归诉苦，她却不好提离婚的事，因为怕母亲受不了这个打击。结婚不到半年，她只好无奈地选择离家去了上海。今年春节前，母亲大病了一场，病好后，把她叫到身边，语重心长地跟她说，孩子，妈妈鬼门关走过一趟了，好些事也想通了，想离就离吧，妈妈不为难你。她最大的顾虑解除了，春节一过就到上海那家美发店把工作辞了，来小姨的店上班了。几个月后，她也终于拿到了离婚证书。

还有件事一直藏在她心底，就是蜜月还没过完，她就断定躺在身边的这个男人不是她的真命天子。所以，在她的包里，一直装着一瓶保健含片，其实是避孕药丸，这事她没敢跟任何人讲过。

09

第二天，李小军上班时又故意绕道从"红苹果"门前经过，放慢速度，降下车窗，看到了她的身影，然后才驱车去咖啡馆看看。心情之好溢于言表，连店里的小服务员都冲他笑。他看出来了，心里美滋滋的，还在咖啡馆的"许愿墙"上贴了个纸条：好开心，好期待。下班后，李小军等天黑下来，才开车回家。当然先要绕道"红苹果"。看到她在，李小军拿出手机给她发短信。

李短信：有空吗？想和你聊聊。

杨回信：不行，现在正忙。

李回信：我在路口等你。

杨回信：哪边？

李回信：北边的那个路口。

李小军下车到超市买了一大包杯装奶茶，不同口味，每样两个。他坐在车里听着音乐，静静地等待。

杨安娜来了，迈着她这种年龄才有的轻盈的步伐走了过来，马尾巴辫子像一只调皮的小松鼠在她头顶上蹦来蹦去。李小军打开车窗，算是迎接。她开门上车。李小军来之前告诫过自己，不要说过激的言语，免得第一次把人家约出来就吓跑了。他和她很随便地聊了一些闲话。大约十五分钟，杨安娜说要走了，有预约的客人要来了，李小军未作挽留，伸手从后座提过那包奶茶。

"女孩都喜欢这个，奶茶，给你的。"

"哦，谢谢。"她没有推辞，大方地接了过去。望着她远去的背影，李小军心里有一种大功告成的感觉。先不忙走，点上一支烟，算是给自己今天的成功一个小小的奖励。他打开车窗，坐在车上慢慢地抽完。

几天后的一个晚上，李小军又来到"红苹果"门外，拿出手机。

李短信：我带了个大毛绒玩具，不知你喜不喜欢。

杨回信：太喜欢了，我一年四季都要抱着毛绒玩具睡觉。

李回信：我还在那个路口等你。

二十分钟后她来了，依旧是轻盈的步伐。在车里，杨安娜抱着毛绒狗，又和他闲聊了几句。

"一回生二回熟，以后我怎么称呼你啊？"李小军问。

"小姨喊我'安娜'，朋友和客人都喊我'娜姐'，你，随便喊。"

"那我也喊你'娜姐'吧，行吗，娜姐？"

"你的声音有点磁性。你叫什么名字？"

"我叫李小军，你以后就叫我'军哥'吧，叫'军爷'也行。"

"去你的。"

此后，李小军闲下来的时候，就给杨安娜发个短信。看天气变凉了,提醒她"今日降温,出门加衣"。知道她下班后出去和朋友玩了,告诉她"夜深熊出没,小鸟早归巢"。还有一天晚上,她说和朋友去洗澡了,李小军在"红苹果"门外默默地等到快十二点,还没见她回来,眼看着要下雨了,有点担心,又发了个短信"今夜有雨,不宜裸奔"。目的就是让杨安娜不要忘记他。

这一招果然奏效,以前杨安娜工作时手机调静音或根本不带在身上,可现在,她不仅随身带着,闲下来时还要打开手机,看看是不是有短信来过没听见提示音。

10

有一天,李小军故意选在晚上九点钟,即杨安娜下班的时候来到那个路口停下车,给她发了短信。

李短信:有一道必选题,看你能否答上来。

杨回信:发来我试试。

李回信:二选一,今晚你是陪我出去喝咖啡呢还是去唱卡拉OK?

杨回信:哈哈,等我。

十分钟后,杨安娜上车落座。李小军问她的选择是什么?"都选。"杨安娜回答得很干脆,看得出,她今天的心情特好。

他们很快来到了一家量贩式KTV包间。先点一些吃的喝的,杨安娜一边点着东西,一边算计着够不够最低消费标准,刚够,便打住了。李小军看在眼里,心想,这丫头还真会过日子。开始唱吧,杨安娜首先声明她不会唱歌,属五音不全型人类。"没什么,我唱好了。"李小军开麦了。

先来一曲张雨生的《大海》,吼几声开开嗓子,然后是刀郎的《喀什噶尔的胡杨》。有点意思,杨安娜心想。再然后李小军自己报幕:下面请大家欣赏一首老歌《大花轿》,台下会唱的朋友一起来。杨安娜见他又是说又是唱,一刻也没停过,她也不由自主地跟着唱"抱一抱那个抱一抱,抱着那个月亮它笑弯了腰……"他们两个真的都笑弯了腰。气氛挑起来了,杨安娜抢过话筒,让李小军给她点一首正流行的《风吹麦浪》,很认真地唱完。李小军说,唱得还蛮不错嘛,就是有点可惜。杨安娜问,可惜什么?李小军说,可惜观众太少了,这要是在"鸟巢",还不嗨翻全场,然后他们哈哈大笑。杨安娜心想,以前她也和朋友们来过KTV,可从来没开口过,今天是怎么啦?

"下面,我把这首非李小军作词、非李小军作曲的歌,献给可爱的娜姐,歌名叫作《死了都要爱》。"李小军稍微安静了一下。当乐曲响起的时候,李小军牵着杨安娜的手一起站了起来,摆好架势:

把每天当成是末日来相爱/一分一秒都美到泪水掉下来/不理会别人是看好或看坏/只要你勇敢跟我来/爱不用刻意安排/凭感觉去亲吻相拥就会很愉快/享受现在别一开怀就怕受伤害/许多奇迹我们相信才会存在/死了都要爱/不淋漓尽致不痛快/感情多深只有这样才足够表白……

开始时还是深情地演唱,风平浪静,到后来变成声嘶力竭地呐喊,狂风暴雨般,音都唱破了、唱哑了也不停。杨安娜觉得,这是她听过的最动人的一个版本,有种侵心蚀骨的感觉。她心想,这是怎样的一个男人啊!其实,李小军是通过这首歌在向杨安娜表达爱意,他要把心中的爱大声喊出来,正如歌中唱的,感情多深只有这样才足够表白!

11

出了KTV,李小军又带杨安娜到"罗马假日"去喝咖啡。杨安娜说,快十二点了,咖啡馆该关门了吧?李小军说,就是要等它关门才去的。

杨安娜心想，反正回去也迟了，索性今晚就痛痛快快地玩吧，离婚以后，一次都没有这样痛快过。他们躲在车里，看着最后出来锁门的服务员离去才悄悄地下了车，悄悄地开了咖啡馆大门。备用钥匙放在李小军的身上已经好多天了，就是为今晚准备的。

进了门，李小军便带着杨安娜游览起来。虽然知道这个咖啡馆是他开的，可她从来没进来过。一进门就感觉真的很漂亮。这边是VESPA比亚乔摩托车，和电影中的一模一样，李小军让她上去坐坐，学一学赫本的样子；那边有一幅赫本的大幅剧照，李小军让她站在旁边比比，还真像；许愿墙，彩色小纸条都快贴满了，李小军写的"好开心，好期待"也在上面，杨安娜走近看个仔细；打开壁炉，还有火苗在动，真稀奇；这里的油画怎么都吊到天花板上啦？杨安娜不解，不过还真好看；包间是用十二星座命名的，还真没见过。杨安娜迅速找到了属于自己的双鱼座，李小军也跟着进了包间。

"个性分析：安静、温柔、真挚和会体贴人。爱情观：双鱼座的女生憧憬童话般的爱情，不会轻易爱上一个人，一旦真的爱上就会很致命。娜姐，说的是你吗？"

"哈哈。"杨安娜只笑不答，但是她拿出手机把双鱼座说明照了下来，"让我带回去研究研究再告诉你。"

李小军站在吧台里边，让杨安娜坐到吧台外的高凳上。

"娜姐，看着我给你煮一杯罗马假日纯品咖啡。"

"哦。"杨安娜回答，像个乖学生，在吧台外看着李小军操作。一会儿就好了，一共两杯，李小军递了一杯给她。杨安娜先是闻到了咖啡的香气，露出夸张的表情，然后按李小军的要求先小尝一口，苦，放糖放奶，再喝，眼睛一闭调皮地说了一句广告语：

"味道好极了。"

"不对，还差一样东西。"李小军迅速走出吧台，来到三角钢琴边。

"天啊，你还会弹钢琴？"

"小试牛刀。喝咖啡没有音乐怎么行？！"

《传奇》，优美的旋律从李小军十指间流淌出来。此时此刻，杨安娜有点不敢相信，在一个只有两个人的咖啡馆里，一个男人，为她煮咖啡又弹钢琴，像童话一般。她平生第一次感受到属于她的这份浪漫和幸福，令她难以置信。

太晚了，杨安娜提出该回去了。下楼时，她又看到那辆摩托车，小声问这车能开吗？李小军看出了她的心思，上去就把车推出店门。杨安娜平时也爱骑摩托车，在老家就放着一辆，不过已经好久没骑了，今天看到这么漂亮的车，心里当然痒痒。李小军示意她上车，她这才注意到没牌照。

"没挂牌，警察抓了怎么办？"

"都几点了？哪有警察。"

杨安娜跨上车，脚一蹬就发动起来，李小军赶忙跨上后座，学着《罗马假日》电影海报上的样子，搂住杨安娜的细腰。夜晚的路上一个行人也没有，偶尔只有几辆出租车经过。杨安娜是一路不停，连闯几个红灯，速度与激情都有了，她好开心。他们很快就来到红苹果发廊的门前，她停下车好像还没过足瘾。李小军提议她再兜个圈玩玩，她说太晚了，下车就朝店门快步走去。到门口时回头一看，李小军还站在车边，没有要走的意思。

"你，怎么还不走？"她又跑过来靠近他小声说，"你快走吧，小姨发现会骂我的。"

李小军没说话，望着她，突然一把将她搂过来，嘴唇贴上了她的唇。她瞪大眼睛吃惊地望了他一眼，然后，慢慢闭上双眼，张开嘴巴……一个标准的长吻。吻完了，她没说一句话就跑走了。

望着她进了门，李小军才骑车离去。

12

　　连续三天，李小军故意没有和杨安娜联系，只是照样上下班绕路经过她门前。经历了那天晚上的事，他想对方一定天天盼他和她联系，但他要故意放慢一下进程，就像刚酿出来的葡萄酒，沉淀一段时间会更好喝。但他的判断很快被证明是错的。三天后，李小军认为应该可以联系，可不管发短信，打电话，还是上她的QQ，她就是不回音信。

　　李小军这几天感到右上腹疼得有点厉害，鼻子又出了一次血，到药店按照叶医生的方子买了些药回来吃。妻子春妹看出他吃药的量有点加大，便轻描淡写地劝他到医院看看，他说小毛病，就不去医院了吧，又是拍片又是抽血的，烦人。

　　杨安娜是天天上班，好像什么事情没发生过，其实，头脑里一直在想着李小军，每天躺在床上关灯后还要想一会儿。本来，李小军的出现并没有引起她特别注意，没想到却一天天占据她的头脑和她的心。她很清楚，李小军并不是她理想中的白马王子，年龄悬殊就不必说了，关键是他还有老婆孩子。她不想把自己变成世人眼中的"坏女人"。

　　一天中午，杨安娜到县城参加一个婚礼，新娘是她五个好姐妹中年龄最小也是最后一个结婚的人。婚礼过后，新娘子轰走新郎官，"五朵金花"全部围在新娘房里闹腾，又是说又是笑的，还找来一瓶红酒每人倒了一杯。她们谈天谈地，谈情谈爱，当然也谈到杨安娜。有个姐妹开玩笑说，杨安娜是她们五姐妹中第一个搞对象的，也是第一个离婚的，什么时候再做一回第一呀？杨安娜傻傻地问，什么第一啊？那人说第一个二婚呀。哈哈哈哈，满屋子笑声。杨安娜说，这辈子恐怕没人要了，大家根本不信。你以前可是公认的"冷美人"，当年好多男同学暗恋你呢，就是你不爱搭理人家罢了，要不我们给你介绍几个你挑挑？杨安娜说,去你们的吧,尽拿我开涮。又一个姐妹说,娜姐人家现在要找就找"高富帅",括号同龄人不予考虑,为什么呢?因为呀,她永远嫌同龄男人幼稚。另一个说,我看呀,找个外国老头算了……

时间不知不觉到了吃晚饭的时候,她们又在一起开了一桌。天下没有不散的宴席,吃完了也闹完了,要各奔东西了。新娘子命令新郎开车送杨安娜到快客站。晚上九点整,杨安娜坐上了回市区的大巴,这时,天下起了小雨。刚出县城,汽车突然摇摆起来,司机顺势靠路边停下来,说车胎跑气了,你们想别的办法走吧,乘客们一阵骚动后都下了车。杨安娜也只好下车,就近到一个小超市躲躲雨,哎,这鬼天气。

怎么办?杨安娜第一个想到了李小军,她犹豫了一下,给他发了个短信。李小军回信说马上过来。大约四十分钟,她坐上了李小军的车。

"到东海喝朋友喜酒的,"杨安娜找话说,觉得不妥,又补充一句,"女的朋友。"

"我们来做个游戏吧。有问必答,电视上学来的,就是每人准备十个问题问对方,对方不许考虑,必须如实快速地回答。"

"那你听好,和理发师从来不打交道的人是什么人?"杨安娜问。

"秃子。你这是脑筋急转弯嘛。"

"哪问什么?你先问好了。"

"好吧,第一个问题:你为什么不回我电话和短信?"

"你为什么要给我发那么多短信却不到店里找我?"

"因为怕伤害你。"

"既然怕伤害我,为什么当初约我出来见你?"

"当初没想这么多,后来情况有了些变化。"

"什么变化?"

"你这叫第几个问题啦?拒绝回答,该我问了。"

"你问吧。"听口气有点不高兴。

"你愿意和我交往下去吗?"

"不愿意。"

问不下去了,李小军把话打住,然后是长时间的沉默。汽车在"红苹果"的门口缓缓停下,这时候理发店已经下班关门了,李小军鼓起勇气说,第十个问题:今晚跟我走吧,好吗?停顿大约十秒钟,杨安娜拿出电话,告诉小姨,下雨了,在东海的同学那儿住下了,今晚就不回去了。十五分钟后,他们一前一后走进宾馆的大堂。

13

李小军先到卫生间快速冲洗了一下,穿着浴衣就出来了,随后杨安娜衣服没脱就进了卫生间,一会儿传出淋浴的水声。李小军坐在沙发上看电视,感觉过了好长好长时间,杨安娜才穿着浴衣盘着头发,从卫生间走出来,脸上还挂着水珠,也许是泪水。

太美了,眼前的她像是一件水晶艺术品,李小军都不敢上前去碰她,怕碰一下就碎了。他思想斗争了好一会儿才走上前去,把她轻轻地拥在怀里,抱了一会儿,又轻轻把她放到床上,让她平躺下来。他起身将电视调到音乐台,用自己的浴衣将电视机的屏幕盖起来,然后拿两张抽纸盖住她的双眼,轻轻解开她身上的浴衣,借着昏暗的光线,欣赏着她那迷人的胴体。细嫩柔滑,高低起伏,还有一双修长的腿。李小军的手在她那曼妙的身体上不停地游走,听到她细细的娇喘声越来越大,这时李小军已经压抑不住内心的欲动……

第二天早晨,李小军睁开眼睛,发现杨安娜正趴在他的身边,脸靠他的脸很近,望着他的眼睛,咪咪笑着。

"几点了,你该去上班了。"李小军突然从床上爬起来。

"没事,我早就给小姨发过短信了,告诉她说,有人绑架了我。"

"我可没强迫你啊。"

"知道啦,我是说,朋友不让我走,非要我玩一天再回去。"

"这还差不多。"

两人又相拥在一起。李小军问，那这两天怎么过啊？杨安娜说，一笑而过呗。李小军刮了她一个鼻羞后说，要不我们出去玩玩吧，杨安娜说，好啊！

14

他们首选爬山。

李小军朝看山门的师傅手里塞了一张百元大钞，连票也没买就把车开上了山。杨安娜有点害怕，对李小军说，我们这样叫逃票，被抓起来怎么办？而且还会害了那个看门人。李小军说，没事，看门人捞点小油水也正常。其实，大家心里都有数，所谓君子爱财各有各道，相安才能无事。这叫什么歪理，杨安娜心想，算了，不去想它了，怕坏了心情。

人们往往把水比作女人，而把山比作男人。女人柔情似水，男人坚强如山。望着眼前这郁郁葱葱的山脉，和山间流淌着的溪流，李小军感觉到大自然中阴阳的和谐，又因和谐产生了美。溪流，在山的胸膛上绕来绕去，然后一路欢歌而去；山，则享受着溪流给他带来的抚慰和洗涤。

这时，杨安娜正忙着找地点照相，只听她大声喊："军哥，快过来，快帮我照几张。照好了，我要发到QQ上的。"杨安娜摆弄着各种姿势给李小军照，一会儿"茄子"、一会儿"大妈"的变换着表情。来到大雄宝殿，当然要进一炷香。李小军和杨安娜并排跪在那儿，举香，磕头，然后许愿。从大殿出来，杨安娜问李小军刚才都许了什么愿，他说，不能告诉你，说出来就不灵了。杨安娜一脸的不高兴，走路还故意和他保持距离。可是没过几分钟，好像乌云尽散，阳光普照，她主动上前拷着李小军的臂膀，一边走，一边说出她许的愿。第一，祝愿父母平安健康，第二希望早日有一家属于自己的美发店，第三，保密。李小军摸着她的头说，你这丫头有阴谋诡计啊。

下山后吃完午饭，李小军提出要到她的老家看看，究竟是什么样的水土造就了你这么个有灵性的小丫头。驱车大约一个小时，他们来到了杨安娜家乡的水库边。这人工湖的水面还真够大的，在太阳的映照下可见远处有几艘捞沙船在水中作业。李小军开车沿着库边坝上的林荫道一路慢行，他把边窗和天窗都打开了，让风尽情地往里面吹。空气确实不一样，清新，清爽，还有树木的清香，真是天然氧吧。杨安娜一只手伸到窗外，像是和风嬉戏。李小军说，把你的马尾巴解开吧，别辜负了这多情的风，杨安娜听从了他的话。她的长头发飘了起来，此情此景好像在外国电影中才能见到。

坐在水边，杨安娜说，她小时候个头就比别的同龄人高一截，包括男生，没人敢欺负她，所以他们都号称她是大姐大，"娜姐"的美名也就是那个时候传开的。为了和小男孩争强，就在这水库里她学会了游泳。可惜，她话锋一转说，到了初中，学业繁重，大考小考不断，快乐的生活终止了，性格也改变了许多，话少了，笑容也没有了，所以同学们又送她一个外号"冷美人"。说到这，她露出一副可怜兮兮的样子。

杨安娜指着不远处的一栋栋房子说，我的家就在那里。突然有几声狗叫传过来，杨安娜说，不好，是我们家的赛虎，它可能闻到我了。说完，他们撒腿就跑。

晚上，杨安娜趴在李小军的腿上，很认真地说："军哥，我一直想问你，你到底因为什么喜欢我的，难道就因为我长得有点像你的梦中情人奥黛丽·赫本吗？"

"不，我喜欢的是，只属于你的那份善良和美丽。"

"还有呢？"

"还有？还有就是，你还有那么一点点的调皮。"他用手指点了点杨安娜的小鼻子。

"下面该你问我了。"停了一会儿，杨安娜又说。

"问你什么呀?"

"问我,喜欢你什么。"

"我不问,问了也没有什么好话。"

"不问我也要说。我想想,你睿智,幽默,还有就是,你还有那么一点点的坏。"杨安娜说完,故意学着刚才李小军的样子点了点他的大鼻子。

夜晚,等杨安娜睡着后,李小军起身到阳台上抽烟。他心想,这个女孩多可爱呀,可惜的是,他在错误的时间遇到了对的人,这真让他伤感。一想到身上的病,李小军就把眉头皱了起来,这时,他突然感觉到腹部疼得有点厉害,鼻子也出血了,他赶紧到卫生间把血止住擦干。可能是今天的运动量大了一些,他拿出小包掏出药,连忙吃了几片。

15

不知不觉一个月过去了。

这天,李小军觉得腹部疼痛得有点异常,白天疼晚上也疼,每一次都疼得更加厉害。他给叶医生打了电话,叶医生说这是正常的病理过程,过来再拍个片子看看吧。李小军和杨安娜道别,谎称出趟差。工作上的事,她也没什么特别的猜疑,就是要求每天给她发短信。

南京肿瘤医院。叶医生拿着片子,对李小军说,你的病情在加剧,我还是建议你住院治疗。只有住下了,医院才可以为你寻找和你相匹配的肝源。虽然很难找,不过,我还是建议你试试。李小军说,我不住。

"你是不是恋爱了?"叶医生望着李小军的眼睛突然问。

"这和病有关系吗?听说有的人生孩子都可以的。"

"性生活过于频繁,也会加剧病情。"

"知道了。"

出了医院，大贺想留李小军吃饭，住几天，好好聊聊。他谢绝了，当晚赶回了 G 市。夜里十一点钟，他来到红苹果发廊的门前，已经打烊了，给她发了个短信。她说刚刚睡下，今天客人特多，累死了。他也谎称还在南京，正和朋友们喝酒呢。然后，他们简单地问个平安就结束了。

李小军想，有个女孩让自己惦记着，真好。然后才开车离开。

杨安娜想，有人惦记自己，真好。然后抱着她的狗狗慢慢进入梦乡。

第二天，李小军把自己关在屋里，整理自己的思绪。妻子春妹看在眼里，没有说什么。晚上睡觉的时候，李小军腹部疼得厉害，他把靠枕抱在胸前止疼，翻来覆去的，一夜没睡着。天一亮，裴春妹就起床出门了，说有点事要办。起床后，李小军又给杨安娜发了几条短信，说还得过几天才回去。

吃过早饭，李小军开车出门，不是去上班的，他要到街上转转，想找个适合开咖啡馆的地方。杨安娜告诉过他，说她的手接触染头发药水过敏，可能美发这一行干不长久，想转行。开烟酒店门槛低，可没多少钱赚；开小超市商品太多，记不住；要不开个宠物店吧，天天和小猫小狗打交道也不错。她从小就特喜欢小动物，有一次，家里的一只鸭子被人家摩托车压死了，她哭了一整天，死活不让家里人把它炖吃了。后来，她带上一帮小伙伴，在水库边上给那只鸭子举行了一个"隆重的葬礼"，还哭得稀里哗啦的。不行不行，天天看着自己喜欢的小动物被别人抱走，那不得天天伤心流眼泪啊。李小军建议她也开个咖啡馆，她一口否定了，说那得多大的投资啊，你以为我是"富二代"呀，虽然喜欢，但不去妄想吧。

G 市东区有个大学城，那里倒是有开咖啡馆的氛围。李小军想到这，开车过去了。围绕着大学城转了好几个来回，他在一处门面房前停下车，近距离打量琢磨起来。

吃中午饭的时候，裴春妹和李小军讲，一个北京的肿瘤专家来第一人民医院巡诊,她在电视广告上看见的,想让他过去看看。李小军一口拒绝了,我这是小毛病,看什么专家呀,说完掉头走开了。下午,李小军又开车去了趟大学城,和那个房东见了面。

一连几天,李小军呆在办公室里画图,找资料,偶尔给杨安娜发短信,告诉她生意还没谈完,回不去。杨安娜信以为真,只要每天能接到他的短信就知足了,把一个小女人特有的幸福感天天挂在脸上。

这天夜里,李小军突然忍不住疼痛,昏了过去。等他醒来时,发现已经躺在了医院的病床上。他睁开眼睛,大脑也开始了正常的运转。他意识到,那个时刻就要来了。

来巡诊的那个专家给出了建议,立即去北京,动手术。这次,李小军没有拒绝,裴春妹陪着他去了北京,住进了肿瘤医院。

16

一个多月后。

杨安娜像往常一样给顾客剪发、染发,只是脸上没了幸福小女人的微笑和满足。她不明白李小军怎么就突然失踪了,有几次还跑到"罗马假日"假装喝咖啡,希望能见到他的身影。望着桌边的玻璃上《传奇》歌词,她在心里一遍遍地朗读、轻唱,反反复复。有天晚上,杨安娜收拾完正要拉下卷帘门的时候,看见一个穿风衣的女人来到门口。

"可以帮我吹吹发吗?"那女人说。

"进来吧。"杨安娜平和地说。其实,杨安娜第一眼就认出了她是裴春妹,李小军曾给她看过他们的全家福照片。吹头发的时候,她们一句话也没说。

"技术不错。"吹完后,裴春妹站起身来说。

"谢谢。"杨安娜低着头回答。

裴春妹说,其实,我早就知道你了,我无意间看到了李小军的手机短信。他早就生病了，这你可能还不知道。我，作为他的妻子，当然希望他能愉快地走完自己生命的最后时光，所以，知道你们的事后也没阻止你们来往。说到这，裴春妹停顿了一下，然后接着说，其实，你也不用自责，他爱上你比认识我还早。

杨安娜的眼泪要流出来了。裴春妹从包里掏出一封信递给杨安娜，他现在在北京，医院已经下了《病危通知书》，我回来准备一些后事，顺便把这封信交给你，他把你们的事也跟我说了一些。

"你，能让我去看他一眼吗？作为朋友。"杨安娜小心翼翼地说。

"这我主动跟他提过，但他拒绝了，他说不愿意让你看见他现在的样子。"

杨安娜手里捧着那封沉甸甸的信，趴到床上，轻轻打开。

娜姐：

你好！

当你看到这封信的时候，可能我已经不在人世了。

十二年前，你还是小姑娘的时候，我第一眼就爱上了你。但那时的你还太小，我也正处于人生的低谷，我只有选择沉默；十二年后，当你长大了再次出现在我的面前时，我也曾告诫过自己不要去打扰你平静的生活，就这样远远地望着你，祝福你。你年轻，漂亮，应该拥有一个美好的未来。可是，当我知道自己患病了，老天留给我的时间不多了，同时，我又偶然得知你刚刚恢复单身，于是我改变了主意，我想和你谈一次恋爱，我要带着一段美好的记忆离开这个世界。这个愿望在我心里压抑了很长时间，终于爆发了。感谢上苍在我生命的最后时刻又把你安排到我面前，感谢你和我在一起度过的每一分每一秒，生命中因为有过你，我感到了精彩。

你告诉过我，你的最爱是旅游，我何尝不想。若干年前，我有时间但没钱，后来有钱了又没时间，而当我有钱又有时间了，发现身边缺少一个红颜知己可以结伴而行。我想带你出去旅游，去三亚吹海风，去松花江滑冰，去西藏感受心灵的洗礼，去罗马度一次漫长的假日……但我最想带你去的地方还不是这些，是在彩云之南一个叫束河的古镇，那是茶马古道经过的地方，山上的溪水穿城而过，溪水边是许多古建筑群，一场小雨过后，小街的青石板路上走过你我的身影，那是多么美的一幅画卷啊！

然而，这一切，只能等到来世了。假如来世上苍还会眷顾我，让你在我的生命中出现，我一定不会错过你，一定要和你谈一次完整的恋爱，然后，娶你为妻，共度一生。

本来，我想在 G 市的大学城里面租间小店铺，装修成一间小咖啡馆送给你，一个富有个性的咖啡吧，名字叫做"小城故事咖啡吧"，以此纪念我们的爱情故事。我还想送你一辆深红色的 JEEP 牧马人，我觉得那款车好像就是为你设计的。我还想和你生个女儿，我要看看十六岁以前的你是什么样子……可惜没来得及完成我就要走了。

请你原谅我以前没有告诉你我的病情，因为我太想拥有和你的这份真爱；请你原谅我的不辞而别，拥有过你的爱，我此生无憾了。

珍爱生命，享受生活。娜姐，保重！

军哥

2010 年 11 月 20 日于北京

17

一年后。2012年2月14日,云南丽江市束河古镇。

从丽江古城往北约四公里,便见两边山脚下一片密集的村落,这就是被称为清泉之乡的束河古镇。束河是纳西先民在丽江坝子中最早的聚居地之一,也是茶马古道上保存完好的重要集镇。白天的束河,是恬适的古镇,踏着光滑的青石板,感受茶马古道的沧桑;夜幕降临,古老的小街又会承载你躁动的心。

在古镇的一个小石桥边上有个"小城故事咖啡吧",今天从早上九点开门,顾客就络绎不绝,而且来这里的人基本上都是一对对情侣。原来,古镇旅游局早在半年前就开始策划运作"束河2012百对情侣大巡游"活动,经过多轮选拔,一百对来自全国各地的俊男靓女在情人节这一天如约而至,那些没入选的和看热闹的人们也在这个时候涌入小镇。现在已接近午夜,按平常这会儿咖啡吧已经打烊了,可今天,仍然有一对对情侣不停地推门而入。这咖啡吧的老板就是李小军。他是一年前来的古镇,这家店被他经营得有声有色,在这里已经是小有名气了。今天,他依然是在一个靠窗的角落里吐着烟圈,桌上放着一大杯咖啡,眼睛观察着店内店外的情况。

只见,门又被推开了,进来一位穿着一身白西装的帅气男士。他稍站了一下,眼睛扫视了一圈,在找空位。这时,正好有桌客人起身离店,那男士便引领着身后的女士走了过去。李小军感觉这一对和别的有点不同,别的都是满脸洋溢着幸福的笑容,可这一对神态忧郁。等他们落座,李小军特意朝那低头的女士望了一眼,大吃一惊,不好,出大状况了,是她吗?李小军的目光再次投过去时,他确认了,是她,杨安娜。

等他俩点完单，李小军便向那个叫马六的服务员招招手，告诉他，送他们两杯罗马假日纯品咖啡，马六感到有点奇怪，但还是按照老板的要求去做了。一会儿功夫，马六把咖啡端到那两人的桌前，

"搞错了吧？我们没点咖啡。"那男士说。

"没搞错，"马六不紧不慢地说，"这是我们老板送的。"

"哦，是怕我们等太久着急，谢你们老板啦。"

马六把咖啡放到他们面前时，顺便向女士瞄了一眼，还真漂亮，难怪老板送他们咖啡。他说了声"请慢用"然后掉头走开了。

杨安娜望着面前的咖啡，端起来抿了一小口，口感还真是不错，只是她喝咖啡早已习惯不加奶也不加糖了。抬头望望对面的那位男士，他好像没注意到有什么异常，加完奶和糖后用小勺子搅了搅，端起杯子喝了一口说，味道纯正，不错。

杨安娜又端起咖啡送到唇边，突然有种似曾相识的感觉，又轻抿一口，心里一惊，这不是罗马假日纯品咖啡吗？他们这里怎么会有这款口味和自己记忆中一模一样的咖啡？她感到自己的血液开始慢慢沸腾，心跳也在加速，感觉屋里像是有一股巨大的磁场环绕她的身体，难道……她不敢往下想，只是轻轻地抬起头，一眼望见吧台后面有一幅大大的赫本黑白剧照，她好像明白了一切，倒吸了口气，一下子瘫倒在椅背上。

一会儿菜上来了，只见那男士自斟自饮，杨安娜则慢慢地吃着她的三明治，眼睛不敢再朝周围望。半小时后，男士已经将那瓶酒喝了一半，还要倒酒，被杨安娜拦住。那男士显然有点不开心，但还是听从了她的话。然后，杨安娜拿起手包走到吧台前结账。

"谢谢你们老板送的咖啡，你们老板贵姓？"

"你是说军爷啊，他姓李。"马六接过钱，答道。

杨安娜离开吧台时顺手拿了张这家店的名片。

一直忙到凌晨一点钟，店里的客人才走光。店员们一个个都累得够呛，放下手里的活就回宿舍休息了。马六最后一个，他还要负责把门板

插上。剩最后两块门板时，李小军让他停下来。

"军爷还要出去吗？"马六问。

"不，一会儿还有人来。"

"谁呀，都这么晚了还来？"

"是一个老朋友。你去睡吧，我在这儿等就行了。"

18

李小军目光始终望着窗外，一边喝着咖啡，一边抽烟。他坚信，她一定会来的。

一年多前，躺在北京肿瘤医院的病床上等死的他，有一天，突然接到南京大贺的电话，说叶医生刚刚联系到了匹配的肝源，奇迹出现了。叶医生又和北京方面进一步沟通，给李小军顺利进行了换肝手术，他得以重生。大病初愈后回到 G 市，裴春妹就主动和他办理了离婚手续，带着他们的孩子回苏州老家了。李小军心里非常感激春妹为他所做的一切。临上车时她还对他说，杨安娜是个好女孩，没有她的存在，或许你的病也好不了，可能正是有了她对你的爱，才保佑你起死回生。今天我选择了对你放手，也许是我这一生中做出的最正确的决定，去找她吧。回家后，他用三天的时间整理自己的思绪，没出门。

三天后的上午，李小军来到红苹果发廊门外，在雪地里徘徊了很长时间没敢进去。当他拿出手机正准备给杨安娜发短信时，看见有一个穿皮衣的年轻男子拥着她走出来，上了一辆宝马车。他开车紧随其后，看着他们走进一家婚纱店。恋人关系已不言而喻，他傻了。他开始反复问自己，李小军啊李小军，你说你爱杨安娜，可是你能给她多少幸福？你们毕竟相差接近二十岁，她父母的反对，她亲朋好友的不理解，还有，走在大街上看到路人异样的眼光，你说她心里会是什么感受？情到深处，放手也许真的是最好选择，连裴春妹这样一个弱小女子都能做出来的事，你一个大男人就不能做到吗？

第二天起，李小军把自己名下的财产开始变现，大部分打到了裴春妹的银行卡上，自己就带着三百多万，带着马六，来到了远在千里之外的束河。马六是G市罗马假日咖啡馆的第一批服务员，当初，李小军看这小伙子人机灵，很是喜欢，把他当成干儿子一样疼爱。这马六也早不管老板叫李总了，叫干爸太俗，就叫军爷吧。

就这样，李小军带着马六在束河古镇转悠了一个月，买下了现在这个二百多平方米的临街店铺，后来在院子里盖了三间平房当宿舍。虽然店面不大，但经李小军亲手设计打造，情调非凡，结合了咖啡馆的安逸和酒吧的激情。这还不是关键，关键是在经营过程中要把安逸和激情拿捏得恰到好处，那可要见真功夫的。马六觉得军爷的每一个设计、摆件都那么漂亮，自己也说不上为什么。有一次，李小军问他，你觉得军爷最得意的是什么地方？他说，我看样样都好。李小军"啪"的一声轻轻打了他一个小耳光，说，你小子拍马屁都不会。然后告诉他，我最得意的是临街的那片大玻璃窗。为什么呀？马六问。李小军说，有太阳的时候可以闭着眼睛坐在那儿发呆，下雨的时候可以望着雨滴发呆，夜晚可以望着星星发呆。

"发呆是什么呀？"马六问。

"发呆就是什么都可以想，什么都可以不想。"李小军回答道，马六糊涂了。

"等你明白了，你就该谈恋爱了。"

"可是军爷，我一直想问你一件事。"马六说。

"什么事？"

"你为什么要到这大老远的地方开咖啡吧？"

"我要在这儿等一个人。"李小军很认真地答道。

"那人知道吗？"

"不知道。"

马六真的糊涂了。

19

李小军面前的烟头已经塞满了烟缸，咖啡也快喝完了，怎么她还没来？李小军有点疑惑。他望望墙上的大钟，已经是凌晨两点多了，她可能真的不来了。

"嘀铃铃"一串清脆的电话铃声响起，李小军快步冲到吧台，拿起电话。

"喂，是你吗？"李小军急切地问。

停顿有五秒，对方才开口说话。这五秒钟，李小军的大脑处于高度紧张和兴奋状态，呼吸停止了，空气好像也凝固了。

"你，还没休息？"是杨安娜的声音。

"是的，我还以为你会过来呢。"

"一个小时前，我出客栈想去你的咖啡吧，可是转了一圈又转回来了，没找到，路上也没遇见个人好问问。"

"现在都下半夜了，街上哪有人，这不怪你，你本来就是个路盲。"

"你又笑话我了。"

"你住哪里？"

"叫什么，草窝窝客栈。"

"我知道，离这也只有几个路口，三、四百米的距离。"

"哦。"

"今天的那个男人是你丈夫吧？"

"是的，他今天在你店里喝多了，让你见笑了。"

"不不，男人喝醉酒是常事，以前我也经常喝醉。"

"别安慰我了。"

"你们是来旅游的吗？"

"什么旅游呀,是出来散散心的。"

"出什么事了吗?"

"也没什么,不说它了。你现在一切都还好吧?"

"还行,日子还过得去。"

"那就好。"

"明天你们还来我咖啡吧吗?"

"如果去,你能弹钢琴给我听吗?"

"好久没弹了,你想听什么曲子?"

"你知道的。"

"好吧,你来吧。"

"不早了,你也该休息了。"

"好的,明天见,不对,应该是今天见。"

"你还是那么爱开玩笑,挂了。"

"再见。"等电话那头传来"嘟嘟"声,李小军才放下话机。

杨安娜是在客栈大门外给李小军打的电话。挂了手机,她没有急着进客栈。抬头望见满天的星星,亮闪闪的,她感觉星星也在望着她,望到她的眼眶里也是亮闪闪的。她小时候听老人们说过,天上的每一颗星星代表着地球上的每一个人,属于她的那颗星在哪里呢?代表李小军的那颗星又在哪里呢?他们会离得很远吗?他们能彼此看到对方吗?杨安娜坐在客栈门前那棵大槐树下的石板上,从最后一次见到李小军,到今天再次重逢,其间的往事历历在目……

20

一年多前的那天晚上,李小军的妻子转交给她那封信,她看了一遍又一遍,泪也流了一次又一次。这个男人突然间就闯入到她的生活中,她抱着走一步看一步的态度交往一段时间,结果是越走越近。她还没来得及规划他们的美好未来时,他却突然病逝了,这让她如何接受这近乎残酷的现实?更重要的是,那时她发现自己意外怀孕了,这可如何是好?也不好找人商量,这么大的事情叫她一个女孩子面对,真的太难了,太难了。但有一点她毫不犹豫地拿定了主意,再难,也一定要把孩子生下来,以此纪念她和他之间这段刻骨情感。

日子总得一天天过。不久后的一天,店里来了个穿军装的高个男士,杨安娜一眼就认出是她的初中同学高鹏。早听说他去当兵了,他也一眼认出她来,事后得知那天他就是特意来看她的。高鹏上学时一直暗恋她,现在复员了,首先想到的是过来看看她,打听一下她的情况。小姨也认出他了,都曾是一个村的人。一别多年,身高模样变了许多,猛一看还能看出他小时候的影子,仔细看就不像了。小姨夫提议晚上下班后一起吃个饭,高鹏也没拒绝,杨安娜自然也参加了。

席间得知,高鹏的父亲做生意好多年,做得挺大,钱自然也挣了不少。高鹏复员回来,父亲要他加入家族企业,过几年就接班挑大梁,可他对父亲的生意不感兴趣。他用父亲给他的钱炒股,结果赚了不少,于是他认定自己是块搞金融的料。父亲也就这么一个孩子,拗不过他,就答应让他自己先干一段时间看看,摔跟头了,也就自然回到他的身边。小姨夫天天和顾客神聊,当然知道时下最好的生意是民间借贷了,很坚定地推荐他开个担保公司,启动资金五百万就够了,还保证一年翻番。高鹏听得热血沸腾,当即拍板,就是它了。杨安娜和小姨眼巴巴地看着他们两个爷们聊得神采飞扬,也插不上嘴。

散席后回家,小姨溜进杨安娜的房间,关起门跟她说,你注意到没有,高鹏今天看你的眼神?杨安娜说,没有啊。小姨说,他今天就是冲你来的,我问过他了,他还没有对象呢,我看他条件不错,标准的"高富帅",要不要小姨搭根线?去去去,杨安娜一口回绝。此后,高鹏天天来"红苹果",说是找小姨夫探讨开公司的事,实际上还有个重要目的就是看杨安娜。小姨不断地从中撮合,给高鹏创造单独跟杨安娜接触的机会。

一个月后，担保公司开业了，高鹏也跟杨安娜正式求婚。杨安娜犹豫了，怎么办？眼看着肚子要大了。于是有一天，她主动约高鹏见面。杨安娜直言对他讲，自己已有了身孕，如果和她结婚，孩子一定要生下来，而且，永远不要问孩子的父亲是谁。给他三天时间考虑，不要当场回答她。三天后，高鹏开着一辆白色宝马车来接她出去吃饭，席间告诉她，他接受她的条件，因为他相信，杨安娜不是个水性杨花的坏女孩。

从此，杨安娜的日子又回归了平静。孩子生下来了，是个女孩，她给取名叫"丽丽"。孩子一天天长大，高鹏的生意也很红火。可是最近半年，国家金融政策大调整，紧缩信贷规模，发放贷款的数量急剧下降，高鹏担保的那些企业纷纷下水，还有老板"跑路"了。一年来所赚的钱全垫了出去，本金也搭上了，还有很大的窟窿，债主们天天向他要钱。高鹏整天度日如年，都不敢回家，害怕债主找到家里来。几天前，高鹏提出出去旅游散散心，问杨安娜想去哪里玩，杨安娜脱口而出，去束河。高鹏当然不知道，那是李小军跟她讲过要带她去的地方，她想借此机会去看看。冥冥之中，她觉得李小军在那里等着她。

现在，她真的来了，而且还真的见到了李小军。

21

第二天，束河古镇依然是热闹非凡，李小军也依然如往常一样让马六煮一大杯纯品咖啡，然后依然坐在临街靠窗的那张台前。这一夜他并没有睡着，但一点困意也没有，望着窗外过往人群，抽烟，发呆。马六发现军爷有点不对劲，今天的军爷，恐怕心里想的就是昨天晚上的那个女人了。从来没听军爷提起过关于女人的事，马六想，究竟是怎么特别的女人让军爷这么在意？昨天晚上没看清楚，今天她如果再来，一定要看个仔细了。

夜幕降临的时候，那个女人和那个男士进了咖啡吧。一进门，李小军和马六都看到了他们，还听见那个女士轻轻地咳嗽两声。这时店里的客人并不多，他们找了个位置坐了下来。马六迅速从吧台里走出来，给他俩递过菜单，对他们说先看看菜单，他马上过来。

"军爷，还是昨天一样送纯品咖啡？"马六走过来讨好地问。

"不，给那女士上一杯可乐生姜汤。"李小军说这话时眼睛根本没望他。

马六自讨没趣，摸摸头走开了。

杨安娜坐下后也看到了李小军，他们目光对视了一下就都闪开了。不一会儿，马六把一大杯可乐生姜汤放在那女士的面前，轻轻说了一句："可乐生姜汤，小心烫着。"

"谢谢。"杨安娜说。

马六还以为那女士会问句什么，比如说，为什么送我生姜汤，菜单上也没有啊之类的话，然后他可以认真地告诉她，这是我们老板特意为你准备的。可从她的表情看，她好像本来要的就是这个。马六不明白，杨安娜当然知道，这肯定是李小军特意安排的，进门时咳嗽了两声，他已经知道她感冒了。

等到那男士半斤白酒下肚开始晕乎乎的时候，李小军才站起身走到钢琴边，轻轻揭开琴盖。这是一架立式日本KAWAI，是古镇一个叫马国富的老板送给李小军的开业贺礼。李小军平时只是偶尔弹几下，完全看心情。今天弹琴，马六猜想，是专为那位女士的，为那位和军爷可能有过故事的漂亮女人。马六突然觉得好像在看琼瑶剧，而自己，还在剧中扮演个群众甲，心里直呼过瘾。

又是《传奇》，李健作曲王菲唱红的一首歌曲。当琴声轻轻响起的时候，店里没有人过多的在意，只当是背景音乐，一般咖啡馆里都有的。此时，杨安娜轻轻闭上眼睛，如入梦境般。她听出了琴声里传递出的思恋和坚持，每一个音，都好像敲打到她的心。当最后一个和弦音落下时，她的眼泪也从微闭的双眼缝隙间流了出来。接着，李小军又弹起理查德·克莱德曼的经典曲目《梦中的婚礼》。杨安娜又听出了琴声里的遗憾和憧憬，听着听着，她再也控制不住自己的情绪，起身去了洗手间。

　　大约要有二十分钟，杨安娜才走出洗手间。李小军已经不在店堂里了，马六正在和她的丈夫说话，准确说，是在听高鹏不停地说着什么。看到杨安娜走过来时，高鹏收住话语，长叹一声对马六说：

　　"哎，区区五百万，此一时彼一时啊。"

　　"你又喝多了，我们还是快走吧。"杨安娜上前扶起高鹏。

　　马六也知趣地走开了。他跑到后院军爷的房间，把刚刚和那男士的谈话一五一十告诉了李小军。李小军一脸的严肃，严肃得好像都能用手从他的脸上捋出水来。从来没见过军爷这副表情，让马六觉得有点可怕。

22

　　李小军在屋里不停地抽烟，一支接一支。听过马六的汇报，加上杨安娜在电话里欲言又止的话语，李小军基本肯定她正陷于困境之中，或者说是高鹏的困境波及到了杨安娜。高鹏是哪个林子里的鸟我李小军可以不管，可牵扯到杨安娜了，我李小军怎能坐视不管！怎么管呢？经过长时间的考虑，他最终想到了一个人。于是，拿起手机拨了个号码，对方关机，又拨一次，还是关机。李小军看看时间，已经快深夜十二点了。不行，还得见他。李小军把正在收拾店铺准备关门的马六喊来，马六二话没说，迅速出门，一路小跑。

　　半小时后，有人推门而入。

　　"军哥，什么事这么急，要请我喝咖啡也不能选这个时间呀？"

　　"不好意思，国富老弟，这么晚请你来，当然不单是请你喝咖啡。"

李小军和马国富相对而坐。他们是老朋友了，李小军刚到束河的时候就认识了这位古镇大老板。李小军咖啡吧的装潢，就是马国富安排人给做的。活干完了马国富要做个决算给李小军看看，李小军说没这个必要了，你报个数字再给我个银行卡号就行了。马国富觉得和这人有缘，因此也就成了朋友。马国富为人豪爽讲义气，李小军在当地遇到什么麻烦，他是有求必应，甚至主动过问。他曾经和李小军说过，开咖啡吧这活挺好的，休闲、赚钱两不误，很是惬意，将来也弄个玩玩。他说喜欢李小军的创意，到时候一定要请李小军给设计设计。还开玩笑说如果哪天李小军回老家不干了，希望李小军一定把这家店转给他，他太喜欢这家店给人的感觉了。

　　"国富老弟，你觉得我这家店值多少钱？"李小军开门见山。

　　"房子加装潢怎么着也得四五百万吧，怎么啦，军哥？"

　　"国富啊，军哥遇到难事了。"

　　"什么事呀，军哥直管开口，在这束河，还没有我办不成的事。"

　　"我现在急需要一大笔钱。"

　　"钱？多少？"

　　"五百万。"

　　"你要那么多钱干嘛？"

　　"一言难尽。也不想多说。"

　　"我今天刚刚收到五百万，古镇修缮工程预付款，你是不是知道了？"

　　"我哪里有那么神，不过我想你一定有办法的。"李小军接着说，"我的想法直接告诉你吧，你一直对我的店感兴趣，还有这房产，我现在一并全卖给你，四百万。"

　　"我这不是乘人之危吗？我不干。"

　　"我还有个条件，你再借给我一百万，我在这家店再干两年，一定挣钱还清这一百万。两年后，钱还清了我再走人。"

"军哥，干吗呢，这是？"

"国富啊，就帮哥这个忙吧。"

"你得让我想想，过几天回你话。"

"不行，我等不了。"

"你的意思是？"

"明天就要。"

"军哥，你把我搞糊涂了，这样做你明天就成穷光蛋了，你要这么多钱到底要干什么？"

"救人。"

"什么人？"

"一个特别的人。"

"你不想说就算了，我只问你一句话，你觉得值吗？"

"值！"

沉默。马国富望着李小军，李小军望着窗外。

"好吧，我信你，你发个银行卡号给我手机上，明天一上班我就叫会计打款给你。"马国富说。

"明天一早我就约你去房产交易中心办理过户手续，另外再签一份租赁合同。"

"不用这么急吧。"

"不，一定要的。"

23

第二天一大早，李小军一边刷牙一边喊马六过来，安排他去草窝窝客栈，约那个叫高鹏的人下午单独过来喝茶。他自己喝了杯奶茶，就带着房产证出门了。中午回来的时候，看见马六在吧台正做果盘，李小军就来到吧台边，问事情办好了没有。马六简单把经过向军爷回报了一下。李小军轻轻松了口气,然后就走开了。

下午三点,高鹏如约而至。李小军叫马六泡了壶碧螺春,他们坐到了临街的窗户边。李小军首先说话了,开口就是G市方言。闲聊了一些话后,李小军慢慢切入主题。

"怎么啦,老弟,遇到什么麻烦了吗?"

"哎,不瞒你说,我这是躲债才出来的,哪有心思游山玩水呀。"高鹏简单地把目前的困境给李小军说了一下,心想,自己的苦恼找个无关紧要的人说说也好,虽然解决不了问题,但也可以暂时放松一下心情,在家跟父母和老婆都不能说。

"听你这么一说,有五百万就能度过目前的难关了?"

"是的。现在,有钱没钱的朋友都离我远远的,只有要债的天天跟着我,更可气的是还有找到我家里的,你说这日子还让人过吗?我自己倒没什么,可我不能看着老婆孩子整天担惊受怕啊。"

"我能理解,等过了这一关,以后你得调整一下思路了,担保公司风险后置,不好控。"

"晚了,太晚了,哎!"高鹏长叹一口气。

"老弟,我觉得我们两人有缘。这样吧,我这正好有五百万,闲着也是闲着,要不你先拿去用用?"高鹏有点不相信自己的耳朵。

"我是说,我这有五百万,你先拿去用。"李小军又说了一遍。

"这,怎么可能,开玩笑吧?"

"是真的。"

"为什么?"

李小军心想,我也不能告诉你是为了杨安娜呀。他还真没想好找个什么理由,停住话语。思考了一下,然后接着说,是这样的,我曾经有个弟弟,不正干,在外交了一些不三不四的朋友干起了放高利贷的生意,还黑吃黑,最后因为五万块钱被别人捅了两刀,没救过来,死了。我很后悔,事发前他找过我要钱的,我没理他还打了他一巴掌,至今我的良心还在受到谴责。你长得有点像我弟弟，所以，今天帮一下你，就当帮我弟弟一样，我的内心会好受些。李小军一脸的痛苦表情，这个编的故事显然对高鹏有所触动。

"我长得像你弟弟？"高鹏问。

"是的。这样吧，以后每年你们一家三口到束河来一趟，就当旅游，顺便给我说说家乡的事，钱嘛，什么时候有什么时候还，但你要保证不要再去做大风险的生意了。"

"你说的这些我都能做到，可是，拿你钱我还是觉得有些不妥。"

"就这么定了，你给我个卡号，我现在就用网银打给你。"

"这怎么可以？"

递给李小军银行卡，高鹏还是觉得有点不妥。李小军拿着那张卡去了收银台。等李小军再次坐下时，高鹏的手机短信也到了，银行提示，他的卡上网银转存五百万元人民币。到这时，高鹏还是不相信这是事实。

高鹏坚决要打个借条给李小军，李小军也没有拒绝。送他出门时，李小军说：

"不要和任何人讲这钱是我借给你的，记住，任何人。"

"我记住了，大哥。"

高鹏走出十几米，又回头望望，看见李小军还站在门前，李小军向他挥挥手，示意再见。等高鹏走远后，李小军从口袋里掏出那张借条看也没看就撕了个粉碎，随手扔进大门口的垃圾桶里。

24

从束河回来后，高鹏每天不管有多忙，总是要回家吃晚饭，如果晚上有应酬实在推不掉，他也要老婆给他留饭，即使夜里才回到家，也要喝一碗老婆做的稀饭。以前高鹏可没有耐心陪孩子玩的，现在一回家就陪女儿躲猫猫、给孩子讲故事，很开心的样子。杨安娜看在眼里，可心里总觉得有些不对劲，难道一趟束河就让丈夫改变了许多？还有，讨债的人也突然消失了。日子太平了，心里却越发纳闷起来，这其中必有原因高鹏没有告诉她，她想。

其实，她是个对物质要求并不高的女人，无论吃穿用，她都没有太高的欲望。自从有了孩子，更是处处以家庭为重。以前独自一个人呆在哪里的时候，心里还想想李小军，也只是想想而已，人死了总不能复生，怀恋也是一种幸福。只是在一次次的怀念中，她有一天突然想到了一个细节，就是裴春妹当时告诉她已接到了李小军的《病危通知书》，注意，是"病危"，而非"死亡"，他也可能没有死。也就这么想想，没报什么希望，否则，李小军肯定会来找她的。她想，李小军也一定想见上她一面，即使知道她成家了。不知是喜是悲，她冥冥之中的事出现了，在束河古镇真的见到了他。当时，她很想扑进他的怀里，对他诉说衷肠，但那样的话，会伤害很多人，更何况当时还不知道李小军的现状和想法。

理智战胜了情感。那晚如果没迷路见到了李小军，可能她控制不了自己的情绪。之后，她警告自己不要和他单独见面了，虽然很难。每当望着活泼可爱的小丽丽，她就想，等自己老了，要死的时候，她一定要告诉小丽丽，她的生父是李小军，以及她亲生父母的爱情故事，不求女儿原谅，只是觉得自己有这个责任。

高鹏好像也感觉到杨安娜从束河回来后的变化，变得话少了，咖啡喝得多了，还常常一个人发呆。有一天晚上，等小丽丽睡着后，高鹏问杨安娜：

"这段时间，你好像心情不大好，什么事，能说给我听听吗？"

"没什么，可能是年龄大了。"

"三十岁的人，怎么个大法？"

"先不说我，我也有话要问你。"

"问什么？"

"你最近工作上的事怎么突然就顺起来了？"

"遇到贵人了。"

"谁？"

高鹏突然打住话，他曾经答应过李小军不和任何人讲这事的，但是又想，杨安娜也不是外人，可以和她讲的，于是，他就把和李小军的事讲给杨安娜听了。讲完了，没见杨安娜有反应，高鹏问她：

"怎么了，你没事吧？"

"你知道这个贵人是谁吗？"杨安娜强作平静。

"谁？"

"他就是，丽丽的亲生父亲。"

一时间，高鹏感到五雷轰顶，欲哭无泪……

25

五月的束河，春雨绵绵，今年的春雨好像比往年更加绵长。

这天，忙完了中午高峰，李小军和往常一样叫马六给他煮一大杯纯品咖啡，放到临街靠窗的桌子上。他一边抽着烟，一边看着街道青石板路上匆匆走过的人群。这个季节正是束河古镇的旅游旺季，行人也就比较多。有人觉得旅游在外遇到下雨天是件倒霉的事，李小军觉得其实不然。旅游，并不一定走过多少名山，跨过多少大川才叫自豪，才叫不虚此行。其实旅游，游的是心情，是内心的感受，这种感受，可能来自旅游途中的一片树叶，一块石头，或者是旅伴的一个微笑，都能让你放松心情，终身难以忘怀。雨，是最能激发人类情感的一种自然现象，许多诗情画意都是在雨中才得以显灵。现代人抒发情感的最常用手段是歌曲，你可以统计一下，和雨有关的歌曲数也数不清，无论是经典的，还是正在流行的比比皆是。既然如此，人在旅途中遇到雨天，为何不停一下脚步，静静地体会一下雨带给你心灵的洗涤、人生的启示？在这绵绵细雨中，让你慢慢体会生命的可贵、生活的美好。

"军爷，军爷，你看，你看！"马六大声喊，用手指着窗外。

李小军顺势望去，只见，一个高挑女子站在咖啡吧门前的雨中，左手打着一把花布雨伞，右手牵着一个小女孩，身边放着一个大旅行包，像雨中的雕塑一样站在那里。李小军愣了半天才起身去推开门，站住了，呆住了，一动不动，他也像个雕塑。

"你，还要我吗？"女子轻声说。

"还有小丽丽，你，要我们吗？"女子又说。

李小军慢慢走过去，先用左手臂轻轻地抱起小女孩，然后右手臂快速地一把搂住杨安娜双肩。杨安娜扔掉雨伞，双手抱紧李小军的腰，雨水夹着泪水，从他们的脸上流淌下来，尽情地流淌下来。

"要！都要！！"李小军坚定地说。

也不知过了多长时间，杨安娜说话了：

"丽丽，他是你的亲生父亲，叫爸爸，快叫爸爸。"

小女孩胆怯的把头埋在妈妈怀里，李小军用疑惑的眼神望着杨安娜。

"是你的女儿，真的是。"杨安娜说。

店里的员工全都站到大门口望着雨中这动情的一幕。突然，马六鼓起掌来，其他人也都跟着使劲鼓起了掌。随后，店员们冲进雨中，把他们三个人簇拥到屋里。马六拿来两条干毛巾递给军爷一条，自己拿另一条为小丽丽擦头上和身上的雨水。其他人又是端饮料，又是拿点心，围着小丽丽嬉闹。小家伙可能是真的饿了，瞪着大眼睛，拿起提拉米苏就是一大口，把周围的人一个个都逗笑了。

李小军把杨安娜牵到旁边，给她擦头上的雨水，一边擦一边心疼地说：

"你来，为什么不先打个电话给我，我好去接你。"

"我不知道电话里跟你怎么说。"

"你真傻。"李小军摸了摸她的大脑门,望着她笑了。她望着李小军,双眼噙着泪,也笑了。

晚上,杨安娜早早哄小丽丽先睡着,然后把她放到沙发上,边上用椅子挡住。这时,李小军已经躺在床上等她了,床头柜上的花瓶里还有一束野花,五颜六色的,杨安娜觉得这是她见过的最漂亮的花了,李小军看到她的目光定格在那束野花上,便笑着告诉她,是马六拿来的,可能他认为今晚是军爷的大喜日子。

杨安娜衣服还没来得及脱,就一头钻进李小军的怀里。

26

杨安娜给李小军点上一支烟,然后躺在他的怀里,两只手臂紧紧地抱着他的腰,好像怕一松开他就会跑了似的。他们开始说话了。

"先说说你的情况吧。"李小军说。

杨安娜说,上次从这儿回去不久,高鹏就告诉了我关于你借钱给他的事,我也把我们的事告诉了他,当时我也没多想。可是,从那以后,他晚上回家的时间越来越晚,再后来,等我和孩子都睡着了他才回来。一大早,在我和孩子起床前他就出门了,只说是有事,我也不敢多问,其实不问我也知道原因。终于有一天,他主动和我搭话说,我们离婚吧。就这样,他把仅有的十万块钱都给了我,还有住的房子,他就默默地走了。我心里很难受,但也没有什么好办法。一个月之后,我才决定打电话给你,可不知你现在的情况,我是说婚姻家庭情况,辛亏我有你店里的电话,于是就冒充客人打了一个,好像是马六接的,我说要找老板娘定个桌位,他说我们这里只有老板没有老板娘。于是,我就带着孩子来了。

"孩子是怎么回事?"李小军接着问。

裴春妹又把她和高鹏的那一茬事简单地说了一遍,最后说:"我到现在都感到内疚，其实，他人挺好的。"

"他是好人，可也是个傻瓜。我再三劝告他，不要对任何人讲这钱是我借给他的，他不听，结果——"

"不说他了，还是说说你吧。"杨安娜打断了他的话。

"我？现在是穷光蛋一个，咖啡吧已经卖给别人了，还欠人家一百万，你真不该在这个时候跟我在一起。"

"我不管，我就跟着你，这回叫你甩也甩不掉。"杨安娜把他的腰抱得更紧了。

"那我该怎么办？"

"怎么办？凉拌（办）！"杨安娜笑着说。

"死到临头了，你还有心思开玩笑。"

李小军把手里的烟头掐掉，退进被窝，在杨安娜的耳边小声说："我还想要一次。"不等她回答，李小军就动起手来。可能是动静太大，也可能是孩子饿了，丽丽醒了喊着要找妈妈。杨安娜赶紧披上睡衣下床，过来安慰小丽丽，把她抱在怀里。

"小宝贝，妈妈在这儿呢。"她掉过头又假装恶狠狠地对李小军说，"都怪你，把孩子吵醒了。"

"我检讨，我检讨。"李小军配合着举起手来。

"罚你，每天晚上帮我和丽丽洗脚，听到没有？"

"听到了，我每天帮你母女俩洗脚。"

丽丽被妈妈抱上床，还要求睡在中间，杨安娜拗不过她只好同意。李小军给杨安娜做了个苦瓜脸。等孩子睡着后，他们又开始说话了。李小军说，我现在欠债接近一百万，光靠咖啡吧挣钱太慢，孩子一天天长大，也需要钱。所以我想，咖啡吧就交给你打理，我去找别的事做。我打算成立一家旅行社，先专接地陪就可以了。杨安娜说，我看可以。

上午九点，李小军叫马六召集大家开个班前会，杨安娜也到场了。店里一共有八名员工，李小军宣布，从今天开始，杨安娜是店长，马六是主管，他自己去开一家旅行社，会议主要内容讲完了，本来可以散会的，马六说，我觉得叫"杨店长"有点别扭，我们以前都是哥呀姐呀叫过来的。

"那你看叫什么好？"李小军问。

"我看和你一样，叫'娜姐'。"

"什么？你叫我'爷'，叫她'姐'，这不乱套了嘛。"

"人家娜姐本来就很年轻嘛。"马六嘴里咕噜一句。

"你看呢？"李小军侧过脸来望着杨安娜。

"小事一桩，这么认真？就叫我'娜姐'好了。"

"那就这样定了，娜姐？"李小军笑着说，大家跟着也笑了。

27

开完会，李小军口袋装包烟就出门了。他首先到马国富的公司，在国富建筑装潢有限公司董事长办公室大大的沙发上落座，马国富给李小军递过烟。

"什么事？军哥说。"

"你嫂子过来了，我把咖啡吧交给她打理，自己想做点别的事，来跟老弟合计合计。"

"先等等，你说什么，嫂子？军哥是有埋伏，怪不得以前约你去桑拿你不去呢，原来是为嫂子守身如玉呀。"

"去你的，跑题了。"

"好，你想做什么？我能为你做什么？"

"我想开一家旅行社。"

"这简单，今晚我把旅游局长约出来吃饭，你直接跟他提要求，都是哥们。"马国富话锋一转，"哎，嫂子漂亮吗？"

"黄脸婆一个。"

"别蒙我了,军哥的品味我还不晓得?!"

马国富还真有本事,晚上,束河旅游局大小领导全到了,当场拍板,马国富还落了个招商引资的美名。负责具体审批的科长对李小军说,明天带五万块钱保证金,去局里填张表,就可以到工商局办营业执照了。

晚上喝完酒后,李小军十点多钟才回店里。马六告诉他,娜姐已经回宿舍了。李小军走到后院,听到杨安娜正和小丽丽说话,他推门进去。

"怎么还没哄孩子睡?"

"我们等你洗脚呢,是吧,丽丽?"杨安娜和丽丽对了个眼神。

李小军差点把这事给忘了。他是有过孩子的人,当然知道答应孩子的事是一定要兑现的,否则你肯定没好果子吃。要知道,他们可是两个人在战斗。李小军马上作了检讨,然后就去打水拿毛巾了。杨安娜和小丽丽望着他,在他背后偷偷地笑,谁都能看得出她俩是一伙的。水打来了,一大一小两个塑料盆摆在了她俩面前,小丽丽不让,她一定要和妈妈的脚放在一个盆里洗,遵命,李小军说。

为她们母女洗脚的时候,李小军感触上来了。孩子长这么大,他还是第一次为她们洗脚。作为一个父亲、丈夫,他觉得有愧于她们。孩子正是长身体的时候,每天洗洗脚不仅睡觉睡得香,还有助于身体发育。娜姐以前是做美发的,每天从早到晚都是站着工作,脚底板都长出了老茧,一个女孩子,不容易。他曾经给她买过一个木桶,她说很可惜没带来,李小军说上飞机带洗脚桶,还不让空姐笑话死了,明天再买一个送她。她们都是天底下他最疼爱的人,为她们做点事是本分,是责任。孩子出生后,没能为她们做些什么,现在,他当然不会错过这种机会。他觉得能为她们洗脚是件多么幸福的事呀。他告诉自己,以后无论有多忙,他都要每天为她们洗脚,一直洗到老。

洗完后,李小军把杨安娜和孩子一个一个都抱上了床,他自己也洗洗上了床。小丽丽横在他们中间，很快就睡着了。杨安娜把孩子朝旁边挪一挪，就在李小军的身边躺下了。杨安娜双臂搂着李小军的脖子，右腿翘在李小军的肚子上，这是她临睡前的标准姿势，李小军记忆犹新。以前，李小军告诉她，肚子被压得会喘不过气来，她就把腿向下移一移，可是没过多长时间，她的腿又移了上来。今天，他没要求她把腿向下移，因为她还说过，腿放在他肚子上软软的、暖暖的，很舒服。

李小军首先把今天的情况给杨安娜讲了一遍，除了押金的事没说。最后，李小军一本正经地说："娜姐，能不能帮我个忙？"

"什么事？"杨安娜瞪着那双大眼睛望着他，还以为有什么重要的事呢。

"能不能请你高抬贵腿，向下平移十六点八公分？我快喘不过气来了。"

哈哈哈哈，两人压着嗓子笑了好长时间。

28

李小军早早就出门了，他要先到旅游局。刚过了小石桥，他就放慢了脚步。五万块钱还没着落呢，他自己现在一点钱都没有。这几个月不管挣多少都打到马国富的卡上了，并不是马国富催他还钱，他是自己给自己压力，这也是他做人的原则。现在怎么办？杨安娜告诉过他，她那儿有钱，可他怎么能向她要呢？突然，他想到了好久没联系的南京的大贺，那可是铁哥们。他拨通了大贺的手机。

"喂，你谁呀？"大贺的声音。

"我，军哥。"

"听出来了，是军哥！你怎么这么长时间也不跟我联系，兄弟们都想死你了。我说，你怎么跑云南去了？来电显示云南丽江，我还以为谁打错了，刚要挂机。"

"一言难尽。先说正事，哥现在缺五万块钱，帮哥就个急，方便吗？"

"那还用说，五万够了吗？这样吧，你现在就发个银行卡号给我，先打十万给你用着，不够再跟我说，别客气，客气就见外了。"

"五万就行了，我马上发卡号给你。"

"你现在什么情况？"

"改时间和你再聊，我现在还有急事。挂了。"

小军挂电话后不到十分钟，银行的短信提示到了十万，李小军松了一口气。旅游局是一路绿灯，接着找马国富借他的办公室一间，签了个租赁协议。马国富还叫他的小会计帮李小军办理了银行开户、验资报告。中午就在马国富的公司吃了顿工作餐。下午，小会计又带着李小军到工商局把营业执照也拿到了。接近傍晚的时候，他回到了咖啡吧。

看到营业执照，杨安娜很是惊讶，这么快？神了，你。公司叫什么名字？"飞燕旅行社"，为什么叫飞燕？李小军告诉她，中国旅游标志是'马踏飞燕'图，我的寓意是让游客像小燕子一样，放松心情，自由飞翔。杨安娜惊呼，老公，你太有才了。

晚上，李小军又按照承诺给她们母女俩洗脚，用刚买的大号洗脚桶。为了让他们多泡一会，洗脚前他拿了个热水瓶放旁边，过一会就往木桶里加点热水。小丽丽开心死了，爱水是孩子的天性。其实，杨安娜也特别爱水，每次洗澡都要两个小时。李小军说，等将来有钱了，他要在有山有水的地方盖个大房子，一定要拿出其中一个朝阳的房间做成大浴室，里边放上一个大大的木桶，放在太阳能照到的地方，让杨安娜躺进注满水的木桶里晒太阳。对了，房前还要有个小院子，院子里栽几棵大树，院子周围也让它绿树成荫，林中留有一条小路，路的尽头是一片水塘，水塘的水最好是山间小溪汇集而成，他可以钓钓鱼，也可以教女儿游泳，杨安娜就坐在水边的树荫底下，手里端着一杯没有加糖的咖啡，一边看着他们，一边喝……多美的一幅画面啊!说得杨安娜心花怒放。

"丽丽,听到了吗?爸爸要给我们盖个大房子。"杨安娜说。

"我可以养一条小狗吗?"丽丽问。

"怎么想起养狗?"李小军不明白。

"小燕子有一条萨摩耶,带到店里她看见了。"杨安娜解释道。

"养,养两只,一只叫赫本,一只叫派克。"李小军说。

"说话不算话,裤头改小裰。"杨安娜伸出小手指拉住李小军的小手指说。

"说话不算话,裤头改小裰。"丽丽学着妈妈的样子也拉住李小军的小手指说了一遍。

上床后,孩子横在中间,那事当然还是做不了,不过作为奖励,杨安娜为李小军做了个背部按摩。她的手在李小军的后背上来回按着,觉得他比以前瘦了许多,眼泪不由自主地滑落到李小军的背上。此时的李小军已经睡着了,没感觉到泪水的滴落。

29

白天,李小军忙着旅行社开业前筹备的事。招聘导游和办公室人员,联系本地和外地的旅行社,有时中午也不回家吃饭,只有晚上帮他们母女俩洗脚的时候才在一起说说话。虽然每天李小军表面上很轻松,但杨安娜还是看得出他的辛苦,所以每天晚上她都给他按摩。

杨安娜也渐渐熟悉了咖啡吧的运营,还学会了煮咖啡。葡萄上市了,她还按着李小军教她的法子酿起了红葡萄酒。日子过得充实又平静,这也正是杨安娜所期望的一种状态。作为一个女人,她感到很知足。

有天晚上在按摩的时候,杨安娜对李小军说,你们旅行社的那个叫柳燕的导游,最近常来我们店喝咖啡。我感觉你那干儿子对她有意思,还经常帮她买单。李小军说,马六也不小了,该谈恋爱了。有了这句话,杨安娜就开始琢磨起这事来。又一天晚饭后,小燕子又来了,还是点了杯罗马假日纯品咖啡,杨安娜走了过去。

"燕子,晚上没事啊?"

"娜姐,我没事过来坐坐,你们店的广告语'咖啡八元,发呆免费',我的那些朋友都知道了,他们也常来的。"

"那还不是你帮着义务宣传的呀!今天这杯,就算娜姐请的了。"

"那多不好意思啊。"

"燕子,娜姐问你个事,"她朝吧台挪了挪嘴,"你看小帅哥怎么样?"

"什么怎么样?"其实小燕子明白娜姐的意思,低下头说。

"我看你俩挺般配的。"

"娜姐,你说哪去了,我才十九岁。"

"不小了,我知道,在古镇像你这么大的女孩都有结婚生孩子的了。"

"可是,可是小马哥比我大六七岁呢,相差太大了。"

"这还算大?我和你们李总相差都快二十了。其实,年龄、长相、钱财都不重要,婚姻就像穿鞋一样,合不合适自己最清楚。"

"小马哥跟我说过一些你们的故事,把我眼泪都听出来了。娜姐,我真羡慕你,遇到李总这样的好人,谈了一次轰轰烈烈的恋爱。我这辈子要能像你那样,遇到一个真心爱我的人,该有都好啊。"

"有些道理,到了束河我才算真正明白。"

"娜姐,听小马哥说你喝咖啡不加糖?那怎么喝呀?苦死人了。"

"人生就像一杯没有加糖的咖啡,喝起来是苦涩的,回味起来却有久久不会退去的余香。"杨安娜饱含深情地说。

"听起来像诗一样。"

"是你们李总跟我说过的话。不说这个了,还是说说你和你的小马哥吧。"

他们谈了好长时间，虽然小燕子没有明确的态度，可是杨安娜还是感觉到她对马六有好感，希望大大的。在他们谈话的时候，马六感觉到内容和他有关，站在吧台里，眼睛却一直关注着她们。等小燕子走后，马六故意朝娜姐身边凑过来，没话找话说。杨安娜当然明白马六的心思，故意装着爱理不理的样子，只是在要回房间的时候撂了一句给他，前途是光明的，道路上曲折的，同志们一起努力吧。

30

一个月后，李小军的旅行社筹备完毕，准备择吉日开业。这时，大贺打电话告诉他，南京国旅有个团要到束河，他便牵线要飞燕旅行社接地陪，他约好哥几个也参团过来。这下好了，刚开业就有一单业务，还能见到老弟兄们，把李小军高兴得要死。晚上洗脚的时候他把这喜事告诉了杨安娜。杨安娜提了一个考虑很久的问题，说我们已成夫妻，可是还没办个结婚仪式，很想体会一下穿婚纱站在你旁边的感觉。李小军心里一酸，我怎么没先想到这事呢？看来这段时间光顾忙工作放松了对她的关爱。李小军当即答应给她一个简单而浪漫的婚礼，杨安娜开心地笑了。丽丽在旁边急了，说她也要结婚办婚礼，李小军也答应给她准备一套漂亮的服装，一起参加婚礼。

这天一大早，李小军就命令马六和小燕子到镇外山坡上采摘了许多野花来，把小城故事咖啡吧装点得格外鲜艳。员工们知道，今天是飞燕旅行社开业典礼，又是老板和老板娘结婚庆典，双喜临门啊。接近中午的时候旅游团也进了店，大贺第一个冲进来，进门就喊"军哥，军哥"，李小军从后院跑进来，二话没说给了大贺一拳，然后是一个大大的拥抱。其他的南京弟兄陆续过来和军哥握手拥抱，相互寒暄。李小军叫小燕子把新娘带过来，一一介绍给大家，大家恭喜恭喜，还把事先准备好的红包交到嫂子手中。接着，马国富和束河旅游局的几个领导进门，李小军让小燕子安排他们坐下。

马国富是第一次见到杨安娜,他把李小军拖到拐角处神秘地问:"新娘子我好像在哪儿见过?"

"不可能。"李小军也被蒙了一下。

这时丽丽跑过来,李小军拦住她:"丽丽,叫叔叔。"

"叔叔好!"丽丽乖乖地喊了声。

"她叫丽丽?奥黛丽的'丽'?阿,我想起来了,奥黛丽·赫本。对,嫂子长得像赫本,难怪这么眼熟嘛。军哥,你艳福不浅嘛,怎么搞到手的?"

"用词不当吧,正经点好不好?!"

"此人只应天上有,人间难得见一回。"马国富朗诵起诗句来。

"这个我爱听。"

庆典开始,小燕子当主持,先请旅游局的领导讲话,祝贺开张祝贺婚礼,言简意赅一片掌声。然后,李小军挽着杨安娜走上台前,丽丽捧着妈妈的婚纱跟在后头。李小军讲话,他说,感谢领导,感谢来宾,来参加飞燕旅行社开业庆典,来参加我们的婚礼。今天,我最想感谢的人,是我的新娘子——杨安娜,可以说,没有她,就没有我李小军的今天,没有她,我的整个生命都会失去光彩。我和杨安娜的爱情故事,曲折艰辛,是爱的力量让我们见了又分,分了又见,是一段佳话,更是一段传奇,一段让我们幸福一生享用一生的宝贵财富。今天,我要当着大家的面大声说:杨安娜,我爱你!

说完,李小军转过身,轻轻捧起杨安娜的脸,在她的大脑门上深情一吻。大家被眼前的一幕感动了,等到李小军和杨安娜把小丽丽共同抱起时,掌声才响起来……

下午两点钟的时候,大家陆续散去,大贺他们也要走了。送他们出门的时候,李小军把大贺拉住问:"你后来见过裴春妹吗?"

"见过一次,春妹在苏州开了一家火锅店,到南京采购用品时找过我。"

"她还好吗？"

"还是那么瘦小，不过人挺精神。"

"后来呢，联系过吗？"

"后来我打过她一个电话，为打听你的下落，她说和你没有联系。"

"啊。"李小军应了一声。

老弟兄们就此道别。小燕子作为地陪，带着他们一行游览古镇风光去了。

31

送走了所有客人，李小军把店里的事交代给了马六，又安顿好小丽丽，然后便拉着杨安娜的手出门了。杨安娜问他要干什么去，他说保密，杨安娜也就不再问了，心想他肯定"预谋"好了什么，索性听之任之。

也不知李小军从哪里找来了一辆自行车，他载着杨安娜一路向北，很快来到了有名的铂尔曼度假酒店。进了酒店大堂，李小军说，这是我考察过的束河最有情调的一家酒店，杨安娜说没必要这么夸张嘛，都老夫老妻了。李小军告诉她，房间我都定好了，你就听我安排吧，今晚我们就住这儿了。

这是一间特色套房，欧式田园风格，舒适豪华。鸭蛋形洁白的大浴缸摆在阳台上，镀金水龙头一开，温水像小溪一样流淌下来，哗啦啦的声音听起来都让人心醉。他们依偎着躺在浴缸里，下午的太阳正好照在他们的脸上。杨安娜想，都说束河最适合晒太阳、发呆，而这里，应该就是最佳地点了吧，特别是，身边还有最佳的人选陪伴。他们暂时忘记了尘世间的一切，尽情享受这二人世界，沉浸在无比的甜蜜之中。

晚餐，一个彬彬有礼的男服务生用小餐车将两份纽西兰牛扒和两杯咖啡推到了他们面前。等服务生走后，李小军让杨安娜闭上眼睛，然后像变戏法似的点起了两支大红蜡烛,床头柜上还放了一束玫瑰花,双人床靠背的上方还有个大大的红"囍"字。烛光晚餐,浪漫满屋,望着李小军,杨安娜的脸上露出了幸福的微笑。此时,一切的语言都显得多余,他们就这样一边享用美食一边望着对方,一直甜到心里。

用完餐,李小军把杨安娜抱起,然后轻轻地放倒在柔软的大床上。她知道,和李小军在一起永远不缺浪漫,因为他本人就是浪漫的制造者。她要做的就是微闭上眼睛,静静地躺着,听自己的心跳和呼吸,享受着心爱的人把她带入童话般的梦境。

一场酣畅淋漓过后,杨安娜依旧是双臂搂住李小军的脖子,右腿翘在李小军的肚子上,享受那软软的、暖暖的感觉。

"娜姐,跟着我苦吗?"

"苦。"

"后悔吗?"

"不后悔。"

"本来,我还想买一条云南的蜡染长裙给你的,让你在今天的婚礼上穿,可惜没抽出时间来去买。"

"以后买吧,我只穿给你一个人看。"

"下辈子还跟我谈恋爱吗?"

"谈,不过,我十六岁你就得来找我。"

"好,一定的。自从你答应和我好,我就想让你过得好一些,可惜,这几年发生了那么多事,让你吃了那么多苦,我对不起你,也许你不跟我会更幸福、更快乐。"

"我不,我就要跟你。"

"你还为我生了个女儿,谢谢你。我跟你说过,我很想看看你十六岁以前的样子,现在,如愿了,真的谢谢你。"

后来,李小军说什么她听不清了,她慢慢地睡着了。发现她已熟睡,李小军这才轻轻地把她的腿向下移了移。也不知现在已经是深夜几点几分了,管它呢。

32

九月的束河是慵懒的。

刚下过一场雷阵雨,太阳又照在了小街的青石板路上。街道两边的店铺,依然被从四面八方涌来的游客装点得格外美丽,好像有谁做了统一规定似的,走在小街上的女性游客每人都打着一把花布伞,男游客则都戴着副太阳镜随行左右。偶尔也可看见好玩的男士弓着腰把头钻进旁边女士的小花伞低下,说是要遮蔽烈日的暴晒,不如说是想和身边的女士亲近亲近。这一刻,古镇好像是一幅流动的水彩画。

夕阳西下的时候,杨安娜跟在小丽丽的身后,从这幅画中穿行而过。到了咖啡吧门前,她把小花伞收起。丽丽先跑了进去,她随后跟进,习惯性扫视一下店里的情况,当目光落在靠窗位置时,停了下来,一个男士也正缓缓起身,望着她。

"高鹏,你怎么来了?"杨安娜有点吃惊,走过来,和他相对而坐。

"我们公司组织到丽江旅游,我顺道来看看小丽丽。"

"丽丽,这是高叔叔。"杨安娜把丽丽喊过来对她说。

"高叔叔好!"丽丽叫了一声,眼睛里带有几分疑惑。

"她可能不太记得你了。"杨安娜有点歉意地说。

"快半年了,也难怪。都长这么高了,上幼儿园了吧?"

"是的,上宝宝班了,我刚才就是接她的。"

"去让马六叔叔煮两杯咖啡来,妈妈和叔叔说说话。"

"好嘞。"丽丽答道。高鹏目送着丽丽跑开,鼻子酸酸的。

高鹏告诉杨安娜,他现在开一家典当行,李小军的话没错,担保公司风险后置,不容易把控,典当行稳一些,都有抵押。接着告诉她,他已经有女朋友了,准备这个国庆节结婚。这时,服务员把两杯咖啡端了上来，高鹏端起来喝了一口。

"你的咖啡，怎么也不加糖了？"杨安娜问。

"拜你所赐。"

"对不起。"杨安娜觉得问得有点唐突。

"我没有责怪你的意思，你也无需对我说'对不起'。"

他们都低着头，喝着各自没有加糖的咖啡。过了一会儿，高鹏说，看你的气色不错。李小军是个好男人，你要珍惜。杨安娜没接话，只是轻轻点点头。接着，高鹏从口袋里掏出一张银行卡放在桌子上，推到杨安娜的面前说，这次来，我带了两百万块钱，还李小军的。以前你有一张银行卡在我办公室的，我把钱都打在上边了，你代我转交给他。

"这，不用吧，李小军跟我说过他不打算要的，再说，我们也不缺钱用。"

"你们要是不收下，我的良心会一辈子受谴责的，而且，其余的钱我一旦赚上也要还他的。好了，不早了，他们还在酒店等我吃饭，我要走了。"高鹏说完要起身。

"你就在这吃吧，我打电话给李小军，让他马上回来？"

"不了，代我转告一声，谢谢他。"

出门，高鹏戴上太阳镜，说了声"再见"就头也不回地大步走了。杨安娜望着他的背影，一直到他消失在人流中。

晚上，洗完脚后李小军把小丽丽抱到床上睡觉。杨安娜告诉李小军，高鹏来过和还钱的事，李小军没说话。过了好一会，杨安娜又问钱怎么处理？李小军说，明天你去把欠马国富的钱还上，其余的就放在你卡上吧，然后就睡了。

33

第二天一早，李小军喝了杯珍珠奶茶就上班去了。杨安娜觉得他的情绪有点不对，话也少了。她从小燕子那里侧面打听过旅行社的事，小燕子说生意正常，还越来越好。那么问题出在哪儿呢，杨安娜搞不懂。

最近，李小军常常把自己一个人关在办公室里抽烟。咖啡吧的事都交给杨安娜后，加上马六这个好帮手，生意一直比较稳定，就是杨安娜辛苦了些。她每天还要接送小丽丽到幼儿园，但她还是感到快乐和幸福的，这一点李小军明白。他自己也很辛苦，一是开旅行社还是头一次，没经验，好在学得快。当然，大贺和南京的老弟兄们给了很大的帮助。现在南京的几大旅行社都和他签订了合作协议，到丽江的团基本都是飞燕旅行社接地陪。最近，他们也开始自己组团了，生意正一步步走上良性循环。小燕子担任了副经理，业务能力很强，成了李小军的得力助手。还有件事，就是欠马国富的钱，现在还完了，他心里的一块石头又落地了。马国富问过他，是否想把咖啡吧产权收回，李小军说考虑考虑再说，其实是，他想先去趟北京后再说。

去北京，目的就是检查一下他的身体。当初换完肝后医生要求他戒烟酒，还不能过度劳累，定时服用抗排斥药物，一有不良症状立即来医院检查。这一年多来他太忙了，有不舒服的时候，完全以吃药解决。最近他感觉右上腹部肿大越来越明显，夜里经常会有疼痛出现，鼻子也经常出血，他没有把这事告诉杨安娜，怕她担心。现在终于闲了些，他想去北京彻底检查一次。他从网上查看过，换肝后如果情况好的话再活十年没问题，不好的情况也有，那就活不过两年，还有更坏的。

李小军不想最坏的情况发生在他身上，他不是怕死，他是真的舍不得离开杨安娜和孩子，他要为她们活着，活得越长久越好。现在，家庭幸福，欠债还清，事业良好，他真想在束河古城的边上选一块地盖几间房，过一种田园生活。古语曰，五十知天命。他眼看着就到知天命的年龄了，人生的真谛当然悟出了不少。

晚上回来，李小军特意关照马六安排几个可口小菜，好久没喝酒了，今天，他想喝几杯杨安娜酿的红葡萄酒，给她也倒了一杯。这葡萄酒口感不比他酿的差，杨安娜听后很有成就感。李小军把马六也叫过来一起喝两杯，问他和小燕子的事进展得怎么样了。马六说，小燕子父母要求他们明年五一节前后就把婚事给办了。李小军笑着跟杨安娜说，你得准备红包了。杨安娜回他说，我的是我的，你也得准备一份，别忘了他还是你的干儿子呢。李小军说，也是。马六喝一杯就又到吧台忙去了。

酒喝差不多了，李小军才转入正题。

"娜姐，最近不是太忙，我想去北京检查一下身体。"

"我看，你早该去检查检查了。要不，我和你一起去？"

"你就不去了吧，店里要你照应，何况还有小丽丽。"

"那让马六陪你去，他对你很忠心，也正好让他到北京玩玩。"

"这倒可以，就是你又要多辛苦了。"

"没什么，我能扛得住，你们放心。"

"明天我就叫小燕子把机票订了。"

"你就放心去吧。"

34

十月的北京，秋高气爽。有人说秋天是北京一年四季空气最好的时候，也是来北京旅游的最佳季节。下了飞机，李小军就带着马六先找一家宾馆住下，没有急着去医院。李小军想，一旦到了医院，医生肯定先让他办理住院手续，不仅是他，连马六都没有时间好好逛逛北京城了。

以前，李小军来过几次北京，可那都是好多年前的事了。如今的北京变化很多，高架桥又增加了不少，要是自己开车来，肯定会迷路。高楼是四环以外的多一些，新的小区比比皆是。天安门、故宫、颐和园、长城是必去的，这些和以前没什么变化。马六是第一次到北京，主要是带他好好看看。王府井大街也是一定要逛逛的，当然还要买点东西带回去，李小军给杨安娜和小丽丽都买了几样，特别给杨安娜买了条蜡染长裙，娜姐的身材穿上这长裙一定漂亮。马六现在也有了心上人，当然也要买几样。晚上，他们就在长安街的全聚德烤鸭店吃了传说中的烤鸭。两天下来，李小军问马六对北京有何感想，马六支支吾吾半天才冒出三个字：人真多。

第三天一大早，李小军带着马六来到肿瘤医院，见到了上次给他主刀的钟医生。果然不出所料，钟医生当即给他开了《住院通知单》。就这样，他又住进了病房。同病房还有一位北京的老干部，很爱说话，主动把医院的情况给他们讲了一遍，从医生到护士，连哪个护工服务得好都给他们介绍了一番，显然，他是这里的常住病人。说他是病人也不大确切，因为他其实是在这里养病，占个床位，每天来打个营养药水或是量一下血压什么的方便，晚上就回家去住了。等他走后，马六不解地问李小军，天天住院，这得花多少钱呀？李小军告诉他，这位正厅级的老干部费用是国家全报销的，不要自己掏钱。马六问，这官有多大？李小军说，有丽江市长那么大，吓了马六一大跳。李小军又说，别大惊小怪的，没听说嘛，在北京你朝大街上随便撂一根棍，起码也可以砸到两个副处级。

晚饭后，李小军照例又给杨安娜打了个电话，说了说这里的情况，又问问家里的情况。李小军叫马六也给小燕子打个电话，马六觉得没什么可说的，李小军很严肃地告诉他，以后要养成这习惯，女人喜欢这个。

夜里，马六就睡在那老干部的床上。那是老干部临走时交代的，只是要求他买两条床单来，垫一条盖一条，就是说床可以睡的，但是不要身体直接接触他的床和被子。李小军能理解，还很诚恳地对那位老干部说了声"谢谢"。

一连三天的检查，好多项，不仅马六记不住，李小军也记不住。挂水的时候，马六忙里忙外的，老干部还真以为他是李小军的儿子，李小军也不否认。从医生的眼睛里李小军看出了事情的不妙，他感觉到体内每天也有不一样的异动。这种感觉他体验过一次，所以他知道事情的发展和演变过程,只是这次和上次不同的是,他已经换过一次肝,侥幸才逃过一劫,这次,恐怕就没有那么幸运了。

三天时间,足以让李小军慢慢静下心来。他望着窗外,还是那一片梧桐树叶在随风摆动。树影摇窗,本来是一道美景,可是,心情不同,感受也就两样了。他想,秋天来了,这窗外的树叶会慢慢凋落,来年春天,它们又会生长出来。可是,人的生命只有一次,凋落了,也就埋进了土里,不再复生。死,倒不可怕,可怕的是还有事情没做完,还有牵挂他的人会伤心落泪。他首先想到的是杨安娜,他觉得最对不起她。爱一个人是要给她幸福的,可是他没能做到,如果她不走进他的生活,或许快乐会更多一点,烦恼会少一点。他太爱她了,硬把她拉进了自己的生活,他反复问自己是不是太自私了?

第七天,钟医生早上来查房时对李小军说,诊断结论出来了,根据他目前的症状来看,随时可能做手术,让他通知家里人来。李小军听出了话外之音,是让他做好见家人最后一面的准备。他是死过一回的人,这一次他能够冷静面对。他没有告诉杨安娜,只打电话要南京的大贺赶过来。叫大贺来,是有话要交代给他。

35

第二天下午,大贺就带着叶医生一起坐高铁来到了北京。大贺和叶医生一前一后先来到李小军的床前打个招呼,然后他们就去找钟医生了。叶医生当晚就要回南京,去火车站的路上他对大贺说,李小军身上的肿瘤病毒已经扩散到全身,随时都会有大出血的可能,上了手术台十之八九就下不来了。

大贺回来后坐在李小军的床前,握着他干瘪的手,好弟兄心平气和地说了很长时间的话。李小军说,谢谢你能来,也谢谢叶医生为我奔波。然后他把大贺的手握紧说,如果我走了,你帮我把杨安娜和孩子从束河接回 G 市来，如果遇到合适的男人，劝她再嫁。束河的旅行社就送给马六和小燕子吧，让他们接着开下去，你也像帮我一样再帮他们一把。

马六在旁边实在听不下去了，出门想给娜姐打个电话又不知该不该打。刚才听了军爷的话，他感到情况不妙，可是军爷交代过不要把这里的真实情况让娜姐知道。问问小燕子吧，她在电话里对他说，应该让娜姐知道，否则他马六会后悔一辈子的。

晚上，大贺让马六睡觉，由他来陪李小军。他要陪这位老朋友、兄长再好好说说话，李小军因为腹部疼痛也睡不着觉。他们无话不谈，气氛轻松，谈友情，谈爱情，谈事业，谈女人，谈以前做过的糗事，谈人生的成功和失败。其间，李小军有几次间歇性疼痛，每次都是大贺把值班医生叫来给他了打止痛针，然后接着谈，就这样一个躺着一个坐着一直谈到天亮，才各自睡去。醒来后，他们又接着谈……

第三天，上午大约九点钟，病房的门被推开，杨安娜轻轻地走到病床前，大贺示意马六和他一起离开房间。杨安娜在来的路上就已经考虑好，不把这次见面当成生离死别，她要把她的微笑留给他。李小军好像感觉到她的到来，正处于昏睡状态的他睁开了眼睛。

"你怎么来啦？"李小军小声说。

"我来看我老公啊，还要你同意吗？"杨安娜强颜欢笑，靠近握着他的手。

"我还以为你不要我了呢。"

"是你不想见我，好不好？"

"我是不想让你看见我现在这个样子。很难看，是吧？"

"你本来长得就不好看。"

李小军苦笑了一下，可心里美滋滋的。李小军让杨安娜从包里拿出来那条蜡染长裙穿到身上，她还故意在李小军面前转了一个圈，裙子下摆飘了起来。

"真漂亮！"李小军笑着说。

"是的，这裙子是很漂亮，你眼光不错。"

"我是说——你！真漂亮。"

"你贫嘴。"杨安娜装着生气的样子。

"真不想，让，别的男人，见识，你的妩媚。"李小军声音不大，像是自言自语。

"你说什么？"显然，杨安娜没有听清楚。

一阵急促的咳嗽声，把在门外等候的大贺和马六吸引进来。李小军感觉胸口发闷，喘不过气来，疼痛难忍。他咬牙坚持着，用左拳抵住右上腹，汗珠挂满脑门，鼻孔里也流出了血。大贺忙把医生喊来，给他又打了止痛针，带上氧气罩。不能和杨安娜说话了，他就深情地望着她，不愿闭上眼睛休息一会儿，甚至连眨一下眼睛都不愿意，好像害怕她趁他眨眼的那点时间从眼前消失。突然，杨安娜看到有血从李小军的嘴角不停地向外流出，她哭喊着"来人啊，快来人啊！"钟医生跑进来，一看便知是胸腔大出血了，命令护士立即将床推到急救室，准备手术。要走了，李小军这才从枕头底下掏出一张折叠整齐的纸，颤巍巍地递给杨安娜。杨安娜接过来，目送他被护士推走，然后才轻轻地打开那张纸，泪如泉涌。

感谢你在我生命中作短暂的停留

让我见识到你的美丽

感谢你陪伴我度过一段美好的时光

让我享受到爱的甜蜜

我会珍惜这段美好经历

我会带走这段只属于我俩的传奇

今生虽然不能和你一直走下去

来世我一定会早早的在那个路口等你

牵起你的手

共同走过下一个世纪

36

2013年4月15日。

这是一个春光明媚的上午。一辆深红色的JEEP牧马人越野车在G市卧龙山公墓的山路上缓缓前行,阳光透过路边的树叶洒落在车厢里。车后排有个约两三岁大的小女孩趴在窗口向外望,小女孩的身边还有个小阿姨。车载音响正在播放着王菲唱的《传奇》,歌声随风飘向空中,在山谷间回荡。

"妈妈,我们来这干什么呀?"小女孩问。

"去看爸爸。"驾车的女子回答道。

"爸爸知道我们要去看他吗?"

"是的,他在等我们。"

汽车很快到了山上的停车场。那女子下了车,只见她,身材修长,穿着一件蜡染长裙,扎着一条马尾辫,戴着一副大大的墨镜,牵着小女孩,朝墓地中间走去。一会儿,在一处墓碑前停下脚步,她蹲下去对小女孩说:"丽丽,这就是爸爸住的地方。你先和小阿姨到旁边玩吧,别走远了。"

"好嘞,我们抓蝴蝶去了。"小女孩欢快地跑开了。

只见女子打开放在跟前的手提袋,从里边往外拿东西,一边拿一边说话:"军哥,我是你的娜姐,我来看你了。"此时,山谷间不知从哪儿传出几声鸟叫,杨安娜抬起头,举目远眺。"军哥,是你吗?你听到我在对你说话吗?"过一会儿,她又低下头,继续从袋子里向外拿东西。

"军哥,我带了两包你以前最爱抽的小苏烟,你抽吧。你平时就喜欢我给你点烟的,今天我再给你点一支。

军哥,还有我亲手酿的红葡萄酒,也给你带来两瓶,我这就给你倒一杯,你尝尝吧。

军哥,今天我还特意将我们的女儿也带来了,你看到了吧,她在那边抓蝴蝶呢。你说过,你要看看我十六岁以前的样子,以后我会经常带丽丽来,让你看着她慢慢长大。

军哥,在 G 市,我们的'小城故事咖啡吧'昨天开业了,是完全按照你当初的设想做的,特别是那两个朝西的落地大玻璃窗。昨天下午我在窗前坐着,喝咖啡,发呆,一直坐到太阳落山。

军哥,今生能遇到你让我觉得人生如此美丽,只可惜,没能和你牵手一生。不过,来世我一定还做你的新娘,天天听你讲故事,听你那富有磁性的男中音一遍又一遍地喊我'娜姐、娜姐'。我还答应你,十六岁时就到那个路口找你,和你谈一次完整的恋爱,这,也是你最最希望的吧……"

不知什么时候,小丽丽站在了她的身边,小心翼翼地说:"妈妈,你哭了。"这时,杨安娜才发现自己已经是泪流满面。

"妈妈不是哭,妈妈这是高兴。丽丽,躺在里面的爸爸说,他喜欢你,快过来,给爸爸好好看看。"

"爸爸能看到我吗?"

"能,一定能!"

"那我送给爸爸两只蝴蝶吧。"

"好啊。"

杨安娜捧着丽丽的小手,托向天空,然后轻轻地把她的小手打开。只见两只蝴蝶一前一后,追打着朝远处飞去,越飞越远……

房子　房子

一、陈刚和前妻

陈刚是个小人物。

说他是人物,是因为他有过辉煌的历史;加个小字,那指的是现在。现在的他只是个普普通通的人,虽然衣食无忧,但也没大富大贵。老大不小了,他连间自己的房子都没有。

陈刚生于1965年。有人总结说,1962到1972年出生的人是最幸运的,因为,他们躲过了三年自然灾害,有吃有喝,虽然是粗茶淡饭;他们避开了计划生育,有兄弟有姐妹,大的带小的玩,小的穿大的旧衣服;他们错开了上山下乡,在学校里学工学农又学军;他们上学时是公费的,家境困难的还有助学金;他们读书的时候,传承与革新集于一身;他们工作就业也不愁,基本不需要待业就上班了;他们恋爱时谈钱是最俗气的事,重要的是人品本分老实;他们结婚时房子是单位分配的,虽然有点旧,但是基本都能解决;他们是尚有理想的一代,虽然虚幻但一直支撑着他们的信念。但他们也有不如意的时候,他们赶上了主动下海,满怀信心要干一番事业,结果大多数死在了沙滩上;他们赶上了被动下岗,一时间无所事事迷失方向;还有就是摊上了房价无休止地往上涨。这"两下一上"改变了陈刚原来的生命轨迹,也给他带来了现在的烦恼。为什么呢?因为一个月前,陈刚的前妻张海虹给他发来短信,说儿子就快大学毕业了,已经有了女朋友,并说,女朋友也跟儿子一起过来。他要买房给儿子结婚用,他觉得这是做父亲的义务和责任,但是,他没钱。

他们是经人介绍认识的,张海虹在一所小学当教师,陈刚是一家国营工厂的团委书记,让人羡慕的一对。他们的独生子陈昌杰也一天天长大。然而,婚姻这个殿堂真是不好琢磨,明明是甜蜜蜜的两个人牵着手进去,几年的耳鬓厮磨,结果反而会感觉彼此间距离越来越远。当然,直接的原因还是陈刚的下海。好端端的书记不干,他带头下海经商了,这在当时是要很大的勇气的。张海虹劝过他不要下海,但他听不进去,结果,自己家的那点积蓄,加上从亲戚朋友那里借来的钱全赔了。当时的国家政策是鼓励年轻人下海创业的,可以和单位断绝关系选择辞职;也可以办理停薪留职,就是说三年之内,如果创业不成还是可以回原单位上班的。陈刚当时太自信,他认识的几个同学朋友下海后都挣到了钱,他认为自己的能力远在他们之上,因此就想给自己断了后路,选择辞职。在张海虹的苦苦规劝下,并以离婚相威逼,最后,他听从了张海虹的劝告,办理的是停薪留职。结果是不幸言中,他不是做生意的料,亏个一塌糊涂。他没脸见人,整天窝在家里。怎么办?还得活着,就硬着头皮回原单位上班了。团委书记已经有人了,他就下车间当工人。可是,祸不单行,一年后单位倒闭,陈刚下岗了。

靠老婆养活,使他男人的自尊心受到莫大的打击,陈刚选择了离婚。他要独自承担自己的痛苦,不要天天面对妻子的埋怨。单位分的房子,还有他们已经十岁的儿子都归了女方,陈刚就拎着个包离开了家门。这一晃十多年过去了。他干过十几份工作，当过保险销售，代理过白酒，跑过营养品直销，还开过广告公司等等，最后是在一个同学开的理财公司帮忙，结果是那位同学因涉嫌非法集资，被吓跑了，至今不知去向。陈刚也被公安叫去谈了几次话，好在他只是个打工的，没他的事。现在，他承包了六个BRT站台的保洁工作，虽然不是什么大工程，但算算账，一年也能挣个五六万。这对陈刚来说已经很不错了，为此，他认真对待每一个环节，包括招工、培训和日常管理。日子也还过得去。

张海虹给他发这个短信，虽然没明说要他给儿子买房，但意思却很明了。离婚后，她也没再婚，就带儿子一起生活，勉强支撑着这个家。她只是个小学老师，工资收入并不高，这些年虽然攒了点钱，但绝对不够买个新房子的，首付也不够。无奈之下才给陈刚发了那个短信。陈刚知道了儿子要回来要房子，当然也想出出力，以弥补他多年来对孩子和张海虹的愧疚。

陈刚一直和父母住在一起，他还有两个妹妹，都早已结婚搬出去了。父母住的是一套老房子，面积只有七十平方米。父母住一间，他和女友住一间，另外的那间是客厅兼餐厅。父母都是退休工人，靠退休工资生活。这房子是父母亲结婚时单位分的，后来房改时花了四千块钱买了下来。这些年，陈刚谈了几个女朋友，都是要到谈婚论嫁的时候打住了，原因就是没有自己的房子。现在的这个女友名叫姚瑶，是他三年前做广告公司时认识的，她现在也快三十岁了。本来，陈刚以为谈两年也会因为没有房子和他分开，没想到她至今没有一点动向，死心塌地跟他过日子。还大大方方地和他在他的父母家过起了同居生活。

这天晚上，陈刚在床上翻来覆去，怎么也睡不着。姚瑶爬起来开了灯，在蚊帐里搜寻了半天，然后说，没有蚊子进来啊，你今天是怎么啦？陈刚不吱声，假装没听见。过了一会，他一翻身，看见姚瑶还坐在那里看着他。陈刚坐起来，眼睛也不朝她望，说：

"我儿子要回来了,他妈告诉我,想给他买个房子结婚用。"

"你儿子有女朋友了?"姚瑶问。

"有了,是他的大学同学,这次他们一起回来。"

"可我们也没有那么多钱啊。要不,你把你放我这儿的五万块钱拿去吧。"

"不行的,我们也要买房子。"

"我们就以后再说呗,好在还有房子住。"停顿了一下,姚瑶接着说,"我知道,现在的女孩子都很现实,没有房子根本不会和男孩结婚的。"

"你也有这种想法吧?"陈刚望着她问。

"你说呢?"

他们互相望了望,然后,陈刚先躺下睡了。姚瑶把灯关掉,也躺下睡去。第二天醒来,陈刚发现姚瑶的双臂紧紧抱着他的膀子,睡得很死。

吃完早饭,陈刚就出门了。每天八点钟这个时候他都要到BRT去,看看交接班的人是不是都在。但今天,他不是去车站的,他要去见一个老朋友。这人叫杜建军,以前和自己在一个厂子里工作,现在在本市开了家大酒楼,听说生意不错,发大财了。陈刚也好多年没见到他了,昨天夜里想起了他。陈刚去见见他,看有没有可能向他借点钱。到了那家酒楼,陈刚看到门还没开,一想,现在来的不是时候,正要走,就听后边有人喊他:

"是陈书记吗?"陈刚回头一看,原来正是杜建军。

"你还没怎么变,还是那么精神十足。"陈刚说。

"陈书记,你也没有变。"

"不要再叫书记了,都过去这么多年了。就叫我刚子,我还叫你大军。"

"行呀,这样叫才像老弟兄。"

他把陈刚领进门坐下，然后从吧台里边拿出一壶茶和一盒香烟。大军说，我是买菜刚回来。最近一年来酒楼的生意大不如以前了，为了节省开支，我减了几名员工，会计采购都给辞了。陈刚问，为什么呀？我听说你的生意挺好的嘛。大军说，主要是受大环境影响，国家在限制公款吃喝。也不能等死吧，我正在准备对原来的经营方式做个调整。现在，喜宴这块市场蛋糕很大，我想将原来的包间拆掉，改造成两个喜宴大厅，估计生意不会差。陈刚说，你以前脑子就灵，你看准的事一定没错。大军低下头说，改一改，至少得有一百万投进去，一时筹不到这么多钱。陈刚一听，完了，自己今天算是白跑了。但看见大军一脸愁态，便给他出主意说，民间借贷利率太高，你可千万不要碰，我知道的，利滚利害死人，还是找银行稳妥些。大军说，跑了几家银行，都没谈下来。他们都要不动产作抵押物，我这些年挣的钱都买这酒楼的房子了，到现在还没还清，哪还有什么抵押物啊。大军给陈刚点上一支烟后接着说，刚子，我正准备找你，还有以前我们厂出来的几个混的不错的好弟兄，过来一起吃个饭，请大家伸手帮帮我，算股份也行。这倒是个好办法，陈刚说。他心想，大军借钱是做生意的，可以挣钱的，对朋友好开口，还可以分红，我借钱是给儿子买房子的，还不知什么时候才能还本给人家，这怎么开得了口啊。临走时，大军再三叮嘱，就这个周末晚上，你一定大驾光临哟，其他几个我这两天就约了，他们也一定想见见你这老书记的。

　　陈刚到 BRT 转了一圈，然后就回家了。看见姚瑶在帮母亲做饭，他也没言语就一头钻进自己的房间。姚瑶看见他回来了，一筹莫展的样子，就放下手里正在理的韭菜，跟进了房间。

　　"你怎么啦？不舒服吗？"姚瑶问。

　　"没什么。今天碰到了原来厂子里的同事，他约我过几天去喝酒。"

　　"也好，多见见人，或许多条财路。"

　　"是的，可我不想去。"

"去就去嘛，也不是你请客，大不了 AA 制。"

"你以为我们像你们这些小青年啊，打平伙吃饭，还不叫人家骂死。"

姚瑶不说话了。在这个小小的事情上，不仅仅体现了观念上的差别，还存在代沟的问题。时代在变，同样的事情放在不同的时代，处理方式不同。看到姚瑶不说话了，陈刚从床上爬起来说，我是不是刚才声音大了？没有责怪你的意思。姚瑶说，没什么，我知道你在为儿子买房的事犯愁。

张海虹又发来短信，说她们学校用一块地和一个开发商换了一批房子，学校老师每人可以按优惠价申购一套，首付大概需要四十万。机会难得，可她手里只有十万。陈刚没有立即回短信，因为他手里没有三十万块钱。虽然姚瑶主动说可以把那五万拿出来，也还是远远不够。他父母手里可能也有个十万八万的积蓄，但他不会去张这个口，因为那是他们养老和救急的钱。父母的钱虽然可以要到手，但是拿那钱心里会很懊恼，可能会后悔一辈子。两个妹妹的家境都不宽裕，孩子上学也都要用钱，陈刚也不好张口的。

周末的聚餐陈刚本来不打算参加的，想随便找个理由推了。可这几天大军每天几个电话给他，向他汇报联系那帮同事的情况，还每次都会加上一句，大家都很想念老书记。非参加不可了，陈刚在家让姚瑶给他挑选最合适的衣服。姚瑶对穿着打扮很在行的，经过简单的搭配，陈刚上身穿运动 T 恤，下身穿一件牛仔裤，再配一双运动鞋，很精神，也很休闲。关键是他的身材好，不胖不瘦，像他这种年龄的人，十有八九都大腹便便了，否则，只有两种可能，一是经济拮据还在为生活四处奔波的人，二是生活富裕又常到健身房运动的人。陈刚给人的感觉，当然是属于第二种人。

果然，在包间里一亮相，原来厂里的那帮同事都夸陈书记还像以前一样年轻有朝气。陈刚说，你们再拍马屁也没用了，入团入党都不需要找我了，找对象也没有对方家长来找我了解你们的思想品德了。十几个人围坐在一起，陈刚被安排在主宾席。借敬酒的机会，大家互相打听了现在的情况。得知陈刚现在有保洁和广告两个公司，都称赞他有本事。席中还有三个女同事，大家互相攻击，说当年谁谁谁对谁谁谁有意思，谁谁谁又被谁谁谁甩过。陈刚发现，原来在厂里调皮捣蛋的那几个人，现在混的都不错，倒是像他这样工作积极品德优秀的人，反而不怎么适应不断变化的社会。大军真是个高手，今天的这班人员搭配，酒桌气氛一定不差，酒当然也喝了不少。大军在大家正起劲的时候说出了自己的想法，就是要扩大经营，希望大家出资入股，有钱大家一起挣。俗话说，酒醉心不醉。一听钱字，大家立马静了下来，你看看我，我看看你，最后把目光集中到陈刚身上。

"陈书记，要不你先表个态？"大军用期待的目光望着他。

"是这样，"陈刚没有退路了，也知道大军的难处。以前能帮好弟兄一把他从来没有退缩过，但现在，他确实没有这个经济能力，自己也正为钱犯愁呢。怎么办？他端起杯子自饮一口，然后站起来说道，"大军是我们的好弟兄，也有经济头脑，现在，他要扩大经营，手头一时缺钱，也正好给了我们在坐人一个挣钱的机会。要我说，钱放在他这里，比放在银行还放心，关键是还有红利可分，这种好事，哪里去找？不过，我儿子今年夏天就大学毕业了，也有女朋友了，我刚刚帮他买了个房子，还要给他留点钱办婚事。这样，我带个头，出五万入一小股，把其它的机会留给在坐的各位了。"

"好，钱不在乎多少，关键是和大家合作一把，同时，也可以有机会和大家经常在一起聚聚。老书记不出钱算干股都行，我们这个集体，他就是精神领袖。"大军调高了嗓门大声说。

气氛又起来了，大家纷纷表态，愿意跟着老书记走，相信老书记没错。很快，十万，二十万的，一直加到了一百万。大军急了，忙说，不要再加了，再加我就没有股份了。大军的事顺利解决。道别时，大家

——和陈刚握手，说好了，等他儿子结婚时一定发喜帖。

回到家里，姚瑶正在看韩剧，看的正起劲，也没问陈刚吃酒的情况。陈刚倒头在床上睡去，一觉睡到大天亮。第二天刚睁开眼，姚瑶就把一碗加糖的稀饭端到陈刚的床前。这是陈刚的一个习惯，喝酒后醒来，都要吃上这一口，然后是下床，冲个热水澡。浑身舒坦了，他在床沿上坐了下来。

"昨晚情况怎么样？"姚瑶急切地问。

"什么怎么样？还是那样。"

"有没有关系好的朋友，有钱，又肯借点给你？"

"张不了这个口。"

"死要面子活受罪。"

这话，陈刚听起来一点都不觉得委屈，他就是这么一个人。他问姚瑶：

"你存折呢？"

"干什么？"

"我急用一下。"

"给你儿子买房子我没意见，但是要是其他用途，我不给。"

"你说对了，就是给儿子买房用的。"

姚瑶怏怏地拿出存折交给了陈刚。陈刚拿着存折就出门了。来到银行，按照大军给的银行卡号将钱划了过去，然后才给大军打了电话告知一声。大军连说谢谢老书记，然后问他什么时候过来拿个收条，顺便在一起喝一杯，陈刚说，以后有机会再说吧。

这头事情处理完了，儿子的房子怎么办？姚瑶不知道，他在酒桌上把已经买房的话说出去了，他不好再在那帮弟兄们面前提借钱买房了。陈刚想，都好多天过去了，也该给张海虹发个信息了，告诉她实际情况，他没有钱，让她不要再等他这边了。

陈刚短信：你好，我没有筹到钱给儿子买房，实在对不起。

张海虹回信：这些天没回我话，估计你没有钱。昨天我已经把首付款交上了。

陈刚：你哪来的那么多钱，借的吗？

张海虹：不是，我把我们结婚时的房子卖掉了。

陈刚：那你住哪里啊？

张海虹：我又在市郊海陵镇买了个小房子。小产权，但很便宜。

陈刚：你上班不就远了吗？

张海虹：没关系，有一班BRT终点站正好到那儿，很方便。

陈刚：我对不起你，还有孩子。

张海虹：没关系，你也不要自责。我相信，你要是有能力一定不会不管儿子的事的。

陈刚合上手机，眼睛湿润了。他来到BRT车站查看从张海虹学校到海陵的线路图，是106路车。这时，正好有一趟车进站，陈刚坐了上去。虽然BRT在这座城市里已经开通两年了，他还是第一次坐上去。这个时候不是上下班的高峰，所以车上的人并不多。车厢内宽大明亮，座位也还行，就是有点硬。他想起张海虹屁股上生过板凳疮，这样的座位对她来说并不舒服。大约半个小时，汽车在海陵站停了下来，陈刚下了车，在心中计算着从海陵到学校的大概时间，接近一个小时。也就是说，她如果中午在学校食堂吃饭，每天也要在车上坐大概两个小时，晚上回到这个小镇上的某一个房间，孤灯一人。现在是下午五点，她该下班了，一个小时后，她将从这个车站下车。陈刚找了个离车站不远的地方坐在路牙石上，他想等六点钟的那班106路车到来。

他和张海虹曾经是一对恩爱夫妻，儿子的出生给他们带来了快乐，也带来了烦恼。孩子要吃要喝要上学，都得要人照顾。她是教师，每天上班必须守时，因为班级里还有四十多个孩子要她照顾。而他一心忙工作，要进步，晚上还经常加班或参加厂里局里活动。为孩子的事他们经常拌嘴。那个时候也没有经济条件雇个保姆照看孩子，双方父母都有工作。后来，她很不情愿地把孩子放进了一家有全托的托儿所，由大妈大婶照看，每个星期六带回家，周一一大早再送到托儿所。看到孩子长得很瘦，她心疼，每个星期天都在家给孩子弄好吃的，想补补。而他，全然不顾她的感受。后来，他不听她的劝告，放着好端端的工作不干了，去下海经商，说要赚大钱养家。谈何容易，结果亏了。两人的矛盾也到了极点。现在想想，要是当初自己能听她的话，或是能忍一忍，也许今天他们还是一对恩爱夫妻，过着平淡但快乐的生活。像很多人说的那样，平平淡淡才是真，看着对方慢慢变老。但是可惜，一切都回不到从前。儿子是她唯一的希望，最大的寄托。而他，在社会上拼搏闯荡这么多年，也没混出一番天地，连个属于自己的房子都没有。现在，自己的孩子要结婚了，他不能像别的父亲那样给儿子买套婚房，连贴个十万八万的都没有。他想，等自己的父母百年之后，他宁愿把那套旧房子卖掉贴补前妻和儿子，这样才足以安抚自己的心。他问自己，这是不是叫人生的失败？他还有没有可能翻身？将来，有没有一天，有能力给他爱的人、伤害过的人丰厚的物质和精神的安慰？将来，将来有多远？

两声喇叭声非常地刺耳，陈刚抬起头，106路车缓缓停了下来。车上下来的人很多，在人群中，陈刚一眼看见张海虹的身影。只见她用右手捶了捶腰，然后一步步从他的视线中经过。她还是那么清瘦，还是那种短发，还是带着副眼镜，还是膀子上挎着个小包。不同的是，她的步履不再是那么轻盈，短发间掺杂了几缕白发。陈刚保持距离，跟在她的身后，看着她走到一个路面有积水的简陋的楼房前，目送她上了楼。

第二天，张海虹照例在六点钟来到BRT车站等车。突然，一个农村老太婆晃悠悠地走到她跟前，跟她说：

"孩子，刚才有个人让我把这个坐垫交给你。"

"老人家，是什么人叫你送给我的？"张海虹感觉奇怪。

"什么？你说什么？"老太婆耳朵背，听不见。

"我说，是谁叫你送的？"张海虹放大声音又问。

老太婆好像明白了她的意思，用手朝不远处指了指。张海虹顺着她的手势望去，什么人也没看到。

二、陈刚和女友

姚瑶是农村进城的女孩，高中毕业就来城里打工了。也记不清做了多少份工作，最后在陈刚做广告公司时被招聘去的。后来，因为广告公司业务没开展起来，人员也就解散了。但姚瑶就是不走，她发现陈刚这人不错，不像她以前谈的那N个男朋友，不是喝酒就是打架。到现在，他们在一起已经有两年多了，没吵过架没红过脸，陈刚处处让着她，她感到很快乐。由于他们年龄相差太大，所以她开始并不打算和陈刚真的结婚，她怕同学朋友说闲话，家里父母那一关也难过。可是，眼看就要到三十岁了，属于剩女了，心也就慢慢安定下来，想等到陈刚买了房子和她结婚时，再和家里人提这事，何况现在社会上老夫少妻多得是。

和陈刚在一起的时间长了，她也就慢慢习惯了。但为了将来考虑，她也要结婚，有个自己的房子、自己的家。她知道陈刚不是什么大老板，也没有大把大把的钱养着她，于是实际点吧，和陈刚合计着攒钱买房。几个月前，陈刚接了BRT保洁项目，她在心里也打过小九九，得要五六年时间才能攒够首付款，太久，于是想着再做一份工作挣钱。她有个爱好，就是栽培肉肉，这是上中学时就开始玩的，她的房间里桌上地上窗台上都摆着肉肉，种多了，就送人。和陈刚在一起后，陈刚建议她挂到淘宝网上看看，或许是门生意。于是，她当上了店主，没事就打开电脑看看。前三个月无人问津，她也没当回事，后来，生意慢慢就有了，由少变多，现在一个月有上千元的营业额。她开始盘算着把生意做大。家里那点地方显然是不够用的，她就天天催陈刚帮她找个大棚，建个肉肉培育基地。陈刚口头答应，可就是腾不出时间去找大棚。现在，BRT那边已经能正常运转，存折上的五万块钱都掏出去了，她觉得大棚的事要抓紧落实了。

　　这天，姚瑶专门在街边买了一个大西瓜回来，切一半给陈刚的父母，另一半端到了自己的房间。陈刚正在看电视直播的西班牙足球联赛，姚瑶递了一块给他。他伸手接过西瓜，望都没望她一眼，一边吃一边看电视。姚瑶知道，这个时候是不便和他谈正事的。等球赛结束了，他的眼睛才离开电视机。

　　"我跟你说件事，一件很重要的事。"姚瑶认真地说。

　　"你拿西瓜给我吃，原来是有事求我啊？"

　　"是关于我们两人的事。"

　　"说来听听。"

　　于是，姚瑶就把自己的打算给陈刚仔仔细细讲了一遍。听完后陈刚说，我这几天也在考虑，如何尽快挣钱买房子。我是想把我以前的那个广告公司拾起来干，现在BRT不需要占用我多少时间了，我觉得我还有广告方面的一些资源可以用上。你卖肉肉挣不了几个钱，卖一个才挣十块二十块的，哪天才能买房子？你不如再和我一起干广告公司得了，接一个大单子就能挣十万八万的。姚瑶说，别吹牛了，你以前也不是没干过，怎么没看见你挣的钱啊？他们争论了一个晚上，谁也没说服谁。最后，姚瑶是眼里含着眼泪睡觉的，陈刚睡觉时习惯吧膀子搭在她的腰上，她使劲将他的膀子甩开，不让他碰。陈刚心软了。

　　第二天，陈刚主动说，要不这样吧，我帮你把大棚的事情落实好，剩下的事就由你一个人来操作了，你就当是玩的。我还是去做我的广告公司，让你跟我跑广告，时间长了就把你晒成黑丫头了，要是哪天和我分开了，你连找对象都难，路边跑摩的的男人能要你，可你也看不上人家。再说了，挣钱养家就应该是男人的事。姚瑶说，也行，那看咱们谁挣的多。

　　每天在大街上走着的人群中，有很多像陈刚这样聪明的穷人，这不奇怪。以前陈刚也认为，他和他们缺少的是机会。按某某名人的话说，

- 171 -

给我一个支点,我就能撬动整个地球。这句话陈刚琢磨了好多年才恍然大悟,其实,谁知道支点在哪里,还会告诉别人?全是废话。凡事得靠自己,这才是真理。

陈刚开动脑筋,想想什么地方有大棚,什么大棚最合适。很快,他把目标锁定在了花卉市场。那儿有大棚,比足球场还大,而且四季如春。姚瑶一听,拍手叫好,她说,不仅网上销售,还可以在大棚里直销。于是,陈刚骑着电瓶车,带着姚瑶,他们来到了花卉市场的办公室。

办公室的王主任热情接待了他们,还亲自带着他们看了三块场地。回到办公室后,王主任问他们对哪块场地满意。陈刚望望姚瑶,姚瑶小声对陈刚说,哪块都行。于是,陈刚问三块场地的租金分别是多少。王主任说,分别是八万、十万和十二万。一听,陈刚又望望姚瑶,只见她一脸苦相。陈刚明白了。这时候,不能打肿脸充胖子的,于是对王主任说,我们刚起步,还不需要太大的场地,能不能划一小块租?王主任说,只能整租,水电和分割带都已定型,不好拆开。陈刚说,那我们再考虑考虑。王主任看出了他们的意思,于是建议说,我们还有块场地闲着,租金便宜,就是偏了点,要不带你们去看看?就这样,他们来到了大棚西南角的一块场地上。确实是又偏又小,来市场购花草的人基本上不到这边,地上还堆了不少花盆和草帘。问王主任是怎么回事,他回答说,因为闲着太久,都让人当仓库用了,如果你们要这块场地,我让他们把东西拿走。姚瑶问,租金要多少?王主说,便宜点给你,一年两万吧。陈刚说,一万二吧,每月一千。王主任一口答应,行。租金按季度预交,这是统一规定。

一回到家,姚瑶就开始埋怨起陈刚来。

"谁叫你出那么高的租金?他们闲着也是闲着,出一万都是高的。"

"我也就是随口一说,没考虑那么多。合同已经签了,钱也交了,就不要争论这个事情了,你就考虑如何开展业务吧。要是真挣不上租金，我用广告公司的收入给你弥补弥补。"

"没有你这么做生意的。再说，广告公司挣的钱，是要买你的房子的。"

"不是'你的房子'，是'我们的房子'。"陈刚看气氛缓和了，伸手拍拍她的小脸蛋，两人都笑了。

姚瑶那边安顿好了，陈刚开始筹备广告公司的事了。他几年前做过一段时间广告，公司营业执照还在，但办公室和人员都没有。不过，他不想现在就花钱去租房和招人，等业务开展起来了再考虑这些事。如何开展业务？他躺在床上开始思考起来。中国有句老话，关系就是生产力，这话用在什么生意上都管用。以前，他一心想把电子局的蓝页广告承包下来，努力了半年，还是被有关系的一个竞争对手拿去了。几年下来，也许情况有所变化。于是，他打电话给一位在电信工作的朋友。还真是巧，对方告诉他，原来的三年合同已到期，局里正打算重新招标代理。陈刚一不做二不休，立即邀请这位朋友见面吃饭，他要当面了解更详细的情况，这次一定要成功。

晚上，他们在一家咖啡店见了面。这个朋友名叫陈勇，和陈刚是同班同学，也是属于聪明过人的那种。由于十几年前私下里弄了一批假手机卖，被局里发现，陈勇差点被开除，至今还是个副科长。但他并不死心，一心想把科长前面的"副"字拿掉。听了陈刚的意图后，陈勇的眼睛突然一亮，连声说，还是老班长有眼光，一是蓝页广告能挣大钱，二是关系很重要。陈刚说，一笔写不出两个陈字，有钱弟兄一起赚。好，电信那边疏通关系由陈勇负责，出钱干活归陈刚负责，挣钱五五分。双方一拍即合。

回到家里，陈刚脸上挂满笑容。姚瑶问他，他说，蓝页广告代理权就要拿到手了。还把那个老同学大吹了一番。姚瑶半信半疑，不会这么容易吧？那个陈勇也不是能拍板的领导，他还得找人。陈刚说，他是个神通广大的人，何况，他还占百分之五十的股份，不用催，他比我还积极。正说着，电话响了。打开一看，正是陈勇。陈刚说，你看看，说曹操，曹操到。

"喂，老班长，我是勇子。"

"知道，有情况吗？"

"我刚才回局里拿点东西，正好碰见管黄页的高副局长，我约他明晚在小渔村海鲜楼吃饭。你来和他见见面，先熟悉熟悉。"

"好的，没问题。明天见。"

放下电话，陈刚对姚瑶说，你看看他，办事效率多快。姚瑶邹邹眉头，不知怎么，高兴不起来。陈刚说，你卡上还有多少钱，我明天不能空着手去呀。姚瑶说，五万块钱不是全给你了吗？陈刚说，我看你前几天付租金刷卡，卡上还有几千块钱的。姚瑶急了，我还得买几个货架，进点材料什么的，给你就办不了事了。陈刚说，你那点事还算事？代理权一拿下来就大把大把进钱了，你先给我用用，很快就还你，耽误你几天没关系的。姚瑶将信将疑，嘟噜个小嘴，从包里拿出银行卡交给了陈刚。

陈刚早早就到了酒店，并按陈勇的要求安排好饭菜。六点半的时候，陈勇领着一大帮人进了包间。坐在主人席的不是陈勇，也不是陈刚，而是一个干部模样的谢顶老头。陈勇进门时悄悄告诉陈刚，他就是那个高局长。两杯酒下肚后开始介绍，这时陈刚才知道，都是高局长儿子的老师。高考刚结束，高局长请老师们吃饭，一是答谢一下，二是咨询有关大学的事。因为座位离高局长远，陈刚也只是端杯敬了他一下，没说上话。快结束的时候，陈勇叫陈刚去吧台把账结了。陈刚以为，酒席结束后陈勇能安排他和高局长单独谈谈，可是，等他们走出大门，陈勇和高局长坐车一起走了，临走时陈勇只是对陈刚说，电话联系。借着酒店射到门外的灯光，陈刚又看看手上的账单，两千六百元整。

果然，第二天一早，陈勇就给陈刚打来电话。先说高局长对陈刚印象不错，恭喜他有了一个好的开端。然后又说，得准备给高局长的儿子送份礼物。陈刚问,高局长知道了我有意代理蓝页广告的事吗?陈勇说,大哥,办事情不能太急,所谓欲速则不达,得先感情投资,然后水到渠成。陈刚一想,也是。于是又问,送什么礼物好呢?陈勇说,我考虑了一下,就送苹果的平板电脑吧,小青年都喜欢玩这个,记住,要4G的,买好了给我电话。挂了电话,陈刚心想,完了,那得大几千啊,姚瑶卡上的钱也不够呀。怎么办?

陈刚呆在房间里一整天都没出门。姚瑶忙着她的肉肉生意,回家吃完饭就出门了。抽了半包烟,陈刚终于走出房门。看父亲不在,他就凑到母亲身边。

"妈,我开广告公司了。"

"好啊,有事忙,总比成天在家闲着好。"

"可是,要启动资金。"

"做生意当然需要本钱,你要多少?"

"五六千吧。"

"你先拿一万去用吧,卡在我抽屉里,还是老密码。"

拿到了钱,陈刚高兴不起来。长这么大了,还伸手向母亲要钱,他感到内疚得很。他想,将来等挣到了钱,不是买房结婚,而是先买辆车带父母出去旅游。给他们买最好吃的东西,住最好的宾馆。他们也都七十多岁了,等走不动了,想玩也不行了。房子可以拖后几年买,可两位老人的身体是一年不如一年了。

陈刚买好了电脑就给陈勇打了电话,接着就带着电脑到了电信大楼前。陈勇很快就出来了。也没什么地方可坐,他们就站着说几句话。陈刚尽量装着花点小钱无所谓的样子,免得让对方觉得自己没钱又小气。陈刚知道,这年头没钱是不好做生意的,请人帮忙说句话,最起码也要花五千块钱。想偷鸡,就得撒把米,不管这鸡偷成偷不成。

随便聊了几句后,陈刚问什么时候安排我和高局长见面谈谈?他想知道投标蓝页广告的基本条件大概是什么,好准备准备。陈勇说,这你就不用操心了，不是说好的嘛，电信这边有我负责。一句话把陈刚顶了回去。陈勇还给他面子，没有说出下边那句话，就是你陈刚负责掏钱。陈勇说局里还有事，拿着电脑就走了。陈刚呆在那里心想，不能就这么无休止地等下去，下次陈勇再要他掏钱的时候得把话挑明了说，花钱不要紧，关键是要把事情办成了。

　　姚瑶这些天都在忙自己的肉肉，除了吃饭睡觉外，其它时间都在大棚里。农村走出来的女孩还是比城里人能吃苦，打扫场地布置货架，还有搬运花瓶山土，都是自己动手，一个星期下来，已经像模像样了。在场地一边，她还给自己安放了一个太阳伞，下面有一个小桌子，笔记本电脑一放，就是一间办公室了。淘宝网是一直开通的，偶尔也能成交几笔，虽然生意都不大。这两天也有到市场买花草的顾客到她这边转转，虽然没成交，临走时她不忘让人家带走一张名片。

　　还有一件让姚瑶开心的事，就是她五年前买的单身公寓这个月终于付清了按揭贷款。事情是这样的，她十八岁就到城里来打工了，两年下来，发现挣的钱全花在了吃和穿上。一个比她大几岁的大姐告诉她，别像她一样乱花钱，到头来是什么都没落下。于是，她开始攒钱。又过三年多，她买了这个单身公寓，也是这位大姐建议的。大姐说，房价天天在涨，买房最划算，算投资也行，自己住也行，大的房子买不起，就买小的。当时那房子一共才不到十二万块钱，有四十平米，她付了一半的首付，然后办了五年期的按揭贷款。房子到手后她一直是出租的，每个月的租金从五百涨到了八百元，缓解了她还贷压力。这件事她没告诉任何人，她想着将来出嫁时，就把房子卖了，用这钱置办嫁妆。和陈刚走到一起后，她也没告诉他。一是因为她不想让陈刚给她付按揭贷款，更重要的原因是，她想完全依靠自己的能力买下这个小房子。

　　她和陈刚在一起，完全是看中他的人品。他为人忠厚善良，爱她宠她，什么事都让着她。她当初答应和他在一起时，也想过要和他结婚，只不过因为两人年龄相差太大，需要一个长时间的适应期，也给双方以及双方的家人朋友一个适应期。没想到,三年下来,他连房子都没有。她越来越觉得他不是一个理想的结婚对象。不是因为他没钱,也不是因为他的年龄,而是因为他是一个很自我的人,追求完美,喜欢走极端,对人对事一旦形成了看法,就不会改变。他说这叫有主见,成熟男人的标志。而她说,这叫固执己见,不知道变通,不知道调整,不知道与时俱进。她说服不了他,也许这就是处女座男人的性格。

话又说回来,她已经离不开他了。她爱他,他爱她更深。理智告诉她,她不会轻易离开这个男人,但也不会轻易和他结婚。这看起来有点矛盾的想法,但她别无选择。既然不知道去还是留,那就把这个问题先放在一边,让时间去决定吧。有人说,婚姻是爱情的坟墓,那就让自己长时间地处在恋爱的过程当中,享受这个过程,当个永远的未婚妻,也不见得是什么坏事。等哪天他们互相感到厌烦了,或是哪天他不要她了,她不会和他又吵又闹,更不会要这要那,她会选择和平分手,在各自的心中保留一段美好的回忆。当然,他如果真的发财了,买了房子,她也会顺理成章地嫁给他。

陈刚早就和她说过,要买房给她,结婚不结婚都在房产证上写她的名字,她没吱声。她知道他是真心的,但是,钱越来越难挣,而房价却越来越高。她不想打击他的积极性,不想辜负他的一番好意。后来,他又说,先在他父母的房子里住,反正他是家里的独子,老人的房子将来肯定是留给他的,她也没吱声。现在,他儿子要买房子结婚,他没有这个能力很愧疚,于是他又说,等将来老人百年之后,这房子卖了贴补前妻,她还是没吱声。作为一个男人,他有他的难处,在每件事情上他都想有所作为,何况面对的是他曾经爱过的前妻,和他的亲生儿子。他把所有的一切都给这两个人都不过分。这些天来,他在独自承受着压力,她看出了他的心里在挣扎。她能理解他,所有不去打扰他。

晚上下班回家后,她就拉着他出去吃火锅。他问为什么请他吃饭?她说,小店今天算是正式开张,要庆祝一下。吃火锅是他们两人的共同爱好，花钱也不多，所以就经常吃。以前遇到任何开心或不开心的事时，他俩都会到火锅店大吃一顿。比如说，她或他的生日、他们牵手纪念日、他给她买了件新衣服，还有她丢了手机、他花了冤枉钱买了个烟斗，甚至包括恒大足球队打了一场好球等等。反正找个理由就来到火锅店，吃个稀里哗啦后回家睡觉。今天，她还想在恰当的时候告诉他，她有一个单身公寓，今天终于还清了贷款。说恰当的时候，是她考虑再三的，因为，他是一个很敏感的人。买房本来是男人的责任，也是男人的骄傲，现在女人先有了，她怕伤了他的自尊心。

　　他最喜欢吃的是笋尖，她点了两份，再给自己点一份粘糕，然后是他们都喜欢的豆皮、平菇、宽粉和鸭血，外加两盘肥牛肉。餐后必吃的生菜也是不可或缺的。够丰盛的了。老规矩，两瓶啤酒，一人一瓶，自斟自饮。

　　第一杯酒一起干完，姚瑶发现陈刚今天情绪有点不对，祝贺她开张的话也好像是敷衍，一点都没有激情。他拿出烟斗，放上烟丝，自己就把火点上了。要知道，以前在这种时候，他是非要她给点烟的。

　　"你今天怎么啦，是不是蓝页广告没拿下来？"姚瑶问。

　　"没有，正在做前期工作。"

　　"肯定遇到难题了，说给我听听。"

　　"不是你能解决得了的事。你还是一心做你的肉肉吧。"

　　"有问题别一个人扛着。"

　　"都已经解决了。来，喝酒。"

　　陈刚显然不想再谈下去。其实，他确有苦衷。今天下午，陈勇又让他送去两万块钱现金，说是给高局长的，最近正在研究蓝页广告外包的事，就在几天就要定了。陈刚又张口从母亲那里要了这钱。不过，他鼓起勇气对陈勇说白了，他没多少钱，就这些了。陈勇拿钱后跟他说，我知道了，你回去等消息吧。陈刚知道姚瑶筹备开业的事，也正是用钱的时候，不仅不能向她借，而且也不能让她知道。他感觉到陈勇有点不靠谱，但既然已经开了头，就索性再向前走一步，而且话已经说白了，成不成，一切听天由命吧。

这顿饭吃的一点都不痛快。姚瑶一心想把陈刚的情绪提起来，没能如愿。看着陈刚一袋接一袋地抽烟，想着他的事情，半天答她一句。没劲，后来她也就不说话了。关于她的公寓房的事也就没说。

三、陈刚和儿子

张海虹给陈刚发来短信，说儿子和他的女朋友都回来了，他们想和陈刚一起吃个饭，见个面。这种事情是不可能拒绝的。陈刚也有四年没见到儿子了。这次把女朋友都带来了，他这个做父亲的当然要出场，否则，让人家女孩子怎么和她的父母说？这顿饭，他是一定要去的。

儿子大名叫陈昌杰，小名叫毛毛，都是陈刚起的。当初离婚的时候约定，毛毛由张海虹抚养，陈刚每月付给毛毛四百元的生活费。后来，陈刚借每月送生活费的时候看看毛毛。随着时间的推移，毛毛和他渐渐就疏远了。再后来，陈刚就三个月或者半年送一次生活费，和毛毛见一面。当然，四百块钱是越来越不够一个人的生活费了，陈刚就主动加了钱。当毛毛上大学时已经加到了每月一千元。毛毛上大学这四年，陈刚也就没见到他，当然主要是陈刚没有主动。寒暑假毛毛回来，他本可以去见见的，可是，他觉得亏欠他们母子俩的太多，有种无脸相见的感觉，也就没有勉强自己。每个月那一千块钱就打到了张海虹的银行卡上。虽然有时候手头紧，会拖一段时间，但是，他从来没有漏过。

在一家小酒馆里，他们见了面。这是张海虹安排的地点，一家靠近她学校的夫妻店。店铺不大，都是家常菜。陈昌杰显然知道母亲的经济情况，所以没表现出一点不满意，这一点上让陈刚很是欣慰。不像大多数小青年，在女朋友面前要面子，讲排场，根本不考虑父母的情况和感受。

他们都没有说多少话，但各自想见的人都到齐了。张海虹还是那身装束，短发，眼镜，手提包，衣服也是上次陈刚看到过的那身职业装，她好像也没几身衣服，陈刚心想。儿子已经长成大小伙子了，胡须都挂满了嘴边，像陈刚，只是比陈刚看起来高一些，猛壮一些。他的女朋友眉清目秀，长得倒有几分张海虹年轻时候的感觉，也戴着副眼镜，这有点出乎陈刚的意外。

张海虹特意安排陈昌杰和陈刚坐在一起，她和那个女孩坐对面。陈昌杰给陈刚和自己倒了杯啤酒，又给妈妈和女朋友倒了杯雪碧。介绍完那个名叫顾亦萱的女朋友之后，陈昌杰端着杯子站起来说，昨天我和萱萱去看了新房，很满意，估计最多半年就能交房了。妈，爸，谢谢你们给我们买了房子，我敬你们一杯。张海虹端起杯子，陈刚也很不自然地跟着端起杯子，猜想她和儿子说是他们两人出钱买的房子，他朝张海虹望了一眼，她装作没看见。

陈刚问儿子回来后有什么打算。陈昌杰说，打算休息几天就和萱萱一起找工作。他们学的都是计算机专业，先到电脑城看看。两年以后有了经验和资金，他自己就开一家电脑公司。至于萱萱，她一有机会就去考公务员。陈刚说，这个安排不错，男孩子就该闯一闯，萱萱有一份稳定的工作也好。他还交代，以后有什么大事，多和你妈商量商量，多听听你妈的意见。

"你们现在住在哪里？"陈刚问。

"前两天和妈妈一起住的，她那地方小，又偏远，我和萱萱打算这两天就在市区租个房子。"

"房子就不要花钱去租了，你和萱萱就到你爷爷奶奶家住吧，生活、上班都方便。爷爷奶奶年龄大了，也要有人照顾。"

"我听妈妈说，你现在住在那里的。给我们去住，你怎么办？"

"我有个朋友移民出国去了，他有套房子闲着，早叫我去住，帮他们看看门，说空房子闲太久了不好。"

陈昌杰看看张海虹，她低着头，没说话。看儿子有点犹豫，陈刚马上说："就这样定了。你爷爷奶奶也知道你回来了，明天你就带着萱萱去看望一下吧。"

"也行。我会赶快找工作的，房子贷款从下个月开始也不用你们还了。我和萱萱好好工作，好好挣钱，争取提前把房贷还清。等新房入住时，我把妈妈接过来和我们一起住。"

张海虹接话说："我就不和你们住一起了，生活习惯不一样。我喜欢一个人住，安静。"

陈昌杰说："那就搬到我们附近住，我给你买一个小一点的房子。"

张海虹说："到时候再说吧。"

看到儿子这么懂事，孝顺，陈刚心里很高兴。萱萱一直没说话，看来对他们一家的情况都了解了。张海虹给萱萱夹个菜，还介绍说，这是海州辣子鸡，这家饭店的特色菜，萱萱说声谢谢，还冲她笑了笑。陈刚看在眼里，感觉她们更像一对母女。都是文化人，将来会相处得很好的。

陈刚回到家里，先在床上躺了一会。姚瑶这个时候应该在花卉市场忙她的肉肉了，父亲照例是午觉后出门溜溜去了，母亲在收拾晾在阳台上的衣服。陈刚在房间里抽完了一支烟后，来到母亲身边。他一边帮助母亲叠衣服，一边说，中午是和毛毛一起吃饭的，他的女朋友也在，张海虹也在。母亲说，毛毛毕业了吧。陈刚说，是的，这次回来就不走了。他和女朋友明天就来看你。母亲说，噢，你爸这两天还唠叨这事呢，他说孙子这两天就该回来了。陈刚又说，妈，还有件事没和你商量我就对毛毛说了，我让他和女朋友搬到这来住，张海虹给他们买的房子还要半年才交付。妈妈说，那你和姚遥怎么办？陈刚说，我们当然是搬出去了，在一起住也不方便。妈妈没吭声，欲言又止。

妈妈这关算是过去了，可怎么和姚瑶说呢？陈刚又躺到床上抽起了烟。这些年来，房子的事一直缠绕在他心中，好像是横在他面前的一

- 181 -

座不可逾越的大山。刚就业的时候根本没考虑过这个问题，结婚时单位自然就会分房子，虽然小点，旧点，但终归会有，而且大家都一样，也没有什么可攀比的。后来，房改了，要住就得花钱买，叫商品房。也没什么大不了的，每平方不到一千块钱，还可以分期付款。他心想，攒个三四年钱就够首付了，只要自己身体健康，就不愁还款。但是，房价是一年年翻着跟头往上涨，大大出乎他的意料，也出乎所有人的意料。现在，已经涨到了每平方一万左右。这还是在他们三线城市，北京上海那样的一线城市，房价已经涨到了每平方米五六万，这简直是个不可思议的数字。信不信由你，但这就是事实。你不买，有人买。今天你不买，明天照样涨。国家近几年陆续出台了一批文件，高喊压制房价，虽然疯长的势头被控制住了，但降价的曙光也没看见。陈刚想，没办法的，不要怪房价高，就怪自己口袋里没有钱，有钱才是硬道理。既然改变不了世界，那就改变一下自己吧。五十岁的人，并不算老，也不比别人笨，我陈刚还有奋斗的时间资本。

晚上，陈刚没有回家吃饭，就在大排档要了三十个羊肉串，喝了两瓶啤酒。姚瑶打电话问他回不回家吃饭，他说今晚有应酬，也就没管他。很晚了，陈刚才回到家里。看姚瑶已经睡着了，也没叫醒她。估计她工作很忙，很累。陈刚打开电视机，放小音量，看了一场西班牙足球甲级联赛。眼睛望着电视机，头脑里想的全是房子的事，直到眼睛都睁不开了，才关掉电视机，倒头睡去。

第二天，陈刚睁开眼，发现姚瑶已经去上班了。他看了一下床头放着的手机，已经九点了。他起床洗漱一番，然后拿着个馒头就要出门了。他要去找陈勇，这是他现在唯一的、也是最快最能挣钱的途径。他给陈勇打电话，没人接，又发短信，陈勇回信说，省局来人正在开会，会后和他联系。陈刚就在电子局楼下的营业厅找个座位坐了下来，他要等陈勇到会议结束。他想，要买房，眼下就指望蓝页广告了，他不想有什么闪失，这个机会他要牢牢抓住。

等到中午十二点，陈勇还没来电话。陈刚又给他发了个短信，陈勇来电话了，他说，会议刚结束，中午还要和省局的领导一起吃饭，有事下午再说。陈刚也没回家，就在附近吃了个快餐。等到下午两点半钟，陈刚又给陈勇发去短信，陈勇回信，会议下午接着开。陈刚问能不能出来见个面谈谈，陈勇回信，会议很重要，出不来。陈刚回信说，那好吧，会议结束时给我电话。陈刚在营业厅又坐了一个下午，还打了个盹。

晚上饭也没吃，陈刚就按照陈勇定的见面地点，来到了市民广场。姚瑶给他来电话，问他回不回家吃晚饭，陈刚说，他在外面已经吃了，现在在市民广场等着和陈勇见面。夜里，快十二点的时候，陈勇陪省局的人唱完卡拉OK，送领导们进了宾馆，才在宾馆对面的市民广场和陈刚见了面。

"大哥，告诉你个好消息，好消息。"陈勇略有醉态地说。

"广告代理拿下了？"

"不，不是。这次省局来人是考察干部的，对我的情况评价不错，不错，这回，我终于可以转正了，是他妈正科长了。"

"广告的事和高局长谈的怎么样啦？"这是陈刚关心的事。

"什么高局长高局长的，他要退休了，不管用了。"

"什么？那我们的事？"

"换了吉副局长分管黄页了，他是我的铁哥们，他老婆和我老婆是高中同学，前几天我们两家还在一起吃饭的呢。过几天我介绍你们认识认识。"

看着眼前的这个老朋友，陈刚忽然有了一种陌生的感觉。听他的意思，以前花的钱都打了水漂，接下来，他又要安排和吉局长见面，他哪里去找钱啊！陈刚很想骂他一顿，打他一顿更痛快，但是，面对一个让他憎恨厌恶的人，他觉得，骂和打都显得多余。陈刚掉头就走开了。陈勇在身后大喊，兄弟，大哥，你别走啊，我过几天就给你约吉局长见见面……

陈刚一个人坐在广场的一角沉思。这时，广场上已经没有什么人了，只有两三对情侣躲在绿化带间卿卿我我。陈刚想，他们可能也是无房一族，否则，这大热天谁不想呆在空调房间里舒舒服服的？世界是美好的，现实是残酷的，陈刚突然想到了自杀，但很快就否定了。总还有人惦记着他，他也有惦记的人。想到这，他拿出手机，看到有十几个短信，打开一看，全是姚瑶发来的。他犹豫了一下，给姚瑶打了电话。没人接，但听到对方的手机铃声越来越近。陈刚抬起头一望，看着姚瑶正一步步向他走来。

"你怎么来啦？"陈刚问。

"来找你呀。"姚瑶带着半开玩笑的口吻回答说。

"为什么来找我？"

"因为你是我的未婚夫啊。"

两人紧紧抱在了一起，好久好久。最后，姚瑶说："我们回家吧。"陈刚"嗯"了一声。坐在姚瑶的电瓶车后座，陈刚紧紧抱住她的腰。在一个住宅楼前停了下来。陈刚有点诧异。

"这是什么地方？"

"我们的新家，我们的房子，真的。"

"怎么回事？"

姚瑶一边上楼一边说，你妈已经都跟我说了，你儿子和他的小女友今天也到家里来过了，今天开始，我们就住这吧。接着，她把这间公寓房的来历给陈刚简单说了一遍。进门后，姚瑶把他推到沙发上坐下，到这时，陈刚好像还没缓过神来。看他掏出了烟斗，姚瑶立即上前一步给他点上烟。

这一觉睡到大天亮。陈刚起床时，发现桌上放着早餐，还有一张纸条。姚瑶已经上班去了，纸条上写着：

夜里你说要给我买很大很大的房子，你不要说话不算话哦。三房两厅不够，要住就住别墅，我要带花园的那种。我相信你，只要让我看到你在努力，我就会在你身边一直等下去。

姚瑶　即日

陈刚回忆起来，昨天夜里他确实做过一个梦，梦里他抱着姚瑶，看着她的眼睛说，要给她买个大房子。对于他现在的处境，她并没有责怪他，更没有离开他的意思。他很感动，她有颗金子般的心。对，她说的没错，只要努力，梦想就一定能照进现实。

陈刚先到了父母家，收拾一下衣物。也没有多少东西，两个大箱子就装满了。把两个箱子搬进公寓后，陈刚来到BRT站台。他看见只有老刘一人正在擦玻璃。老刘告诉他，另外一个工人今天家里搬新房了，请一天假，他就多干些活，没事。陈刚听后一怔，在心里由衷地恭喜那位工人兄弟。一不坐二不休，陈刚卷起袖口，拿起长长的伸缩杆，和老刘一起擦起玻璃来。

陈昌杰带着萱萱来到爷爷奶奶家，还按照妈妈的嘱咐带了两包藕粉和两包葛藤粉。他也有四年没见到爷爷奶奶了，感觉他们一下子老了许多。爷爷还是没什么话，喝着茶看着电视。萱萱去整理房间了。陈昌杰和奶奶到阳台上说话。奶奶问了孙子的情况和打算后，话题自然而然地扯到了陈刚的身上。奶奶说，你可不要怪你爸爸没给你买房子，他也有这份心的。其实，你爸一直在努力，可惜命不好，摊上了下海下岗，我和你爷爷都看出来他不容易。要是有钱，他肯定会给你买的。陈昌杰说，我妈告诉我，我爸也出了一半的钱买的那新房。奶奶说，我怎么没听你爸说啊？陈昌杰疑惑了，他想，可能是他妈妈有所隐瞒。

"我爸说他搬到一个朋友那儿去住，是不是真的？"陈昌杰又问。

"不管是不是真的，你就照着他说的做就行了。你爸这人自尊心特强，人也很坚强。你不要辜负了他的一番好意。"

"知道了，奶奶。"

陈刚和老刘干了一天的活，到下午五点的时候终于可以歇歇了。他和老刘坐在站台边上抽烟聊天。老刘告诉陈刚，他是农村人，为了家里两个儿子结婚，他在自家的院子里盖了三层楼，拉下了十几万的借款。后来和老婆合计着，他进城打工多挣一份，庄稼地里的活全由老婆承包了。两个儿媳在家做饭带孩子，儿子们每天也外出打工。他很庆幸自己身体硬朗，虽然都六十岁了，再干个五年没问题。望着一辆一辆汽车从眼前经过，陈刚心想，其实，家家都有一本难念的经。

又一辆大巴进站了。陈刚看着从车上下来几个乘客，最后一个下来的竟然是陈昌杰，陈刚的眼睛睁得大大的。车很快就启动了，陈刚透过玻璃窗还看到了张海虹和萱萱。

陈昌杰向陈刚走过来。老刘好像看出了点什么，立即站起身走开了。陈刚坐在原地没动，陈昌杰坐在了他的身边。陈昌杰说，爸，明天我就把行李都搬到奶奶家，我和萱萱商量好，今晚再陪妈妈住一晚。陈刚没有说话。停顿了好长时间，陈刚才开口。

"你是不是觉得，爸爸这辈子很失败？"

"我不这样认为。"

"为什么？我都快五十岁的人了，房子车子，一样都没有。

"人一辈子的成败，哪能用这些物质去衡量。关键是自己努力过、争取过了，这个过程很重要。这是你告诉过我的。记得小时候，你给我讲'屡战屡败'这个成语时说过，人的一生不可能顺风顺水的，遇到挫折和失败的时候不要气馁低头，在哪儿跌倒了就在哪儿爬起来，这才像个男人，男人要'屡败屡战'。到最后，即使没能取得辉煌的成就，也可以问心无愧、死而无憾的。"

"儿子，你长大了，也很优秀。"

"其实，你也很优秀。你读书的时候一直是班长，你二十六岁就当上了一千多人大厂的团委书记,你是你们厂的足球队长,你还会写诗……"

"写诗,你也知道?"

"是的,我很小的时候,我妈拿给我看过。虽然不懂诗的意思,但是,你的钢笔字确实很漂亮,我练到现在都赶不上你。"

"这些都成过去了,现在没几个人写诗写小说了,写出来也没人看。"

"我不这样认为。改革开放,确实给我们的生活带来了许多物质的东西,人的世界观和价值观也在发生着改变,但是,骨子里的东西还存在,总有一天,会被从心底唤醒。"

"你说的有道理。可是,我们和许多人一样,都有眼前的困难。比如说,房子。"

"只要心中有梦想,一切的困难都是暂时的。你还教过我一首歌,歌中唱到:不经历风雨,怎么能见彩虹?"

"儿子,你真的长大了。"

浅　缘

星期五下午，张海光关掉电脑，收拾东西正准备下班，突然接到一条手机短信。是一个陌生号码发来的，打开一看，上面写着：去见你想见的人吧，趁你还年轻，趁他还未老，趁阳光正好。张海光觉得有点奇怪，好像在哪儿看过这段话。现在的骗子真多，不过这个骗子还算有点文化。他没当回事。不多时，又来了个短信，上面写着：张乡长你好！我是葛菲菲，我来了。今天晚上一起吃个饭，好吗？放下手机，放下包，张海光又重新坐到椅子上。

三年前，他那时还是塔山乡的办公室主任。一天，乡长领了个女孩到他办公室，说是市里某大学的学生，最后一学期学校安排来他们乡参加社会实践，文秘专业，放在办公室对口，正好他也是大学毕业，好交流，让他好好带带。望着眼前站着的略带羞涩的大学生，张海光感到自己的心脏也在砰砰地跳。不要看男人们喝酒的时候谈起女人，一个个眉飞色舞都像专家老手似的，可真正把一个活生生的女人放跟前，总是会不知所措的。张海光也是那种眼高手低的一类人。异性相吸是人的本性，网上和电视剧里的故事看过不少，看多了都能大概猜出故事发展的过程和结果，可他并没有实战经验。穷乡僻壤来了个漂亮的女大学生，哪个男人看见都会有点不知所措的。

"欢迎欢迎。这样，你先熟悉熟悉情况，过几天再安排你具体工作。"

"谢谢张主任，以后还请你多多关照。"

她就是葛菲菲。人非常勤快，嘴巴也很甜，关键是人也长得漂亮。没几天的功夫，乡政府上上下下二十几号人她都能叫出姓名了。还有那几个光棍青年，每天不间断地往办公室跑，没事找事，没话找话，张海光都看在眼里。他是过来人，都三十多岁的人了，当然知道那些小青年的企图，只是心照不宣而已。那段时间，好像每天都有人请他吃饭，每次请客都轻描淡写地加上一句"把那个大学生也带上，多一双筷子而已"。看是轻描淡写，实际上是重点。这点小把戏，张海光还看不出来？葛菲菲应该也看出来了，可她就跟没事人似的，背起小包就跟着张主任走了，见谁都是一张笑脸。吃饭的时候她总是挨着张主任坐，他也总是护着她，没人能从她那儿讨到一点小便宜，握一下手都不行。

转眼一个月过去了，张海光跟葛菲菲也都彼此有了更深的了解。张海光有一个女儿叫格格，上一年级，他的妻子是个地道的农民。格格经常到办公室来玩，她和葛菲菲两人在一起好像有共同语言，玩的都很开心。每当这时，张海光心里总是暖洋洋的，经常傻傻地望着她们在一起玩，幻想着葛菲菲要是他的老婆该有多好啊。也只是想想而已，其实，他现在的妻子对他挺好的，只是生活越来越趋于平淡。葛菲菲长得娇小可爱，皮肤白嫩，说话细声细语，是吴江人。她是家里的独生子女，听她说，在她刚出生时父亲就出车祸死了。她是跟着母亲生活的，母亲在一家印染厂打工，家里经济情况并不宽裕。她知道，张主任也喜欢文学，上大学时还出过一本诗集，于是，就把自己以前写的一些诗作拿给他看，希望他指点指点。每当这时，张海光都会很认真地读完她的作品，然后很耐心地跟她讲解存在的问题和修改意见。于是，他们上班时间就有了更多的语言沟通。她在他身上看到了男人的成熟和稳重,这是在她同龄人中所不具备的品质。关键是,她还感到了父爱,这是她梦寐以求的东西,她的生命中就缺这个元素。

一天,也是个星期五。要下班时,葛菲菲递给张海光一个大信封。

"张主任,我又写了几首小诗,麻烦你帮我看看。"

"好的,放我桌上吧,我带回家明天看。"

"不,你还是现在看吧,离下班还有一会呢。"

张海光觉得她的话有点不对劲,望了望她,这才发现她今天穿了件新衣服,还在头上染了几缕金发。葛菲菲说完就走了,故意留了个优美的背影给他欣赏。看着她走出办公室,张海光才拿起信封,打开一看,果然,除了几页诗外,还有张纸条夹在里边,纸条上写着:今晚想请你吃个饭。县城的米罗咖啡店。来不来由你。

再明白不过了,张海光不傻。虽然是他心里求之不得的事情,但要真的投入进去玩一把还没有足够的勇气。他陷入思考,去,还是不去?如果去,那么他们的关系就超出了师徒关系,进而上升为情人关系,再进而有可能上升为夫妻关系。如果那样,那他就摊上大事了,简单点,是喜新厌旧见异思迁,严重点是作风不正影响提干。现在县里正在考察年轻干部,明年就是新一轮的换届选举,有领导透风给他,他有再往上升的机会。在这个节骨眼上要是闹出点什么绯闻,升职就肯定没戏了。中国不像法国,总统脚踩两只船,结果民意测验支持率不降反升。还是不去吧,不去有很多个理由,比如没看见这张纸条,再比如有别的事没脱开身,等等。或者什么也不解释,就当什么事也没发生。他不提这事,葛菲菲是个聪明人,也不会再提的。

有同事看见办公室的灯还亮着,就敲敲门,推开后伸进个脑袋大声说:

"张主任,都下班了,还在忙革命工作啊?"

"手头有份文件要赶出来,马上就走了。"

张海光的思绪被打断了，他收拾一下手提包，然后关灯锁门。他心里想，还是回家去吧，要不然，老婆很快就会打来电话的。以前，他只要是有应酬不回家吃饭，总是先打个电话报告一声。刚走出大院，就听到包里的电话响了，果然是老婆的电话。

"我带格格到舅奶家去了，晚饭你自己解决吧。"

"好，好的。"

她说完就立即挂断电话。这下晚饭没着落了，张海光就索性骑上摩托车去了县城。他对自己说，不就是吃个饭嘛，何必想的那么复杂。一个小时后，他到了米罗咖啡店。今天要和一个女孩子单独吃饭的，他还是感觉有点不自然。他一边上楼一边想，如果见到熟人怎么回答。还好，没见到熟人。他打电话问葛菲菲在哪个包间，然后推开了双子座的门。

"什么事啊，非得请我吃饭？"张海光假装镇定。

"今天是我的生日，一个人吃饭没意思，找个人陪陪。"葛菲菲答道。

"是这样。想吃点什么？尽管点，你请客，我买单。"

"好啊，今天我算是请对人了。"

葛菲菲点了两份菲力牛排套餐，还另外要了瓶红葡萄酒。开始，张海光推说开车不喝酒，可经不住葛菲菲的盛情，于是两个人干起杯来。两人都不胜酒力，一瓶喝完，就都感到浑身发热。葛菲菲又要了一瓶，张海光也没阻拦。

离开咖啡店下楼的时候，是葛菲菲扶着张海光走的，这时候他也忘了看看有没有熟人。出了门，张海光还大声嚷嚷着要开车带着葛菲菲回乡里。她看他是真的醉了，一时也没了主意。车是绝对不能让他开的，怎么办？以前在酒桌上他都推说不能喝酒，她以为是客套话推辞，今天看来他的酒量还真的差。看现在这个样子，不能送他回家，也没别的地方可去了。她干脆把他送到了附近的一家宾馆。想等他酒醒了再让他自

- 191 -

己回家。

没想到，到了宾馆房间里，他就倒头睡去。等第二天天亮，张海光睁开眼睛看到葛菲菲半躺在圈椅上，他们相互望着，一时间好像成了陌生人。沉默了好一会，张海光开口了。

"你怎么还在这？"

"怕你出事，所以就没走。"

"我，我，我没对你做什么吧？"

看着张主任紧张的表情，葛菲菲就傻笑起来："我不是好好的吗？对了，你有好几个电话来，我也没敢接。"

张海光拿过手机看了一下，都是老婆打来的。她肯定以为他出什么事了。现在不好解释，张海光立即关掉手机，心想，等想好了理由再开机。

葛菲菲站起身来说："你没事了，我也要走了。正好在县城买点东西。"停顿了一下，她又说，"我喜欢和你单独在一起的感觉。"

张海光挠了挠头发，似懂非懂。离开宾馆后，张海光就直接去了县医院，找到当医生的老同学董小涛。他们是无话不说的好哥们。他问董晓涛，葛菲菲那句话是什么意思。董小涛说，那还不明白，你要交桃花运了。

和以前一样，由董小涛给张海光的老婆打电话，谎称昨晚张海光喝多了，还在医院打针。果然，老婆确信无疑，还说，他酒精过敏也不是不知道，还喝，不要命啦。张海光也不言语，望望站在旁边的董小涛暗喜。看来装的像，老婆一点都没有怀疑。

在接下来的两个月里，张海光不仅在工作上给葛菲菲极大的帮助，在生活上也关心葛菲菲，但始终没敢越雷池半步。葛菲菲考虑到张海光已有妻儿，仕途上也有很大发展，于是把这份情感始终压在心里。毕业了，葛菲菲要离开乡里了，她就发了个短信给张海光：明天上午十点钟的班车。我要走了。谢谢你，给了我一段美好的回忆。

看到这张纸条后,张海光突然有种失落感。这一别,可能就是永别,但是,如果进一步,虽然他能留住她,而他将失去很多,包括家庭、事业,更重要的是也未必能给她美好的未来。她告诉他是十点的班车,也许是希望他能挽留她,向她表白,至少是去为她送行,但是他不能这么做。犹豫了再三,张海光还是在班车开动前赶到了车站,站在不远处目送葛菲菲上车,也看到了葛菲菲几次回头,像是在等待他,寻找他。

转眼三年过去了,葛菲菲从来没和他联系过,哪怕是一个电话。张海光也没有主动和她联系。他觉得就这样结束也许是最好的方式。像一首诗里写的,相见不如怀恋。

然而,今天,葛菲菲突然出现了,给他发了短信要求见面。他是一定要去的。也许,她已经为人妻为人母了。人家只是出差或是旅游路过此地,看看老同学老朋友的。时过境迁,物是人非,见见也无妨。于是,按葛菲菲约定的时间,他开着乡里的那辆桑塔纳来到了米罗咖啡店。

这地方张海光已经好久没来了,进门后发现,还是三年前的模样,只是旧了点,但更有味道了。他有意识地在留言墙上看看,竟然发现当年葛菲菲写的纸条还在那个拐角,写的就是今天第一个短信内容。来到双子座,看见葛菲菲坐在沙发上没动,眼睛盯着他望。

"我老了吧?"张海光站在那里说。

"还没老。"葛菲菲笑着说。

"假话。不过你还很年轻,比以前更漂亮了。"

"真话假话?"

"真话。"

"谢谢,我爱听。"

张海光落座。葛菲菲说,母亲一年前去世了,她自己还是一直单身。吴江不想呆了,满眼全是伤心事,所以想换个环境生活。她已经知道他当上了乡长，按年龄看，还有提拔的可能，真为他高兴。张海光说，这些年一直不知道她的消息，心里还是惦记着她的。她听后很高兴，但是好像又很伤感。她说，这几年，世界在变，人也在变，她现在已经不再是从前的那个单纯的小姑娘了。她回吴江后，干过公司秘书，干过商场售货员，还当过售楼小姐，人间的酸甜苦辣尝遍了。然后，她抬起头像开玩笑似地说，她这次来，还真不打算走了。

他们随便点了几道菜，也没喝酒。她问了一些原来乡里的同事现状，还问了他女儿格格的情况。用完餐，张海光主动把她送到了宾馆。现在他是个人物了，不敢在当下这个大形势中有半点闪失。如果被人发现他和一个女子走进房间，再拍几张照片挂网上，那他的前途就完了，所以克制自己不要有过分的举动。到宾馆大门口，他也没下车。葛菲菲好像感觉到他的为难，也没勉强他上房间坐坐，简单地说了声再见，就进了大门。

第二天下午，接到葛菲菲的短信：今晚来宾馆见个面吧，我有事要和你谈。张海光看着短信，想了好长时间。她要找我谈什么呢？昨晚怎么不谈？想来想去，他想到了董小涛，于是打电话给他。听完张海光的叙述后，董小涛认为事情可能严重了。

"海光，你遇到大事了。现在的女孩子都很势利，也很开放。三年前你躲过一劫，现在也必须把握住。为防止上当受骗，你得准备预案。"

"什么预案？"

"设想一下她会提什么要求啊。"

于是，他们商量起来。第一种可能是，她会提出来和你结婚，她后悔当初没能嫁给你，她还单身也许就是个证明。你不可能放弃家庭丢掉官位抛弃一切和她私奔。所以，坚决拒绝这个要求，不要留半点希望给她。第二种可能是，她会向你要钱。这个可以考虑，因为毕竟人家爱过你，你对人家也动过心。但不能给太多，防止以后她还会要。给多少呢？海光说给五万，小涛建议给两万，最后决定给三万。小涛还建议，给钱的时候一定要表露出你的小金库就这些了，以此断了她再要的念头。第三种可能是，她要求给她找份好工作。这个简单，以你目前的地位，给她在县城里找个坐办公室的工作并不难。第四种可能是，她在这儿工作后，还要求你和她成为情人关系。说道这里，小涛坏笑了一下，说：

"这个也勉强可以接受，但要对她约法三章。没想到，我们的小乡长也开始养小三了。

"养小三的事我干不来，哪有不透风的墙。"

"别装了，好事送上门了你都拒绝？"

"你以为我是你呀？害人害己的事情我是不会做的。"

接着，他们又商量了几种可能性，并一一设计好了对策。

晚上，张海光开车去宾馆。他并没有在宾馆和她见面，而是把她带到了一个比较偏的咖啡店里。这是按照和小涛商量好的方案，临时更改地点，像是电影里进行毒品交易的故事情节一样，防止对手有埋伏。改地点，葛菲菲并没有提出异议，也看不出她有什么不对劲的地方。

他们双双落座。张海光胸有成竹，表情也很自然。这家咖啡店的灯光比较暗，这样的光线下看对方，有种浪漫朦胧感。葛菲菲好像还精心打扮过。张海光看着她，心里还是不免有些许骚动。

他们随便地谈着些什么。先谈谈天气，这好像是一般开始比较严肃的谈话之前必谈的话题。然后谈到钓鱼岛争端，谈到房价，还谈到张艺谋生小孩的事。谈到这里，张海光问了一句，你怎么还不结婚啊？你是很喜欢小孩的。葛菲菲说，想过，可是没有遇到合适的男人。张海光说，你是不是要求太高了，把自己给耽误了？葛菲菲说，也许吧，反正就这样了。稍微停顿了一下，葛菲菲很认真地说：

"谢谢你能出来见我。"

"我们应该算是老朋友了，我也想看看你现在的样子。"

"看到你很好，我很开心，真的。"

"我看到你,也很开心。"

"你是不是真正地爱过我?我说的是以前。"

"爱过。"张海光觉得这个不能说谎话。

"谢谢你。你想没想过要和我结婚,娶我?"

张海光没有立即回答她的问题,而是在头脑中搜索着预案。他突然很不自然地笑了笑,然后低下头说:"都过去这么多年了,还提它干嘛。"

"可是,我想知道。"葛菲菲紧逼一句。

"想过。"他接着又跟了一句,"我说的是以前。"

"谢谢你。这就够了。"

"你说什么?"

"没什么。"

张海光以为她要接着说出她的结婚要求,或者预案中的其它要求,但是都没有。他紧张的大脑慢慢缓解开来。整个晚上,她话并不多,好像用了一大半的时间在注视他,想把他装进脑子里,刻在脑子里。张海光当然也不主动去提预案中的那些事。这也是小涛教他的预案之一。更不要主动和她有身体接触,以免一时间失去理智,中了她的圈套。

送她回宾馆的路上,张海光不断地提醒自己不要进她的房间,这也是小涛再三叮嘱的话。小涛还说,床是女人的地盘,男人要是踏上这个地盘,一切都得听她摆布了,由不得你的。

到了宾馆大门口,葛菲菲说:"不进去坐会吗?"

张海光赶紧说:"都这么晚了,你也早点休息吧。"

葛菲菲没再勉强。她在座位上侧过身,轻轻地拥抱了他一下,贴着他的耳朵小声说:"真后悔当初没和你怀个孩子。"

这是他们认识以来第一次有这么亲密的举动。张海光的脑海中又想起预案中的设计,努力控制自己不要顺势搂住她。理性终于战胜了情感。等她下车后,张海光长嘘一口气,然后迅速开车走了。走到半路上给小涛发了个短信，告诉他"胜利突围"。到了家里，张海光睡不着了，脑子里不断回放葛菲菲的那句话，后悔没怀上他的孩子，什么意思？

第二天一上班，张海光就给董小涛打去电话，问他，葛菲菲说那话是什么意思？董小涛在电话里哈哈大笑起来，这你都不懂？要是今天带着你的孩子来找你，什么要求你都得答应！也是，张海光心想。就在这时，快递公司的人找到张海光，说有一封重要的信函要当面交给他。他接过信封一看，一行娟秀的字体，像是葛菲菲的，他有种不祥的预感。看完信，张海光立即拿起电话，以命令的口气叫董小涛马上到他这儿来，快！

董小涛以为出什么大事了，叫个出租车直奔塔山乡，一分钟都不敢耽搁。他到了乡政府直接推开了乡长办公室的门。

"什么事，这么急？"

"你看看这个。"张海光强压着情绪，把手上的那封信高高举起，然后，突然把嗓门提高两个八度，大声对董小涛乱吼起来，"你是个混蛋！十足的混蛋！！"接着上去就给董小涛两拳，"你，什么狗屁预案，你害得我连最后拥抱葛菲菲的机会都失去了！！！"然后转身走到窗口，双手掩面而泣。

董小涛在惊愕中小心翼翼地捡起飘落在地上的那页纸。

未婚夫，你好！

这三年来，身边的朋友一直开玩笑说我长着一张未婚妻的脸，但她们怎么也不会知道我的未婚夫是谁。对不起，在我心底把你当成了未婚夫。

我得了不治之症，医学上叫做子宫肌瘤，实际上就是癌症。现在的医学手段就是把子宫托盘全部摘除，然后进行化疗。以我目前的病况，治愈的概率只有百分之十。我放弃了，不是因为这百分比太低，是因为我想成为一个完整的女人，做你永远的未婚妻。

我母亲是江西九江人，二十多年前跟着乡里的姐妹们来到吴江的一个丝绸染织厂打工，我的父亲是这个厂的老板，那时他已经五十多岁了，而且有家室。他们秘密相爱了，于是就有了我。为了保密，他们不敢公开关系。父亲去世前把我母亲叫到身边，给了我母亲一千万现金，还有一套住房，让她好好带我活着。父亲的离世对她的打击很大，一天晚上，她吃了大量的安眠药离开了人世。她在临终前给我写了封长长的遗书，我这才知道了我的身世，也知道了一个女人，这辈子能遇到自己真心爱的男人是件多么美好的事情。现在，我也要走了。我没有什么亲人，你是我唯一爱过的男人，也算是我在这个世界上最亲近的人了，所以，我决定把这些钱财都留给你。医生说，我还有一个月的寿命。本来我是想来看看你，如果有可能，让你带着我周游世界，最后死在你的怀里。这是我设想的最美好的结局了。但是，我不能只为自己考虑，你还有家庭，有事业，你的人生还在继续。所以，我就一个人上路了。一个月后，我委托的律师将和你联系财产交接的事。你也不要试图找我，再说，我也不愿让你看着我一天天地衰死，那样的话，我会感到很伤心，很伤心……

我走了，在遥远的天国再见吧。今生，我们的缘分太浅，无法成为真正的夫妻。到天国时，我们再重续前缘吧。

你的未婚妻　菲菲
2013年9月15日

青　湖

01

　　故事发生在五百年前。

　　这是一个炎热的夏日傍晚，二蛋和往常一样在青湖边上放羊。两年前，这只羊落地时，二蛋的爹就把它郑重地交给了他，并严肃地告诉他，你的将来，包括吃饭、穿衣、娶媳妇，就指望这只羊了。当年你爷爷就是这样跟我说的，有些道理你现在不懂，等你长大了自然就会明白。现在二蛋已经七岁了，还没弄明白娶媳妇到底是怎么回事，当然也不会明白这羊跟他娶媳妇有什么关系，但他觉得爹说的话一定是对的。于是，不分春夏秋冬，每天都会牵着他的羊到不远处的青湖边上，给它吃草、喝水。

　　朝西头望了几次夕阳，就是不见它落山，好像那太阳在跟他耍着玩似的，挂在空中老是不肯掉下去。过了一小会儿，他的肚子有点咕咕叫了。当二蛋又抬起头看太阳时，发现有人推着一辆独轮小侉车正向他这边走来，再走近一点，看见车上还坐着一位老奶奶。推车的人是个高大健壮的大哥哥,那个大叔跟着车走。走到他跟前时他们停了下来。

"小家伙,这是什么地方?"那个大叔问。

"小李庄。"二蛋大声答道。

看得出他们是经过长途奔波,一脸的疲惫,一定是又累又饿。中年男子说,娘,我们到庄子里歇歇脚要点水喝喝吧,您老也够累的了。话音刚落,就听到老奶奶有气无力地咳嗽了几声。推车的年轻人说道,爹,我看我们还是在这儿找个客栈住一宿吧,明天起个早,估计晚上就能赶到朐山了。那中年男子望一眼老奶奶说,也是。

听说要住客栈,二蛋告诉他们,庄子里没有客栈,以前有外乡人来时,都是住在庄主家的。他家的房子可多了,还主动要求带他们去。于是,二蛋牵着羊在前面带路,他们推着小侉车跟在后头走进了小李庄。

来到一个大户人家的门口,二蛋用手指了指说,就是这儿。这时远处传来二蛋娘喊他回家吃饭的声音,二蛋牵着羊就走了。敲敲门,出来开门的是个管家,问明来意后便把门打开让他们连人带车进去。领他们到西厢房的一个房间跟前说,你们今晚就住这儿吧,晚饭过一会叫人送来,条件有点简陋,就委屈你们了。中年男子说,这已经很好了,代我们谢谢你家主人。

半夜,老奶奶的咳嗽声越来越大,打破了大院的宁静。管家忙跑过来问个究竟,得知老奶奶热感,发烧。管家连夜叫来郎中给她瞧病,服了药后她才慢慢平静下来。中年男子又是道谢又是赔不是。

第二天一大早,管家就到庄主屋里回报。这小李庄的庄主大名李天龄,年约六旬,但见他鹤发童颜面容慈善,正端坐在书房喝茶。

"庄主,我看这老奶奶年老体弱又低烧未退,今天如果要是再冒着酷暑赶路,恐怕会出事的。"管家上前一步说。

"嗯。"李庄主捋了一下白胡须轻嗯了一声。

"我看,他们不像是一般的庄户人。"

"哦，是这样。你把那中年男子请过来到客厅说话，我见见他。"

"好的庄主，我这就去办。"

一会儿，管家把那中年男子领进客厅，见到李庄主便抱拳行礼："多谢李庄主容留，云山在此谢过。"李庄主站起身回礼："不必客气，请坐下说话。"

中年男子说，他叫杨云山，祖籍是海州朐山。他本人是个商人，在山东烟台做点小生意。因为老娘年事已高不想客死他乡，他就和儿子杨崧一起带老娘回老家了。不曾想老人家一路颠簸，加上天气炎热中了暑。路过此地，得李庄主容留不胜感激。

李庄主一边听杨云山的叙述，一边打量着他。无论谈吐举止，还是面相气质，他都不像是个做小生意的人。即使老娘要回祖籍叶落归根，也没必要选这大热天回来。但有一点可以肯定，眼前的这个人气宇轩昂，不像是个奸诈小人。

"我听管家说了你老娘的身体情况，恐怕不宜再行颠簸，你可以在我这儿多住几日，等老人家身体硬朗些再走也不迟，你说是吧？"

"那多不好意思？云山再次谢过。"

回到屋里，杨云山把刚才的情况对老娘说了一遍。老人家连说三遍"好人啊，好人！"就这样，他们决定等老人家身体好一些再走。

02

杨崧今年二十一岁，是个喜欢习武之人，每天清晨都要练练身手。一大清早，他就用衣服把大刀裹着一路小跑来到庄北的青湖边，想找块空地练几下。他发现靠水边的一片柳树林中，有一块不大不小的圆形场地很是适合。于是先赤手空拳走了几个套路热热身，然后一个亮相便挥起大刀来了一段组合套路。这个套路是有来历的，七年前，他在路上看到一位昏倒在地的老人，便把他背到家里养了几日。原来那位老人是武林人士，临走时给了他一本刀术图，只是给他演练了一遍就上路走了。那段时间，他天天拿着那本书琢磨，按照自己的体会和对老人演练的回忆，形成了这种适合自己的套路。这种刀术有个响亮的名字叫"柳叶追风刀"，兴致来时，杨崧还常常自由发挥一下。这不，今天看到场地边上一排排柳树，他就一个跃起接一个跃起，秋风扫落叶般挥刀削下一大片树叶。

练得起劲时，杨崧听到狗的叫声停了下来。只见不远处有一位姑娘骑着一匹小白马直奔他而来，一只瘦瘦的猎狗跑在马的前头。那条狗是早已发现了他，"汪汪"地叫着冲过来就要朝杨崧身上扑，马上的姑娘大声呵斥"赛虎，过来！"狗停住了脚步，但它的两只眼睛紧盯着杨崧，好像在等主人的命令后就立即扑向眼前的这个来犯之人。马停了下来，她一个漂亮的翻身下得马来，走近先是打量了一番杨崧和场地上散落的树叶，然后才开口说话。

"这是本姑娘的地盘，你来干吗？"

"对不起，我不知道。"

"不知不为过，原谅你了。"

望着眼前这位瘦瘦高高、英姿飒爽的姑娘，杨崧不知这时该不该说谢谢，因为他觉得自己没做错什么。

"我怎么没见过你？"姑娘说，一脸的傲气。

"我不是本地人，在小李庄暂住几日，过几天就走了。"

"哦，你们就是昨天晚上来我家的人吧？"

"你家？李庄主？"

"他是我爹，我叫李红果，你呢？"

"杨崧。"

杨崧明白了，她是他们恩人家的千金。李红果今年十八岁，因为在她出生时家中院子里的石榴正红，所以李庄主就给她取了个名字叫"李红果"。她出生那年李庄主四十岁，算是老来得子。本来是件喜事，可是红果娘生下她就死了，所以李庄主对这个女儿就倍加疼爱。一个小丫头从小就打打杀杀舞枪弄棍的，也不加阻止，于是乎她就养成了男孩子性格。李庄主还专门请过一个远方的师傅教了她一些拳脚，只当防身用。去年，她在青湖边平了一块地，隔三差五的来练练武功，今天看到被别人占用本来是要发一通火的，但见眼前这位大哥气度不凡又高大英俊，一下子就没了脾气。

"练个套路我看看。"李红果说。

"你也会？"杨崧反问。

"会几个三脚猫，你不会也是三脚猫吧？"

看杨崧没有动的意思，李红果突然拔出背在身后的剑向杨崧心口刺去，杨崧猝不及防身体后仰一下，抬手迅速用刀面挡住剑锋，剑锋抵到刀面定格了三秒钟，李红果才收回剑。

"反应不错，看来是有一点功夫。"

"何止一点。"说时迟那时快，杨崧也给她来了个猝不及防，她还没来得及做出反应时，刀已架在她的脖子上了。

"你，你欺负人。"她感觉被这个男人羞辱了，脸都气红了。

"大小姐，是你先欺负我的好不好？"说着，杨崧把刀收回。

李红果可是真的生气了。她长这么大，还没有人敢对她这么无理，只有她欺负别人的份。今天这个大男人如此这般羞辱她，让她觉得无地自容。

"你等着瞧，赛虎，走！"她转身上马，一溜烟跑了。

望着她远去的背影，杨崧心想，大户人家的小姐都有这脾气，见怪不怪不用多想。本来就往日无怨近日无仇的，何况过几天就走了她能拿我怎么样？

李红果回到屋里紧闭房门,左思右想刚才发生的一幕。先是觉得被人羞辱让她很是不爽,又觉得这个男人身手如此敏捷让她佩服,何况他还一表人才。和她以前见过的男人相比,这才是真正的男人。以前她见过的男人不是对她大献殷勤百依百顺,就是她的手下败将俯首称臣。人的内心都有征服别人的欲望,其实女人更欣赏能够征服她的男人。想到这,她把放进抽屉好长时间没用的梳妆镜又翻出来,对着镜子照了又照。

03

晚上天气闷热,李庄主坐在院子里的石榴树下,吩咐管家将杨云山请过来喝茶。李庄主先是问了一下杨母的身体情况,得知不见好转咳嗽不停后,就吩咐管家明天再去请郎中来瞧瞧。闲聊几句得知杨云山平时也好下象棋时,就提议老弟兄俩切磋一下,杨云山也没推辞,于是很快摆起了棋盘。正杀到难分难解之时,管家气喘吁吁地跑过来。

"不好了,庄主,不好了。"

"什么事,大惊小怪的?"李庄主把他喝住。

"大事,出大事了。"

"慢点说。"李庄主一边和杨云山下着棋,一边听管家说话。看管家说的很着急,可李庄主好像没把它当回事。原来是刚得到消息,今天晚上赵家庄正在集会,准备明天强行占领青湖,不许他们小李庄和谢家庄引用青湖中的水。现在正逢地里水稻抽穗的节骨眼上,没有水灌溉,今秋就不会有好收成。偏偏这个时候老天不长眼,三个月没有下雨,青湖里的水眼看着就要被放干了。管家说完了,等李庄主指示,可李庄主没有任何表态,好长一会儿才抬起头,看见管家还站在那里。

"你还站在这里干什么?"李庄主说。

"那明天,我们怎么办?要不要连夜去把谢庄主请过来商量商量?"

"不用了。都这么晚了,不去打搅他了,你下去吧。"

杨云山问怎么回事,李庄主就把事情的缘由简单地讲给了杨云山听。在青湖边上有三个村庄,分别是赵家庄、谢家庄和小李庄。赵家庄最大,有五百余户两千余人,谢家庄有二百余户约一千余人,小李庄最小,七八十户人口不到五百人。青湖是一个天然湖,处于三个庄的交界处,三个庄的饮用和灌溉都指望它。可是就在三年前,一场大旱引起冲突,眼看青湖里的水已经不多了,赵家庄想独霸青湖水源,就带人切断谢家庄和小李庄的引水口。我们当然不能答应,于是联合起来共同找赵家庄理论,结果是发生冲突还大打出手,谢庄主的大公子就是在那次争斗中被杀了。海州知府的衙役都被惊动了,正儿八经的派人来调查协调此事。就在那个当眼,老天爷突然降了场大雨解了燃眉之急,可谢家大公子的死是不了了之。后来结怨越来越深,每年都会有几次小冲突,今年又是个旱年,我早料到青湖的水又要不平静了。

"李庄主,自古冤仇宜解不宜结,我看还是三方坐下来谈谈才是。"杨云山说。

"你说的是,可这得三方都有这个意愿才行呀。他赵家庄仗着人多势众,一心想独霸青湖,坐不下来的。"李庄主长叹一口气。

"总得想个解决的办法。"

"能有什么办法?"

"那谢家庄会怎么想?"

"你是说谢庄主?他能有什么办法,这三年也不知花了多少银两,一心要为大公子喊冤讨个说法,结果呢?还不是不了了之。"

杨云山一时无语。

"云山老弟,你也有五十了吧?"

"五十有二。"

"五十知天命啊,这世间的百态我们都看透了,看惯了。"李庄主摆下手中的棋子，轻叹一声，"扫了咱哥俩下棋的兴。"然后各自回屋。

杨云山回到屋里对老娘说，我们得尽快离开小李庄，不能再给人家添麻烦了，然后把李庄主目前遇到的麻烦事简单地说了一下。老娘说，孩子，李庄主是我们的恩人，在这个节骨眼上我们非但不能走，还得想办法帮人家一把才是。杨云山说，他们之间好几年的难题自己都解决不了，我们怎么帮法？杨崧在一旁听着，没有插嘴。

半夜里，老太太又是咳嗽又是吐血，把杨云山父子俩吓得要命，跑前跑后一个通宵没捞到合上眼，天亮时，老太太才安静下来。杨云山趴在床边睡去，杨崧悄悄地拿着那把大刀走出门去。

04

杨崧来到青湖边那块场地上，看见已经被人打扫过了心里暗喜。先来了一趟拳术热身，然后抡起大刀耍起了"追风刀"。不一会儿功夫，场地边的柳树树叶又是纷纷落下，这刀划过处还带起了一阵风，树枝跟着刀舞动的节拍晃动，随着一个气沉丹田收势结束。

"出来吧。"杨崧开口说话了。

"你怎么知道我在这里？"李红果从一棵柳树后边走出来。她一大早就埋伏在这里了，没骑马也没带她的猎狗，看到杨崧刀起叶落她惊呆了。她可是第一回亲眼看到有人舞大刀会像传说中的那样神，还差点喊出声来，由衷地佩服，真想跟他学上几招。

"你这叫什么刀法？"她又问。

"柳叶追风刀。"

"能教教我吗？"

"你？你一个姑娘家，学这个干吗？刀剑无眼，还是玩点别的吧。"

"哼，小气鬼。"

说完，李红果走到了青湖边放眼望着清清湖水。杨崧也没有理会她，收拾家伙准备回去。突然，李红果大喊说："那边好像出事了。"杨崧顺着她指的方向望去，只见远处的坝上聚集了好多人。他想，可能是昨天晚上他爹说的事发生了。这时，只见二蛋牵着羊气喘吁吁地朝这边跑来。冲着李红果大喊。"果儿姐，不好了，赵庄人和谢庄人打起来了，谢庄人被放倒了七八个，赵庄人还说马上要来我们小李庄。"

"哦，你赶快去庄上告诉老爷，让他多派些人来。"

"行，果儿姐。"说完，二蛋牵着他的羊朝小李庄跑去。

二蛋进门就喊要见老爷。李庄主先让二蛋喝点水。细问了一下情况之后，他轻捻了一下胡须，然后问坐在身边的二弟怎么看，二弟说还是大哥拿主意吧。这二弟名叫李天成，约五十岁，是李庄主的弟弟，为人忠厚老实，平时不多言辞。李庄主想了一下转身对管家说，还是不要把事情闹大了，你带两个人去青湖把红果拉回来吧。

等管家带着两个人来到青湖边时，看见李红果正拿着剑站在小李庄的引水渠边和赵家庄的一大帮人对峙，赵庄主的大公子赵崇仁手指着李红果大声嚷嚷。

"好男不跟女斗，赶快让开，否则就和谢庄人一样的下场。"

"有本事你就放马过来。"李红果一点没有后退的意思。

赵崇仁命令两个拿棍的汉子上去。这两人一上去就和李红果对打起来。几个回合下来，李红果显然有点招架不住。只见那两个汉子双双举棍跃起，向李红果的头顶劈来时，杨崧以迅雷不及掩耳之势一个跃起用刀背挡住了两根棍，刹那间棍从那两个汉子的手中被震落。突然的一幕，把在场的所有人都惊呆了。

"你，多管闲事，什么人？"赵崇仁大喊一声。

"我是什么人不重要，重要的是我不能看着两个男人欺负一个小姑娘，这恐怕会丢了天下男人的脸面。"

"好，不知天高地厚的小子，你们给我教训教训他。"赵崇仁被激怒了，大手一挥，七八个壮汉拿着兵器冲上前来。只见，大刀在杨崧的手上飞舞，脚步不停地移动，不一会儿功夫，七八个壮汉的兵器都从手中脱落，身上还分别被杨崧的刀背砍了三五下不等，都趴倒在地嗷嗷大叫。

赵崇仁见形势不妙，用手指着杨崧说"你等着"，然后带领一帮人灰溜溜地走了。

话说赵崇仁带着一班人回到了赵家庄，就气鼓鼓地找他爹回禀情况，他爹赵鹤年正在院子里打太极拳，看见崇仁进来就收住了架势，坐到旁边的石凳上喝茶。

"爹，他小李庄请了个高手来，我——"赵崇仁一进门就找了个借口。

"崇礼已经跟我说了。"赵庄主半眯着眼说，"我早跟你讲过人外有人，天外有天，你就是不听，现在碰壁了吧。你打算怎么收场？"

"我不服，他能请人我们也可以请高手来帮忙。"

"本来这场冲突可以不起的，你不听我劝。哎，现在也只好这样了。这样，你这几天就去济南如来镖局找你二叔。"

赵崇仁走后，赵庄主看赵崇礼还站在那里，便让他坐下对他说，孩子，我知道你心里喜欢那个李红果，我也觉得你们两个蛮般配的，可是你们没这个缘分啊。三年前我和李庄主就结下了怨，你想想，我和他还能成为亲家吗？本来天下太平，要怪就怪老天爷，偏偏在该下雨的时候就是不下一滴雨，眼看着地里的庄稼被干死。你哥力主独霸青湖看起来似乎没道理，可是，如果他谢家庄或是小李庄像我们这样人多势众，他们能让着我们吗？人不为己，天诛地灭。当然，你哥做得是有点过分，我会压着他的。

赵崇礼说，可是，三年前谢家庄的谢锁柱被打死了，我们背理呀。

赵庄主略微沉思了片刻说，三年前的事我问过你大哥，他是矢口否认是他打死的。当年我还暗地里派人调查过，可是没有结果，看来我们是跳到黄河也洗不清了。

等两个儿子先后离开后，赵庄主独自在院子里徘徊了几圈，然后吩咐管家把大牛二牛兄弟俩找来，小声给他哥俩交代了好长时间。最后，他叫管家拿了一些银两和衣物，又再三叮嘱后才送他们出了门。

05

三天过去了，杨老太的病情又加重了。杨云山心想不能再等了，于是就去向李庄主辞行。由于那天在青湖边杨崧的拔刀相助，很长小李庄的威风，杨家上下也就深得李家上上下下的敬重。当然，最开心的还数李红果，天天脸上挂着笑容跟石榴似的，吵着闹着要拜杨崧为师学习武功。听说杨家要走，小脸马上耷拉下来，进屋看见两位老人家说话，也不打招呼就走到跟前。

"红果，见过你杨叔。"李庄主说。

"杨叔好。"李红果说，脸上没有一丝笑容。

这几天，杨云山当然也看出两个年轻人的形影不离，对李红果的不开心也就能够理解。但是，天下没有不散的宴席，何况老娘病情有恶化的迹象，他一心只想赶紧到老家，以了老娘的心愿。

"云山老弟，你有这种情况，我就不好强留了。你们打算什么时候动身？"

"明天起早动身，赶个早凉。"

"好，我吩咐家人给你们准备一些路上吃的。"

"李庄主不用这么客气，朐山离这不远，一天的光景就到了。"

"你们还回来吗？"李红果问道。

杨云山看了李庄主一眼,一时不知该怎么回答,怕伤了女孩家的心。李庄主出来打圆场说:"我和你杨叔已经成了朋友,有空他们就会过来看我的,我们也可以去朐山拜会他们。"

"是的,是的。"杨云山接话说。

晚上天黑下来时,李红果约杨崧出来说话。他们一前一后来到青湖边上,李红果一屁股坐在水边的石头上。杨崧看出李红果一脸的不高兴,也不去惹她,顺手拿起一块石头向水面扔去,顿时水面上激起一串水漂。

"杨崧大哥,我一直想问你,你有心上人了吗?"

"有啦,怎么?"看她一脸的严肃,杨崧故意逗她。

"她一定很漂亮吧?"

"是的。"

"和我相比呢?"

"一样漂亮。"

"我是认真的,你别拿我开玩笑。"

"我也是认真的呀。"

夏日的夜晚和白天一样的热,好像连风都没有。杨崧看着眼前的一汪清水,不由得想跳下去洗个澡,可还有个大姑娘坐在身边,实在不好意思。李红果这时好像看出了杨崧的心思,主动提出要和杨崧比试一下游泳,看谁游得快。杨崧根本没把她放在眼里,立马答应了。他迅速脱掉上衣和长裤,只穿着短裤,一个鱼跃钻进水里,到了十几米远的地方才露出水面,回头望望,李红果还站在岸边,没有下水的意思。原来,李红果用了激将法让杨崧下去痛快地洗个澡,自己其实会游泳,但每次都是和女伴一起,而且都是穿着全身衣服下水的,上岸后用块长布围个圈,带着事先准备好的衣服进圈里换上。今天什么准备都没有,哪能下水,还孤男寡女的,让人看见了也会说闲话。

杨崧也没有勉强她，自己在水里游了一会儿就上岸了。借着月光，李红果看见水珠从杨崧那结实的身体上滚落下来，胸膛上还留下一道道水线印迹，不由得心中荡过一丝春动，脸一掴调头朝庄子方向跑去，一边跑一边说："人家先回去了。"

　　望着李红果渐渐远去的背影，杨崧心里头甜滋滋的。

　　第二天大清早，杨云山就准备好了行装，杨崧把奶奶抱出来轻轻放到独轮车上，李庄主和管家都出来送行。此时，李红果在她的房间里隔着窗花望着他们。他们刚走出庄子，就看见二蛋赶着羊追了过来。

　　"杨大哥，果儿姐让我把这封信交给你。"交了信，二蛋就回头放他的羊去了。

　　看完信，杨崧一脸的不快表情，杨云山问他："出什么事啦？"

　　"爹，昨天晚上，赵家庄到小李庄下战书了，约好三天后正午，在青湖边决斗。"

　　"昨晚李庄主怎么没告诉我？看来他是不想让我们牵扯进去，我们是局外人，不掺和也好，何况你奶奶这情况，我们还是快赶路吧。"

06

　　谢家庄这几天也不消停，当知道赵家庄也给小李庄下了战书后，更是消停不了。谢铁柱跟他爹说，我们两个庄还得联合起来应战，所谓唇亡齿寒。万一赵家庄把小李庄给打败了，接着就轮到我们谢家庄了，我们不能坐以待毙。其实，谢铁柱还有如意算盘，那就是还有李红果在那里呢，不能让李红果瞧不起我谢老二。我们两个庄联手应战，要是战胜，我谢老二的功劳可就是大大的了。该出手时就出手，那才能赢得李红果的芳心，才能抱得美人归。

　　说服了爹后，谢铁柱就带着两坛老酒去了小李庄，拜见李庄主。李庄主也热情接待，首先感谢谢家庄的一片好心，但却拒绝他们的相助，理由是，他们小李庄不打算应战。

"为什么？"谢铁柱反问道，"李庄主，我今天是代表谢家庄来的，我们全听您的调遣，没有二话的，难道您就打算永远忍气吞声下去？"

"不是，我一时也想不出更好的办法，但是，就这样打打杀杀下去何时是个头啊。"

"难道我们的父老乡亲能咽下这口气吗？还有，我大哥就这么白白的死了吗？叔，我跟您说，就是您不出头，我们谢家也不会忘记这个仇的，新账老账一起和他们算。"

"你们的事我不能妄加定夺，你回去和你爹好好商量商量再说吧。"

中午，李庄主留谢铁柱在家里吃饭，席间不再提和赵家庄决斗的事。谢铁柱也知趣地不提那页书，只是眼睛到处转悠也没看见李红果的身影，吃完饭就道个谢走了。

回到家里，谢铁柱就跟他爹一五一十地说了李庄主的态度，气不打一处来，而且越说越生气。谢庄主听完后说，李庄主可能有他的考虑，我们就静观其变吧。谢铁柱哪能静得下来，他知道那个叫杨崧的人已经走了，他认为这是件好事，正是他谢老二大显身手的时候，如果这一战成功，他在谢家庄的地位以及在李红果心中的地位肯定都会大增。左思右想，他觉得先去找李红果单独商量商量，一来探探她的态度，二来也可以向她表表决心。他知道李红果早晨经常去青湖边练武，于是第二天早早就来到那块场地等她出现。

果然，李红果牵着小白马朝青湖边走来，身后跟着她的爱犬。她看到谢铁柱时不惊不喜，何况在这儿碰到他也不是头一回了。她拴好马走到水边望着湖水，若有所思的样子。谢铁柱张着个笑脸凑上前去主动搭话。

"红果，还想着赵家庄的挑战书事呀，别怕，有二哥我在，不会让你吃亏的。"

"就凭你？"李红果一副瞧不起的眼神瞟了他一眼。

"要知道，我谢老二也不是吃素的。"

"算了吧，你能把自己保护好就谢天谢地了。"

"红果，你看，我们俩的事……"话不投机，谢铁柱换了个话题。

"我和你能有什么事？"

"你知道的，我可是发过誓非你不娶的呀，你要是不答应，我可就丢大脸了。"

"那是你的事，我可没说过非你不嫁。"

"我知道。"

"知道干吗还跟那么多人说我们好上了？！"李红果冲他大喊。

"我这不是也没办法嘛。"

"谢老二，本姑娘告诉你，以后别再跟人家说我和你好上了，说得跟真的似的，这样下去我可真的嫁不出去了。你听好了，即使我嫁不出去了也不会跟你的！"

"话不能说的这么绝好不好？我谢老二也是个堂堂男子汉，我哪点配不上你？我还非要把你娶进门不可呢！"

两人的嗓门一个比一个高。本来，李红果是出来散散心的，自从杨崧大哥走后心情就没好过，饭不思茶不饮的，现在倒好，谢老二又来胡搅蛮缠，气不打一出来。想着想着突然扬起马鞭对谢铁柱就是一顿乱抽，只打得谢老二连滚带爬跑开了。隔着远远的，谢铁柱向李红果喊话："李红果，你听好了，我谢铁柱会证明给你看的，到时候，我会让你哭着喊着要嫁给我的。"说完，掉头跑了。

望着他远去的背影，李红果心里还真有一丝感动。天下还有这么痴心的男人看上她，只可惜，这个男人不是杨崧，也不是谢锁柱。当年，她娘生她后就死了，刚好那时候谢铁柱断奶，她爹把她寄养在谢家，他娘就喂养她一直到她断奶。谢锁柱天天围着她,像自己的亲妹妹一样照顾她,谢铁柱欺负她时他总是护着她。后来李红果要回家了,谢锁柱还大哭了一场。可红果终归不是谢家的人呀,谢锁柱就经常偷偷跑到小李庄去见红果妹妹,家里有什么好吃的好玩的他都要拿去送给她。再后来他们都渐渐长大了,见面也就少了。谢锁柱比李红果大六岁,他的爹娘跟他提过好多门亲事,他就是不肯,他心里一直想着等红果妹妹长大。只是没想到,三年前,在李红果十五岁那年他被赵家庄人打死了。前不久,她到谢家庄见到他娘时,他娘悄悄地告诉过她,谢锁柱一直喜欢着她,可惜没这个命娶她进门。

07

三天后,一场决斗在所难免。

正午未到,青湖边已经围满了许多人,自动分为两大阵营,一边是以赵崇仁为首的赵家庄人,另一边是以谢铁柱为首的谢家庄人和十几个自发而来的小李庄人。一个个都是手拿武器,大刀长矛扁担锄头等等杂七杂八。不一会儿,赵庄主也坐着轿子来到人群中间,他是不放心赵崇仁,怕他把事情搞大了搞砸了,所以临时决定亲自前来督战。

此时正午已到,只见李红果骑着那匹小白马急匆匆赶来。她爹不让她来的,还把她锁在屋子里,眼看着时辰快到她就跳窗逃了出来。走到众人前边看见谢庄主她便鞠躬行礼,谢铁柱走上前来简单地跟她耳语了几句。此时就看到赵崇仁向前走了几步,身后跟着一位身穿黑衣的彪形大汉。赵崇仁高声喊话,该来的都来了吧,怎么没见那个外乡小子,他是不是吓得尿裤子不敢来啦?可惜呀,一场好戏看不到了。不过,我们今天也不是为他来的,今天,我们要解决一个重要问题,就是比武决定这青湖归属。

擂台已经画好。这是这一带流行的一种打法,就是在地上画一个十步见方的场地,两个人在场地中间对打,谁先把对方打倒在地或打出场地就算赢,所以不用多说,双方各自准备。一袋烟功夫,五个壮汉站到谢铁柱身边。赵崇仁身边除了黑衣大汉还有两个个壮汉站着,人数不是不够,而是显然没把对手放在眼里。

决斗开始,谢铁柱一声令下,手下一个壮汉手拿长棍走进场地。赵崇仁头一摆,也上去一个手拿长棍的壮汉。一阵乒乒乓乓的棍棒声过后,谢铁柱的人显然已经招架不住,节节后退,很快被对方赶出了场地,引来赵家庄那边一阵起哄声。接着,谢铁柱又派上一个拿红缨枪的壮汉上场,双方打得难分难舍,可能是对方壮汉刚才第一仗体力消耗过大,一个旋风腿跃起,想用手中的棍刺对方的肚子,结果不仅没刺到对方,自己落地时脚下没了根摔倒在地,又听到谢家庄这边人群中传出一阵起哄声"噢噢,噢噢"。看见自己的人走下场地,赵崇仁上去就是一脚:"废物,没用的东西。"

"让我来!"赵崇仁身边的黑衣大汉实在看不下去了。在他眼里刚才的几个回合简直就是小儿科,实在没兴趣看下去,于是自告奋勇要出战。只见他脱去上衣,露出一身结实的肌肉。黑衣人从箱子里一手一个拿出带刺的铁锤,铁锤的手柄上还拖着铁链。只见那黑衣人手背轻轻摆动一下,铁链便绕到他的手臂上去。这种兵器叫做"流星锤",很重,还可以扔出去再用铁链收回,使用这种兵器的人要求力大无比。武林中一般人是不敢使的,弄不好还会伤着自己,所以江湖上很少见到。看着眼前的这一幕,在场的人都惊呆了。

那黑衣人慢慢走到场地中间,四平八稳地站在那里,像一座大山。谢铁柱有点心虚了,但还是鼓励自己人,不要怕,放倒他!但见自己人拿着长矛绕着黑衣人走了三圈也没敢下手,谢铁柱实在忍不住了,大喊一声:"刺他的喉咙。"结果是,矛尖被黑衣人的铁锤死死夹住拔都拔不回来,那壮汉吓得松开手撒腿就跑。谢铁柱略微想了一下,然后低声给身边剩下的人支招打气,关键词就三个字:拖垮他。

得到了谢铁柱的授意,下边上场的人就有了主意,故意在场地上跑圈不进攻,而是让黑衣人出手,消耗他的体力。黑衣人在场地上挥舞着大锤,像头发了疯的狮子。场外的气氛一下子变得轻松起来,不像是在看血腥厮杀,而像是在庙会上看舞狮表演。看着自己的人一个接一个败下阵来,再看那黑衣大汉也满头是汗恐怕累得差不多了,谢铁柱想,该在李红果面前露一手了。于是,他脱去上衣,手握长枪跳到场上,怒目望着黑衣人的眼睛。

只见,谢铁柱上来就是一连串眼花缭乱的远距离刺杀,看着很漂亮却没见刺到对方,只是场面上占优。黑衣人看出眼前的这位还有点功夫,丝毫不敢懈怠。他要休整一下了所以并没急着出手,待谢铁柱稍微停顿一下喘息的时候,黑衣人以闪电般的速度甩出铁链。第一捶从谢铁柱眼前划过,但第二捶接着就飞过来,哪有时间躲闪,结果是打在了谢铁柱的身上,顿时鼻子和嘴里都流出血来,好在他身体一晃用枪支柱了身体没有倒下,引来众人一阵惊呼声。谢铁柱真不孬种,稍定一下神便举枪向黑衣人发起又一轮进攻。黑衣人躲闪过去,但见谢铁柱飞起一脚踢到黑衣人的肚子,用脚上的暗器在黑衣人的肚子上划出一道长长的口子,见了血。看着自己的血慢慢流出伤口,黑衣人愤怒了,他用手指沾了一些血放到嘴里,脸上露出杀气,第一次发出大吼声"拿命来"。抡起铁锤向谢铁柱猛扑过来,谢铁柱哪能抵挡住这么凶猛的进攻,左躲右闪还是被黑衣人击中了右臂,一个踉跄趴到在地。此时,赵崇仁示意黑衣人上前结果了他,被赵庄主大声喝住:"住手!"

眼看着谢铁柱被人抬下,此时的李红果再也按捺不住心头的怒火,拔剑跳到场地中间。一直在旁观战的赵崇礼快步走上前去,欲阻止李红果送死。李红果看出他的意图用剑指着他,逼他退出场地。黑衣人以不屑的眼光望着这个女流之辈，摇摇头，显然是不想打。

"你们男人都哪里去啦，要是死光了就算了，比武到此结束。"赵崇仁说起风凉话来。

这时，场边的人突然发现李红果的身后冒出一个人来，那人声音不大，但在场的人全都听到了他说的话："等等！"

李红果回头一看，眼泪夺眶而出，激动地喊了声："杨崧大哥！"

08

原来，杨崧和他爹带着奶奶当天晚上赶到老家朐山。幸好家里的老宅子还在，就是多年失修四处漏风，奶奶坚持要在老宅子里住也只好将就一下。四方邻居有的给拿床被子，有的给送锅碗，凑合着先住了一晚。那晚，奶奶睡得很踏实，一夜没"哼"。

接下来两天他们爷俩就和来帮忙的邻居、亲戚一起把老宅子彻底翻修了一下。待一切停当了，杨云山把儿子叫到面前说，孩子啊，爹这几天看出你的心思，你要是真觉得该去，你就去一趟小李庄吧。你奶奶这边有我呢。不过，我看你奶奶的情况不是太好，你早去早回。就这样，天还没亮杨崧就骑一匹快马直奔小李庄而来，路上不敢有一点耽搁。结果，来的正是时候。

没来得及和李红果说上几句话，杨崧就走到场地中间。黑衣大汉仔细打量了一番来者，眼前的这位应该就是赵家所说的那个"外乡人"了，怎么看起来面熟？此时，杨崧也认出他来，他就是烟台府荣光镖局的镖王魏大奎，江湖人称"黑豹"。

"你是——杨崧？"

"黑豹，没想到在这又见到了你。"

"你是朝廷钦犯！上次交手我输你一招，今天我要找回来。"

"那就看你有没有这个本事了,看刀!"说着,杨崧已经拔出大刀直指对方,黑豹摆出个接招的架势眼睛瞪着杨崧,眼珠子瞪得溜圆都快崩出来了,正所谓"仇人相见,分外眼红"。只见两人在场地上保持距离移动脚步绕场一圈,谁也没有先出手。周围的人群全静了下来,静的好像没有了呼吸,只听到眼珠子转动的声音。

武林中真正的高手与高手对决时,一般谁都不愿先出手。这叫以静制动?不对。静观其变?也不全是。其实,他们已经在厮杀,是眼神在杀,心理在杀,无形中的厮杀。看似无形却有形,怎么看?通过对决者的身体语言还是能看出来谁已经占据上风,谁又处于下风。最容易看出来的是双方移动的脚步,看谁更稳节奏不变。这可能也是为什么练武先要练蹲马步的原因。

废话少说,言归正传。只见,黑豹首先按捺不住心理的驱动,大吼一声率先发起进攻,一个"猛虎下山"直冲杨崧而来,杨崧不紧不慢来了个"金蝉脱壳"迅速抽身,躲过一招。黑豹接着就来了一个"回马枪",扭头将铁锤甩出直奔杨崧的脑袋呼啸而去,杨崧"鲲鹏展翅"一个后跃在四五步远处稳稳落地。黑豹用铁链收回铁锤,看杨崧还没出手,有点着急了,心想,他是害怕啦还是不想跟我打?可就在黑豹寻思答案时,杨崧一声"看刀"飞跃过来,黑豹迅速将两只铁锤交叉举过头顶,只见刀刃劈在铁锤上溅起一道火花。杨崧的这一招叫"力劈华山",黑豹的这一招叫"老翁打伞",都无懈可击没分出高下。接下来两人又是四目相对、脚不离地,慢慢地绕场一圈。

高手对决,不像无名之辈交手那样,花拳绣腿打个不停,到最后不是打败对手,而是看谁先"累"倒在地。真正的高手讲究花最少的力气战胜对手,这叫"四两拨千斤"。还有,两败俱伤是双方谁也不愿看到的结果,如果这样,失败的一方也不会服气,必须在心理上也战胜对手,让对手输得心服口服。要是这样,输的一方不仅不恨你,反而会佩服你尊重你,有的对手虽然失败了还会主动和你交朋友,这就是所谓"不打不成交"。

还是废话少说,言归正传。黑豹再次发起进攻,只见他双臂向两边快速伸展,两手抓住铁链,两只铁锤在身体周围画出一个漂亮的弧圈,速度是越来越快,带起的风声也越来越大,把自己围在中间保护起来。这就是所谓的"流星锤"了,众人看到这里,以为杨崧是死定了。只有李红果知道,杨崧大哥的绝技还没有使出来,她忍不住大喊一声"柳叶追风刀"。只见,杨崧一个高高跃起,以迅雷不及掩耳之势,一只脚踩着黑豹的头用力跳出死角,还没等黑豹转过身子,杨崧接着一个跃起抡刀将一只铁链劈断,又是一个跃起将另外一只铁链劈断,两只锤头像脱缰的野马,借着惯性一下子从空中飞过人群,落到很远的地方,只听到"咣,咣"两声巨响,铁锤落地,估计还砸了两个大坑。

"承让。"杨崧收刀抱拳。黑豹手里拎着两根半截铁链傻站在那里。好一会儿,观战的人群才回过神来。这边,谢家庄和小李庄的人冲上前去,托起杨崧抛向空中,一片欢呼。那边,赵庄主示意下人将轿子抬起,赵崇仁带着赵家庄的人垂头丧气地跟在后边离去。小李庄的一群人也簇拥着大英雄杨崧一路欢呼雀跃回庄子里去,一路上李红果还是没捞到和杨崧大哥说上一句话,可她的心里美滋滋的,比任何人都美。

09

当天晚上,李庄主在自家大院里大摆酒席,谢庄主也带一些人赶过来庆贺一番,还带来大鱼大肉和八大坛好酒。谢铁柱没来,一是因为这次的伤比较严重,不像上次那样养两天就会好,二来因为自己在决斗中使用暗器也不光彩。杨崧作为座上嘉宾,当然要坐在两位庄主的中间,两个庄有点头面的人都到齐了,足有四五十人。大家轮番给大英雄敬酒，杨崧本不胜酒力，当然也不想扫了大家的兴，还是来者不拒。李红果在一旁看着干着急，突然灵机一动，她主动跑出来负责为杨崧大哥斟"酒"，酒喝到那份上，哪还知道是酒是水，反正杨崧是端起碗就一饮而尽。就这样一直闹到深夜。

第二天中午，杨崧拜见李庄主，低头鞠躬说："昨晚喝多了，失礼之处还望您海涵。"

"哪里的话，不必拘礼，坐下吧，咱们边吃边聊。"

他们对面而坐，此时，李红果正隔着屏风在不远处偷听。李庄主端起酒杯先敬了杨崧一杯，杨崧赶忙站起身来一口喝下，然后坐下。闲聊几句后，李庄主用平和的语气问。

"我听说，那个黑衣人你认识？"

"是的，我们曾经交过手。"杨崧不敢说谎。

"怎么回事？"

话到了这个份上，杨崧也就不好隐瞒了，更何况眼前的这个人也不会做出对他和他的家人不利的事，于是和盘托出。他说，我爹曾经是胸山一个大户人家的少爷，八年前到烟台开了个"大通当铺"，生意兴隆，这就得罪了当地开"三江当铺"的吴掌柜，此人不是等闲之辈，他的舅舅还在朝廷做官，于是就设了个局把我爹套了进去。

记得有一天，大通当铺来了个不明身份的人，带来两大箱金银财宝放到柜上。我打开箱子一看都愣住了，我从来没见过这么多宝贝。我爹后来跟我说过，那里面还有皇家才有的东西。于是我爹当时就拒绝这单生意，可来人不肯，好说歹说最后达成协议，两箱货暂时放我家金库存一夜，第二天他来取走。当天夜里，就有衙府的人来打门，扬言捉拿盗贼搜查赃物。我爹感觉不妙，慌忙收拾一些财物带领一家人从暗道逃出。不曾想，如来镖局的镖师黑豹带人半道拦截下我们。就这样，我和他交了一次手。虽然我们逃过一劫，但是我娘却被黑豹手下乱箭射死。埋葬了我娘后，我们无处可去，只好暂时奔老家避避风头，到了这小李庄。"

听到这，李庄主长嘘一口气说道："天有不测风云，人有旦夕祸福啊。"这时，管家走了进来，在李庄主耳边轻语了几句，只见李庄主紧皱眉头。管家走后，李庄主望着杨崧说："今天早上，你奶奶去世了，刚才你爹派人来传话，让你赶快回去。"

"告辞。"杨崧强忍着悲痛，立即站起身来。骑快马直奔朐山。

这几天，赵庄主家也不消停。赵鹤年闭门三日，把自己关在书房里谁都不见。赵崇仁天天摩拳擦掌扬言要报仇雪恨，赵崇礼却安静得很，看看书，写写字。三天后，赵鹤年召集两个儿子到他的书房。

"崇仁，你今天就带人到青湖，把我们赵家庄的引水口给堵了。"赵鹤年吩咐道。

"爹，那怎么行，我们不堵他们的就算了。"赵崇仁一脸的不快。

"愿赌服输，不要让人家瞧不起！"

赵鹤年又转过身子对赵崇礼说："崇礼，你怎么不说话？"

"爹，这几天我考虑好了，我想再去读书，准备参加今年秋天的乡试，迎接来年春天的科举大考。"

"你和爹想到一块去了。"赵鹤年满意地点点头。

赵鹤年想的是让崇礼考取个功名，将来做个官，小李庄和谢家庄就自然不敢和他作对，这叫"不战而屈人之兵"。这和赵崇礼的动机完全不同，赵崇礼想的是，将来做个官，就有能力为家乡服务，当然包括小李庄和谢家庄。他首先要解决水的问题，让四方乡邻都能安居乐业丰衣足食。

第二天大清早，赵崇礼背着行囊徒步出发。去海州必须经过小李庄，小李庄东边的大道两旁，是齐刷刷的两排柳树，树叶被风吹得哗哗地响。赵崇礼心想，要不要去和李红果道个别，可又马上打消了这个念头。两个庄刚刚打过架，不把他当成仇人就算不错了，还是不见为好。正想着，前边有一匹小白马朝他奔来，他认出那是李红果的马，想躲已经是来不及了。不一会儿，小白马就到了跟前。

"怎么，又去搬救兵啦？"李红果骑在马背上说。

"不是，我是去海州。"

"去海州干吗？"

"我，我……"赵崇礼支支吾吾的，不知讲不讲事情的缘由。

"算了，不难为你啦，请谁都没用。"她说完便两腿一夹挥动马鞭，向青湖方向奔去。

10

大约又过了一个月。

李红果这段时间，每天清晨照例是去青湖边，只是没骑马，也没心思练武了。一个人在树林中散步，听知了不知疲倦地歌唱，或是坐在水边发呆，看水中的鱼儿自由自在地游动。她想，自己若能像知了那样把心中的爱大声说出来该多好，像水中的鱼儿悠闲地生活该多好。人，怎么会有那么多的烦恼、那么多的不如意。她也无数次的憧憬和杨崧在一起的生活，假如真能结为夫妻，那该是件多么幸福的事呀。他那么强壮，那么善良，对她又那么好，她可以为他生七八个孩子，每天她就围着孩子们转，肯定是不知疲倦快快乐乐。可是，杨崧还不回到她身边，到底要她再等多少日子？眼下，这青湖的水是平静下来，三个庄又恢复了往日的安宁，人们日出而作日落而归。日复一日，李红果的心里却越发难以平静。她曾想去朐山找杨崧，可是被爹拦下来，爹说的也有道理，这个时候杨崧有孝在身，哪有心思和她谈情说爱，去了只会给人家添乱。所以，她只好等，等，等。

这天早上，她正要从青湖边回家的时候，突然看见一队骑马的人从她身边经过，直奔小李庄而去，领头的正是黑豹。李红果感觉不妙，赶忙向庄上跑去。

等到李红果跑进家时还没等开口，管家就急匆匆地说，红果，赶快想个法子吧，黑豹带着官府的人把你爹抓去了，还说，要是不交出杨崧，他们明天一早就要把你爹押解到京城了。红果问，他们现在去哪里了？管家说，他们说今晚住赵家庄。这时，李庄主的二弟李天、谢庄主和谢铁柱都闻讯赶来。李天成说，先派人骑快马去朐山通知杨家，然后我们商量如何营救庄主吧。

这谢铁柱养了一个多月的伤，身体逐渐恢复了元气。本来，那次比武自己就落了个难看，现在又有了在李红果面前表现的机会，他当然不愿错过，老天有眼啊。一块商量了几种方案大家意见都难以统一。最后决定，今晚先由李天成带些礼物去拜会赵庄主，求赵庄主相助放人，如若不成，谢铁柱则带两个人蒙面救出李庄主。

傍晚时分，李天成按计划带着礼物和两坛好酒前往赵家庄。在这之前他已经派人通报过赵庄主了，所以，人还没到，赵庄主已经站在大门口迎接。赵庄主握着李天成的手一同来到客厅，落座，上茶，难免又客气一番。

"天成贤弟，不瞒你说，我是再三告诫那魏大奎不要插手此事，可是他还是把杨崧的事给告官了，还亲自带官府的人来抓人。不过，令兄在我这儿不会受罪，我一定会好生款待，这你放心。"

"那就有劳鹤年兄了。这事本来就跟大哥没一点关系，花点银子也行，我都带来了，不够我再去取。"

"这我可做不了主。这样，晚宴我请魏大奎参加，席间我们配合行事，您看如何？"

"这就多谢鹤年兄了。"

"哪里哪里。"

酒席摆好，赵庄主和李天成落座，赵庄主叫管家去请黑豹过来入席。不一会儿功夫，黑豹走了进来，一眼看见李天成在座，脸色一沉。三人落座，丫鬟把三人的酒杯都斟上酒，赵庄主首先端起酒杯说："一位是我赵某的世交，一位是我远方的朋友，都不是外人，来我们共同喝上一杯。"

赵庄主先喝为敬，李天成勉强露出笑脸一饮而尽，黑豹眼睛直勾勾地望着李天成也把杯中酒喝了个干。三人再次落座，都各怀心事，表情极不自然。正当赵庄主要再次端杯说话时，就听到后院传来厮杀声，紧接着有个人突然闯进屋来。

"报告头领，有人劫走了钦犯。"来人说道。

"还不快给我拿下？"黑豹大手一挥。

"跑了，只抓到一个劫匪。"

原来事先约好，先由李天成在屋里请赵庄主出面调停，劝说黑豹放了李庄主，谢铁柱带两个人在后院埋伏。如果劝说不成，以摔碗为号，谢铁柱再行动手，强行救人。不曾想，谢铁柱进院后看见只有一个人在看守李庄主，便求功心切提前动起手来，结果被擒。院子里发生的一切，都被埋伏在屋顶的杨崧看在眼里。原来他也接到消息早已赶来，看他们打得正起劲时，便将屋顶用刀挖了个大洞，用一根绳子将李庄主吊起后逃脱。

望着被捆绑着带进来的谢铁柱，黑豹气不打一处来，上去对准谢铁柱的肚子就是一脚，说："放话出去，天亮以前，如果不把杨崧和李庄主交出来，我就把他杀死！"转过脸来对李天成说，"还有你，也得死！"

杨崧救出李庄主急匆匆赶到小李庄。李红果正和庄上的几位长老在屋子里一筹莫展，看到李庄主回来，大家连忙站起身来。李庄主用手狠狠地拍了一下桌子，跳起来说，你们立刻去通知庄上所有人，跟我去赵家庄，要人！不一会功夫，小李庄的男女老少一大群人，在李庄主的带领下高举火把，手拿大刀长棍还有锄头镰刀，浩浩荡荡朝赵家庄走去。那边，谢庄主也得到了消息，也带人高举火把朝赵家庄走去。

11

赵家庄的管家气喘吁吁地跑到客厅，没进门就大喊，不好了，不好了，庄主。外面来了很多人，都是小李庄和谢家庄的，他们说是来要人的，您快去看看吧。赵庄主没说话，用眼睛望了一下黑豹，然后就跟着管家走出屋子。打开大门，看见李庄主和谢庄主站在人群前，身后是高举火把义愤填膺的人群，里三层外三层的，而且越聚越多。见到赵庄主，李庄主带头喊出口号："放人！"身后是一呼百应，一声高过一声地喊道："放人！放人！！放人！！！"

赵庄主见此情形摇了摇头，然后回去走到屋里，对黑豹说："你看，现在怎么办？"

"他们都是刁民，要造反吗？！"

"要我说，你这是官逼民反，就是到了皇上面前，我也要参你一本。"

看到目前的情形，黑豹一时间也傻了，没了主意。好一会儿才走到赵庄主面前，低声说："您看？"

"我看，你们是来抓朝廷钦犯杨崧的，这本身没错，可你也不能乱杀无辜，殃及他人吧。"赵庄主找了个台阶给黑豹下。

"也是，"黑豹接着说，"把他们都放了吧，放了。"

赵庄主送李天成走出大门，他连连说："多有得罪，多有得罪。"见人群都散尽了，赵庄主才回到屋里。黑豹上前一步说，赵庄主，今天的事多有冒犯，不过，我不会善罢甘休的，我这就回京城复命了。杨崧，我是一定要亲手把他捉拿归案的。说完，就带着他的一队人马走了，赵庄主也没有送。

此时，天色已亮。赵鹤年仍无困意，他心想，这场风波暂时过去了，也许，更大的风波还在后头。两个儿子都不在家，小儿子崇礼去海州求学，准备考试，大儿子崇仁去东北订购一些大米，为了今年冬天本庄百姓的口粮。他忽然觉得自己已经老了，做起事情来有点力不从心了。

回到小李庄，等众人散去后，李庄主说："二弟，我想好了，我老了，这个庄主看来我是做不了了，还是你来做吧。"

"大哥，你还能行的，何况我也没这个能耐。"

"你就别推辞了。管家，你这就去通知庄上的那几位长老，让他们下午来这儿开个会，商量一下推举新庄主的事。""好的，庄主。"管家走了出去。

"杨崧，你今后打算怎么办？"李庄主回头望着杨崧说。

"我打算去趟烟台，把那件事搞清楚，洗脱罪名。"

"好，有志气，就应该这样。还自己一个清白，好堂堂正正做人。"

李庄主说完，望着李红果。李红果上前一步抓住爹的手，眼泪包在眼眶里就想往外流。

"孩子啊，爹知道你的心思。"李庄主语重心长地说，"你想跟你杨崧大哥一起去，是吗？"李红果使劲点点头。"孩子大了，爹留不住了。"李庄主有点伤感，然后抬头看着杨崧说："杨崧，我相信你是被冤枉的，也知道你是个好孩子，把红果交给你，我也就放心了，你们以后在一起要好好的，你代我好好照顾好红果。"

"李庄主，您老人家就放心吧，我一定会好好照顾红果的。"

"等你把自己的事情解决了，回来我为你们举办婚事，一定要大办一场。"

下午，等请来的长老们都到齐了，李庄主让管家搀扶着走进客厅。

众人起身鞠躬行礼，李庄主抬手示意大家坐下。

"今天请各位来，是想按照我们小李庄的风俗，推举新的庄主。"大家一阵骚动。李庄主咳嗽两声，接着说："人终有老的时候，何况我感觉身体也一天不如一天了，我推荐李天成做新庄主，不知大家意下如何？各抒己见吧。"

在座的人相互议论了一下，其中一个年龄较大者说话了："李庄主，我们觉得还是您再干几年，没问题，我们大伙都信任你的。"

"感谢大伙的信任。天成的为人你们都知道，别看他平时话不多，可关键时候还是能拿主张的，我也可以再帮扶他一下。"李庄主说。

"既然这样，那李天成当然是不二的人选。"那位老者说。大家也纷纷点头称是。

"天成，你给大伙说说。"

李天成站起身来，给大家深深鞠了一躬，然后说："感谢大家对我的信任，我会像家兄一样竭力为小李庄父老乡亲服务，不到之处，还望各位长辈、兄长多多提醒。"

新庄主就这么定了。

第二天清晨，杨崧和李红果一人牵着一匹马，一步一回头走出庄子，等看不见爹了他们才骑上马背依依不舍地朝北方走去。

这一切都被放羊的二蛋看见了。庄里的事情他在家听大人们说话都知道了。二蛋一边看着他的羊吃草，一边寻思着。二蛋喜欢红果姐，她对他也好，以前还经常从城里带一些好吃的东西给他。他也佩服杨崧大哥哥，会武功，讲义气。反正他们都是好人。可惜，这个大哥哥遇到麻烦事了，可能怪就怪杨崧大哥哥没听他爹的话好好在家放羊，否则不会有官府的人捉拿，更不会让红果姐掉眼泪。

12

转眼间到了深秋时节。

李天龄自从卸下庄主的担子，一心在家读书，乏了就到院子里仰望天空，想女儿红果，也不知乖女儿现在怎么样了。他望着院子里的那颗石榴树，从开花到结果，就是不让家人摘，眼看着石榴一个个熟透从树上掉下来。他想，等石榴掉光了，他的宝贝女儿就该回来了。结果还真灵验了，今天早晨起来，他捡起掉落地上的那最后一个石榴时，李红果真的敲门回来了。见到爹爹，李红果一头扑在他的怀里，泪眼汪汪，人也消瘦了许多。

"红果啊，这回爹不让你走了，就呆在爹的身边吧。"李天龄心疼地说。

"爹，不行，我这次回来是有重要事情的。"李红果抬起头擦着眼泪说。

"杨崧怎么没回来，是不是又出事了？"

"是的，他现在还在大牢里。"接着，李红果就把这些天发生的事跟爹说了一遍。原来，他们到了烟台后，便联系到了以前在大通当铺的伙计，并且一起查出了陷害杨崧父子的恶人，他就是当地三江当铺的老板吴宝贵。这个吴掌柜和宫里太监勾结，将皇家宝物往外偷，结果东窗事发。为了摆脱追查，加之平时就看到大通当铺生意盖过了他，早就心存妒忌，正好一箭双雕，就设局将杨家套了进去。为了杀人灭口，他请来了如来镖局的黑豹和官兵一起追杀杨家父子。而今，杨崧被抓关进了大牢，估计很快就要问斩，情况十分危急。

"你先休息两天，我们慢慢想办法。"

"不行，我现在就要去朐山，把情况告诉杨伯伯。"

"你还要走？"

"是的，爹。你快想法子啊。"

看着女儿倔强坚定的表情，李天龄顿时没了主意，让人赶快把二弟找来商量。李天成听完李红果的叙说后认为事关重大，一刻都不能耽搁。叫李红果先在家休息休息，然后叫来两个壮汉立即骑快马去朐山把杨云山接来一起商议。李天成现在是小李庄的庄主，说话做事果敢坚定，很能服众。李红果提出跟去接杨云山，被李天成拦下，他说，你现在身体虚弱，去了反倒会添麻烦。杨云山父子对我们小李庄有恩，我自然会尽全力去帮他们的。不出意外，他们应该明天上午就能带着杨云山赶来。

果然，第二天晌午时分，杨云山走进了李天龄家的大门。杨云山这些天来一直闭门不出，为母亲守孝。自从儿子杨崧走后，他更是为杨崧牵肠挂肚，夜不能寐，人也消瘦了许多。这几天，他预感到杨崧出事了，昨夜有人敲门时，他就断定是为杨崧而来。简单收拾了一下行李就和来带他的人连夜动身。进门就和李天龄相拥，两位老人都老泪横生。

一番寒暄之后，李天成也来了，他们又认真地分析了一下情况。最后，杨云山说，我有一个好友在烟台府做官，我去找他想办法救出崧儿。李天成接着说，我多带几个人去，万一杨云山的营救方案行不通，我们就劫狱，你们看如何？李天成的话音刚落，大家愣住了，杨云山首先反对，不行不行，劫狱，会连累很多人的，是死罪。

"我说的是备用方案，万一你那边不行才用。到时候，我们会计划周密不暴露身份的。"李天成进一步解释道。

"没有不透风的墙，我们杨家蒙冤受屈，我不能让你们再受到连累。"

"那我们就眼睁睁地看着杨崧被押赴刑场问斩？天理难容！"李天成大声说。

沉默了好一会，李天龄说话了，我看，二弟的方案可行，如果云山的营救方案失败，你们先把人救出来再说。大路朝天，我就不信天底下就没有讲理的地方！望着李家兄弟俩，杨云山流出了感动的热泪。上前握着两人的手连声说："谢谢，谢谢你们。"

"我干什么？"李红果坐在一旁瞪大眼睛问。

"你一个女孩家，能做什么？去了只会添乱。在家等消息。"李天龄说。

"你们不带我，我就自己去，哼！"

李天成看着他们父女俩各不相让，只好出面解围："大哥，我看红果就跟我走吧，说不准还真能派上用场。"

"我可就这一根独苗啊，二弟。"

"大哥，我保证把红果毫发无损地带回来交给你。"

"也只好这样啦。"

计划敲定，为遮人耳目他们晚饭后分成两路，趁着夜色上路了。

13

赵庄主这些天一直闭门不出。听说李老庄主卧床不起，便吩咐管家带些补品过去探望一下，聊表心意，谎称自己也身体有恙不便亲自前来慰问。管家走后，他就来到后花园散步，然后走进园中园"静思堂"。这里是摆放祖宗排位的地方，平日里总是大门紧闭的。他走到门前双手轻拍两声，很快便有人过来把门打开让他进去。

"公子可好？"赵庄主问开门人。

"一天比一天精神了，先正在屋里打坐。"

这个公子不是别人，就是谢庄主的大公子谢锁柱。一个月前，赵庄主派出去的大牛二牛把他带回来，人已经不成样子，骨瘦如柴还重病在身。听大牛兄弟介绍，他们是在海上的一艘渔船上找到他的。后来，等谢锁柱神智清醒后，才知三年前，他和弟弟被赵崇仁一伙追赶到海边的一处悬崖下，为了不暴露自己，谢铁柱硬是一脚将他踹下悬崖掉到海里。当时因为有伤在身，加之风大浪急，他很快就不省人事。不知在海上漂了多长时间，才被一艘路过的渔船救起。从那以后，他就在那条渔船上做起了苦工。他本可以回家的，但想到是自己的亲弟弟害了他，真相大白后，一来官府会对他弟弟问罪，二来爹爹也会痛苦万分。对爹爹来说手心手背都是肉，他老人家如何能扛得住这样的打击。这一干就是三年，直到有一天，大牛二牛几经周折打听到他的消息见到他。本来他是不想跟他们走的，可当时自己得了重病已经在床上躺了好些日子了，估计也没几天活头了，才答应跟他们走，他不想客死他乡，他只想把自己埋在家乡的青湖边。

到了赵家庄，赵庄主并没有急着和谢庄主联系，而是先将他养在府上，悉心给他治病调养身体，对外封锁消息。他平时隔三差五过来探望一下，和赵锁柱谈谈心，聊聊家常。谢锁柱慢慢理解赵庄主的良苦用心，等自己的身体养好了，再做决定也不迟。

听到赵庄主在门外说话声，谢锁柱起身走到门前："有劳赵庄主过来探望，晚辈有礼了。"

赵庄主忙上前一步道："公子免礼，赶快进屋歇着。"他们来到茶座前，对面而坐。

"看公子的气色，越发精神了。"

"谢赵庄主大恩大德，我谢锁柱恐怕今生都难以报答。"

"哪里的话，我也不是要求你的什么报答。"

"赵庄主的心思我明白。因为我，赵庄主受了不少委屈，还受到家父的忌恨。有朝一日，我谢锁柱定将真相告诉家父，以解你们之间的误会。"

"都是乡里乡亲的，低头不见抬头见，我希望我们世世代代和睦相处才是。"

"赵庄主所言极是。"

然后，他们又谈到对谢铁柱如何处置的问题。谢锁柱说，他一直想不出怎么去面对弟弟谢铁柱，毕竟是自己的同胞兄弟，我如果不会来，或者真的就掉海里死了，也许是个最好的选择。赵庄主说，我也百思不得其解，想不好完全之策，还是不要轻举妄动的好。最后，赵庄主起身告辞，吩咐下人好生伺候公子，有什么情况可直接向他禀报。

走出静思堂，赵庄主在花园的树木间徘徊。人世间万物他见得多了，归根结底，故土和亲情是最让人难以割舍的情感，成与败，荣与辱，这些都是过眼烟云，真正的智者是不会去争去计较的，所谓大智隐于市，说的就是这个道理吧。想到自己的两个儿子，赵庄主还是有些不如意，二儿子赵崇礼去潜心读书将来考取个功名，也算是正道。可是大儿子赵崇仁眼看着就要接替他坐庄主位置，还显得那么稚嫩，着实让他放心不下。他这把老骨头看来还得在他身上多费费心才是。

谢家庄最近也没消停。谢铁柱上次负伤并无大碍，养一段时间就好了，他开始琢磨尽快当上庄主的事。自从大哥谢锁柱被他一脚踹下悬崖后，他最大的竞争对手取消了，纵观全庄也不再有比他强的人选，当上谢家庄庄主已经是铁板钉钉的事，但是他爹一直没有退隐的意思，这让他觉得浑身抱负难以实现。本来他爹也已近六十高龄，到了退下的时候了，谢铁柱在他跟前暗示过多回，没用。还有，眼看着李红果被杨崧带走，他也是心不甘但没办法，知道不是杨崧的对手，只好忍气吞声。两件大事一件都没成，心头的火气自然越来越大，整天在家发牢骚话，或者喝个大醉。

其实，谢福佑谢庄主知道二儿子的心思，迟迟不退的原因还是因为大儿子死的冤枉，他要为谢锁柱讨回公道，然后隐退，不想抱憾终身，毁了一世英名。他这些天也没闲着，一直在为此事奔波，其间还亲自去拜见过海州知府封大人。封大人年事已高，基本上不去过问一些事情了，对谢庄主的请求只是拖着，要他自己拿出铁证才能将赵家父子捉拿归案，谢庄主没办法，只好四处打点银两，钱花了不少，事情却始终不见进展。

14

这些天，李天龄天天独自在屋里徘徊，不让人打搅。他在想着女儿和二弟现在也不知怎么样了，为他们担心，天天盼着他们的消息。又过了些日子，眼看着要入冬了，他更加担心起远方的亲人。也不知他们带去的银两用完了没有，天凉了是否都加了棉衣。管家来问过几次今年的冬至小年怎么办，他也没话。

一天深夜，天还下着大雪，就听到窗外有几声狗叫，接着有人打门。李天龄本来也没睡着，于是起身棉衣正要出门，迎面看见管家匆匆跑过来。

"老爷，天成他们回来了。"

"红果呢？"

"都回来了，杨崧也被抬回来了。"

"杨崧怎么啦？"

"我看伤的不轻，不过并无生命危险。"

李天龄让管家搀扶着走进客厅，红果一见她爹，立刻跑过来抱住他，哭泣起来。二弟走过来，简单把情况跟大哥说了一下。营救方案失败后，他们实施了劫狱。在逃亡的路上，被黑豹带人拦住。在一场厮杀中，杨云山为了争取更多的时间让我们逃走，横刀独自抵挡，可终因寡不敌众，惨死在他们乱棍之下。杨崧因为在狱中被折磨得很厉害，我们是用担架把他抬回来的。如果杨崧身体好好的，我想，黑豹也不是他的对手。

又是那个黑豹，李天龄听到这个名字就觉得不祥，他用手杖使劲敲击了几下地面。他痛心又痛恨，痛心失去了杨云山这位知己，痛恨黑豹被奸人利用。李天龄问二弟，下一步该怎么办？得早作打算。李天成说，我一路上都想好了，我们稍事休息，吃点东西，连夜将杨崧转移到安全的地方养病。大哥，你就不用操心了。

第二天就是大年三十，按当地风俗家家杀鸡宰羊，祈求来年风调雨顺五谷丰登。今年又正好赶上一场大雪，所谓瑞雪兆丰年，所以人人喜气洋洋。整个小李庄一片祥和。但是，李天龄知道，一场浩劫正一步步向小李庄逼近。他是经历过无数风浪的人，所以，现在的他越发显得异常的冷静。一大早就起床来到大门前，看着庄里的百姓给他送来祝福，他也向过往的百姓互道平安和祝福。

李红果早早就出门了，她带了许多食物到郊外的一处秘密山洞去见杨崧。自从把杨崧大哥从大牢里救出来，他就一直处于半昏迷状态，她还没和他说上几句话，但她心里还是庆幸，庆幸老天有眼，让杨崧大哥平安回到她的身边。她想，要好好照顾杨崧大哥，让他早日康复。来到山洞前，她四处望望，见没什么异常，就学两声鸟叫，只见一处隐蔽的洞口打开，她就走了进去，然后洞口又合上。前边有人拿着煤油灯给她引路，向里边走去。

这是一个有一间客厅大小的石洞，里面已经生起了火，杨崧平躺在一张床上，旁边一个郎中正在给他号脉。李红果没有急着过去和杨崧打招呼，只是静静地站在郎中身后望着他们。不一会儿，郎中起身，走到桌前在纸上写了些什么。

"杨大哥怎么样？"李红果问。

"身体极度虚弱，不过并无大碍，只要精心调养一段时日就可以了。"

"谢谢郎中。"

"除一日三餐之外,你再按我的方子给他加些补品。我看,要不了一个月,他就可以恢复元气了。"

送走了郎中,李红果坐到杨崧的床边,杨崧也睁开眼睛望着她。他们有好多话要说,但他们都没有开口,一是杨崧身体还虚弱,二是他们都想到了杨云山的死。就这么默默地望着对方,把心中的喜和悲,都强忍着。

转眼到了春天,又到了水稻插秧的季节。小李庄、赵家庄和谢家庄的人们都在期盼着雨水降临,可老天爷还是不给面子。大家的心头又开始担心焦虑起来,各自打着各自的算盘。一场风波看来又在等待着他们。

李天成每天都要到大哥家一趟,大哥的身体越发的虚弱了,他不想让大哥太操心,在他跟前从来不提一些不愉快的事。但李天龄心中自然有数,他告诫二弟,冤仇宜解不宜结,不要和赵家庄去争高低了,趁早想其他的法子解决灌溉用水的问题。李天成连连称是,大哥放心好了,但他已经想了很久,也没想出什么好办法,最近又听说,那赵家庄的人放出话来,要把他们和谢家庄的饮用水也断了,着实让他头痛。

赵家庄那头确实早就盘算今年的青湖水了。赵崇仁想,去年,他们就因为一场决斗的失利,自己家损失太大了,今年,得把去年的损失夺回来。眼看着插秧的日子慢慢接近,老天爷就是不下雨。望着青湖的水,他琢磨着仅够自己庄上用的,就索性连小李庄和谢家庄的饮用水也断了,连牲口也别想喝青湖的水,让青湖永远属于赵家庄的算了。果然,没过几日,小李庄和谢家庄同时接到了挑战书,约好这个月初八,在青湖边以决斗来决定青湖的永久归属。按日子算,还有七天。

15

七天后正午,青湖边。在一个圆形场地边上,东边是谢家庄和小李庄的人群,个个手持武器义愤填膺,李天成手拿一把蒲扇端坐在人群中间,谢铁柱站在他的身边;西边是赵家庄的人群,也是个个手拿武器耀武扬威,赵崇仁手拿一把茶壶端坐在人群中间,黑豹站在他的身后。赵崇仁抬头望望太阳,然后低头喝了口茶,缓缓起身。

"李庄主,时辰已到,您看是否可以开始了?"

"既然来了,当然不惧一战。"李庄主斩钉截铁。

"好,爽快。"赵崇仁奸笑一声,"哼哼,今天我就要用一场胜利告诉你们,这青湖,将永远姓赵!"

谢铁柱一时间没了主意,看着李庄主。只见李庄主胸有成竹,把手中的扇子轻轻摇摆几下,然后突然一收,跟身边的人交代了几句。那边赵崇仁急了,唱起洋腔,怎么,没人啦?没人就认输呗,省得费工夫,我看比不比都是一样的结果。正说着,只见对面人群自动让开一条通道,有个人从通道尽头正大步走来,赵崇仁定睛一看,正是杨崧。

黑豹也看到了来者,心里一抖,杨崧没死?他以为杨家父子都已经死了。看来自己今天是凶多吉少啊,千万不可大意。

杨崧来到李庄主身边,行了个礼,李红果也跟过来向二叔行礼。再看,杨崧不紧不慢地将背在身后的大刀抽出,打开布套,朝刀刃上吐了口口水,又用衣袖将口水轻轻擦干,一边擦一边对着大刀说:"爹,娘,今天,孩儿就为你们报仇雪恨。"说完,他才抬起头,正眼望着黑豹,两道目光透着杀气,望得黑豹不由得打了一个寒战。

决斗开始。杨崧慢慢调整自己的杂念,一心想着集中精力先把黑豹杀了再说。他们四目以对，先开始心里较量。三个庄的人群也一下子安静下来。杨崧心想，自己的伤刚刚痊愈，体力并没有完全恢复，不可打持久战，速战速决为好。

黑豹首先出招，试探虚实，杨崧沉着应对，寻找机会。两三个回合下来，分不出高下。众人开始骚动起来，有人带头喊"杀了他！杀了他！"众人呼应，"杀了他！杀了他！"定力再强的高手，也多少会被场外的观众情绪影响。首先看到黑豹的眼珠子瞪得溜圆，杨崧暗暗窃喜，只等黑豹放马过来。黑豹耐不住了，抡起铁锤在眼前交叉摆动，移动步伐慢慢向杨崧逼近。杨崧不紧不慢向后移动。黑豹等待杨崧到场地边缘要逃出自己进攻范围时再放出流星锤，可杨崧就是不逃。还有等死的？黑豹心里纳闷。可就在这一丁点儿的犹豫瞬间，杨崧出招了，他抡起大刀在空中划过一道漂亮的弧线，以吸引黑豹注意。接着，大刀突然飘入黑豹下怀，一个老虎扒心，在黑豹的胸口留下一道大大的口子，鲜血直流。黑豹"哇"的大叫一声退后三步，还没定过神来，接着大刀又在他胸口上划出一道口子。这一刀比上一刀更深，黑豹傻了，愣愣地望着杨崧，没有反手的意思。赵崇仁急了，大喊"流星锤！流星锤！！"他在提醒黑豹使绝招。

其实，黑豹心里正想着这个，但是不知怎么双手不听使唤，抬不起来了。只见杨崧收起大刀，走到黑豹面前说，刚才这两刀，一刀是报杀父之仇，一刀是报杀母之仇。接着只见黑豹两腿一软瘫倒在地，一命呜呼。众人一下子没反应过来，一场好戏收场未免太快了点。其实，杨崧刚才这两刀，刀刀致命，黑豹的五脏六腑已经全部被割成两半。看到黑豹到地，赵崇仁一下子瘫倒在椅子上。

看到眼前的一幕，赵崇仁不听他爹的劝阻，带领赵家庄的一大帮人就要向前冲杀，看这情形，小李庄和谢家庄的人群也不由自主地朝场地中间围去，个个眼中充满杀气。这时，突然一声大喊打破紧张的空气：

"都住手！"只见，来了一大队官兵将所有人团团围住。原来，海州知州大人接到消息，说青湖边今天会有一场械斗，他怕事情闹大，就派人及时赶来。

在场的人把目光都投过去，看见人群外已经被官府的兵卒围了里三层外三层。一个骑在马上的头领大声喊话，在场人等都给我听好了，我们是奉海州知州大人之命来缉拿聚众闹事之人，谁要是敢轻举妄动，格杀勿论。接着，一小队手持兵器的兵卒跑上前来，将杨崧、赵崇仁、谢铁柱和李天成都绑了，将黑豹的尸体也抬上马背。

16

众人尾随着官兵浩浩荡荡去了海州城。当天下午，在朐阳门广场，公开审理青湖聚众滋事一案。小李庄、谢家庄和赵家庄的人几乎都来了，连海州城内的老百姓也都在这一时刻聚集到朐阳门广场，等待一场公审。

随着几声锣响，人群安静下来。台上的一个官差高声说，肃静，肃静。知州大人考虑到今天旁听的人多，所以临时把大堂设在这里，在场的人一律保持安静。然后又是几声锣声，两排手持棍棒的兵卒同声喊道："威武——"

话音未落，知州大人阔步走到公堂之上。人群一阵骚动，这位知州大人不是别人，正是赵家二公子赵崇礼。原来，赵崇礼一直在外读书，此番上京赶考，金榜题名。当朝丞相非常赏识他的才学，破格委任他到海州接替年事已高的原知州大人位置。赵崇礼也没想到，来到海州的第二天，接的第一个案子竟然是青湖滋事。不过也好，这也是自己考取功名的初衷，他可以用自己手中的权力，彻底解决青湖多年的纷争，还百姓一个太平。只见他一脸的严肃，稳稳地坐在大堂之上，拿起手中的木块使劲往桌子上一敲,大声说:"升堂!"

这时,杨崧等人被带上堂前,跪倒在地。赵大人宣布公审开始,先听每位嫌犯堂上陈词,然后做堂上了解。杨崧一脸的轻松,因为他的仇已报,杀死黑豹属实,无需为自己辩解。李天成带领众人聚斗,有罪,悉听大人发落。谢铁柱辩称聚众斗殴由赵家庄引起,罪不在他。赵崇仁也是刚刚得知自己的二弟高坐堂上,心里很是得意,辩称自己无罪。一番辩解之后,赵大人开始发话。

知州大人说,李天成,你身为一庄之主,没有阻止这场争斗,反而亲自参加,根据律法,本应重打五十大板,但念你年事已高,改为轻打二十大板,以示惩戒。谢铁柱和李天成罪名同等,根据律法,重打五十大板,以观后效。赵崇仁,因与本官是直系亲属,按照律法,本堂不便判决,堂后即押送淮安府,另行发落。杨崧,聚众闹事,并杀死一人,本应偿命,但,本府昨日接到朝廷密件,言现已查明,黑豹,实名魏大奎,有四条命案在身,按律当就地处决。魏大奎虽然该死,但应由官府执行,故杨崧还是有罪,判杨崧自行面壁三日思过,不得再犯。

这时,台下谢福佑高呼,大人,赵家人三年前将我大儿谢锁柱打死,还望大人秉公执法,严惩不贷。赵崇礼愣了一下,望着台下的父亲。赵鹤年从椅子上起身说,这件事本不该在此堂审,但既然谢庄主执意,那么也好,现在当着众乡亲的面,把它说清楚了。大人,我请求带证人上堂。赵大人不知将要发生什么,在堂上他是知州大人,但台下一个是父亲,一个是长辈,他不好拒绝,只好顺其自然。于是命令,传证人上堂。

当谢锁柱走到堂上,对着知州大人鞠躬时,谢福佑和众人一下子都愣住了。事到如今,谢锁柱只好和盘托出。听完堂上陈诉,赵大人问谢铁柱,你可知罪?谢铁柱一下子跪在父亲跟前,大呼,爹爹救我,孩儿不孝一时乱了分寸才铸成大错,孩儿知罪,爹爹救我,大哥救我。赵大

- 239 -

人高呼一声，先把他关押起来，另案处理。

望着赵崇礼在高堂上威风八面，秉公执法，李红果心中顿生敬意。没想到，眼前的这个赵崇礼，完全变了一个人。赵崇礼也看到了李红果，他暗暗庆幸她在这次争斗中毫发未伤，以他对李红果的了解，她没有出事真是不幸中的万幸。

17

回到小李庄，他们围着老庄主李天龄的床边，将今天发生的事讲给他听。李天龄最后说，老天有眼，老天有眼啊，这样我就放心了。第二天一早，管家在院子里大喊，不好啦，不好啦，老爷升天啦！

灵堂上，李红果哭成泪人，杨崧也披麻戴孝跪在地上。小李庄的几位长老一个个过来祭奠鞠躬，深切缅怀老庄主为小李庄所做的贡献。接近中午的时候，赵庄主和谢庄主也一前一后来到灵堂前，先行鞠躬，然后拉着李红果的手安慰一番。管家引领两位庄主到客厅小坐，李天成走进来吩咐上茶。一番寒暄之后，谢庄主起身走到赵庄主跟前说，赵庄主，前几年愚弟多有得罪，还望海涵，对我家锁柱的大恩大德，我深表谢意。赵庄主说，哪里，哪里，我赵某也是对逆子管教不严，将功补过，将功补过。正说着，管家过来禀报，说知州大人已到灵堂，即刻过来。正说着，只见赵崇礼一身便服走进客厅，进门就说，三位长辈受晚辈一拜。李庄主急忙让座，赵大人说，不可这样，还是长辈们先坐，我今天在这里不是知州大人，只当是个乡邻后生。看到自己二儿子这么知书达理，赵庄主满心欢喜。

赵崇礼告诉各位长辈，他这次来一是吊唁老庄主李天龄，二是有个好消息要告诉大家。他已从淮安府请来两位水利专家，这两天就要到青湖进行现场察看，以彻底解决三个庄的水源问题。不远的将来，就不再为水发愁了，大家听后甚感欣慰。

正说着，杨崧和李红果走了进来，先见过赵大人，然后给三位长辈行礼。赵崇礼上前一步说，听说杨崧在烟台还有案子在身，正巧，烟台知府大人和淮安知府大人是好友，和我也有一面之交，我已修好一封书信，你带去吧也许有用。我想，只要你有确凿的证据，烟台知府一定会还你一个清白。赵崇礼转过身来问李红果说，红果妹妹也去吗？李红果回答，是的。赵崇礼说，也好，相互有个照应。我在此就算是为两位送行了。说完，他向杨崧和李红果深深地鞠了一躬。

十天后，小李庄的许多人都自发来到路口，为李红果和杨崧送行，一直送到青湖边。李红果趴在二叔怀里哭个不停，杨崧和来送行的人们道别。李天成说，红果啊，还有杨崧，你们都是小李庄的儿女，小李庄的人们会想念你们的，这里就是你们的家，你们的根，无论走到哪里，都不要忘了小李庄，小李庄随时欢迎你们回来。然后，人们看着李红果和杨崧慢慢远去。

二蛋正在青湖边放羊，也看到了这一幕。这一年来围绕青湖发生的事，他都知道了。杨崧是他心目中的大英雄，一身正气，武功高强；赵崇礼也是他心目中的大英雄，秉公执法，保一方平安；老庄主是他心目中的大英雄，为小李庄百姓，鞠躬尽瘁；红果姐也是他心目中的大英雄，心地善良，知书达理。我二蛋也要成为一个大英雄，看来只放好羊是不够的。他第一次开始怀疑爹爹给他讲的道理。二蛋不想自己的儿子将来也和他一样只知道放好羊了，他要做更大的事，也成为大英雄。望着青湖的水，他越想越兴奋，看周围没人，偷偷从怀里掏出一本皱巴巴的《弟子规》，大声朗读起来：

弟子规　圣人训　首孝悌　次谨信
泛爱众　而亲仁　有余力　则学文
……

后 记

我在青年时代也曾有过文学梦，但总是觉得这个梦离我太遥远。后来写过一些像小说的东西，再后来就是为生活奔波，天天忙忙碌碌，于是就搁笔了。二十多年后的今天，我开了一家咖啡店，天天坐在沙发里发呆，一些人生感悟在我的头脑中不断地冒出来，还迫切地想把它写出来。最好的方式莫过于小说这个载体了，所以动起笔来。一个偶然的机会，结识了作家陈武先生，给他看两篇我的作品。本以为他会深刻地批判一番，结果他是大加赞赏，还把其中两篇推荐给了知名刊物，并且发表了出来。于是接连写了十几篇，也于是有了今天的这本小说集。

这本书中收录了我2013年以来写的11个短篇和3个中篇。《白狐》写的是一个现代文学青年，面对商品社会的茫然和彷徨，男女主人公人生观形成鲜明的冲突。孰对孰错，也许只有用时间去证明了；《咖啡的名字》，写的是一个女明星在一座小城市短暂停留，心灵得到片刻的安慰。对那些想成为名人的人，读后应该会有所领悟；《跑路》《一个点》《与钱共舞》，还有《眼前飘过一片云》，都是有关民间借贷的故事，我就是亲历者，参与者。身边的人跑路的、自杀的、坐牢的都有。写这些

后记

小说时我有一种责任感，使命感。我想急切地告诉人们，远离高息诱惑，天上没有掉馅饼的好事；《生命中的十首歌》写的是一份特殊的爱情故事。人到中老年，对爱情也有了更深层的感悟。有个伟人说过，人世间最美好的爱情，应该是能够互相激励对方的。这个故事里，通过男主人公生命历程中不同阶段的不同歌曲，诠释了他们的爱情故事。我觉得可以一读；《我的玛利亚》写的是教师的故事。这个岗位上工作的人受社会关注度比较大。我认为，他们中的大多数还是优秀的，把敬业和良心时刻放在第一位，我在此向他们表示敬意；《夏天的味道》是一篇散文体小说，读来清新，和我差不多大的读者从中都会找到自己孩提时代的影子，也是我比较喜欢的一篇；《浅缘》和《暧昧》写的是办公室恋情；最后是三个中篇，《房子 房子》是一篇反映当前社会关注的问题，道出了社会底层的人们生活的艰辛和对梦想的追求；《青湖》是我尝试着写的、五百年前的一段爱恨情仇；《破音》，写的是现代爱情故事。仅仅是个故事，读者认为好看就行，切勿对号入座。

杨树军

2014年5月于连云港罗马假日咖啡店